魔女と魔王

岡田伸一

潮出版社

魔女と魔王

目次

目次

装丁　Malpu Design（清水良洋）
装画　山本祥子
本文デザイン　Malpu Design（佐野佳子）

魔女と魔王

魔女王の旅

ある国に、世界のすべての本が納められている図書館があった。

ほとんどの本を国民が閲覧できるようになっていたが、とても大きな図書館で、人の寿命ではそこにあるすべての本を読むことはできない。

地下には一部の貴族や王族にしか立ち入れない秘密の部屋があった。

暗い暗い、モグラも立ち入れない地の底だ。長い時間、人の出入りのない部屋で、そこにある本は埃《ほこり》をかぶり、紙は黄ばんでいた。そこには歴史上語られることのない、真実の本が置かれていた。

処理に困る罪人が連れて行かれる、餓えた鬼が住む地獄の島が、地図から消えた日。

世界のあらゆる歴史と国に現れては、魔女を喰う恐ろしい少女の軌跡。

とある国で、美しい女性を複製する技術を研究し続けた賢者の覚え書き。

他にも、死んだ感情と果たせなかった約束の波止場《はとば》、霊王《れいおう》の国についてや、月にあると言われる千年の平和を保った国の残酷な秘密、魔女の貴族と各国の王による連合軍の戦争を予言した古文書など。おとぎ話として民衆に語られる物語もあれば、永遠に開かれることのない本もあった。

そこに、自身を明るく照らす美女がいた。彼女は、部屋のもっとも奥にしまわれた一冊の本を手に取る。次に埃をかぶった椅子を見つけると、赤く濡れた唇でふっと息を吹きかけた。小さな唇から出る吐息は密室にもかかわらず小さな竜巻となり、椅子の埃は綺麗さっぱり吹き飛ばされた。

椅子に腰かけると、本を開き、読み始める。年老いた椅子が彼女の重さを感じないほど、今にも消えてしまいそうな儚《はかな》い存在だった。

本を読む仕草と表情は、知性と気品を感じさせ、唇や胴のくびれからは妖《あや》しい魅力を放っていた。美しくコシのある黄金の髪には、彼女が母と慕った女が愛した一輪の花が飾られている。

美女は、かつて世界を不幸にしようとした地獄の輝き、黄金の魔女王と呼ばれる存在だった。

しかし彼女に縁のある王者と、とある夫婦により改心する。

それから彼女は、自らを〝太陽の輝き、黄金の魔女王〟と呼ぶ。

彼女は人を幸せにできる〝神秘の奇跡〟を探していた。

自身の傷は治せても人の傷を癒《いや》すことはできない。

強すぎる怪力は物を創ることができない。

稲妻《いなづま》では未来を照らせない。

地上に星を降らせることができても、誰も笑うことはない。

拳《こぶし》のような雨を降らせても人の心は潤《うるお》わない。

唯一、人のためになる力と言えば、あらゆる病を治せる力だった。黄金の魔女王はさまざまな不思議な力を持っていたが、人を幸せにできる力はそれしか持っていなかった。彼女は今まで犯してきた罪を償うために、新たな力、人を助けるための神秘の奇跡を求めていた。

その本は、全世界すべての国の歴代の神秘の奇跡を持つ者が載っている。

人に慕われし王のなかには稀《まれ》に神秘の奇跡と呼ばれる不思議な力を持つ者がいた。

黄金の魔女王は、その神秘の奇跡を持つ王に会うだけで、無制限に力を真似することができるのだ。

「……いやしのみこと？」

紙をめくる手が不意に止まる。視線の向こうに書かれていたのは、癒しの尊《みこと》という存在だった。

その本には、地獄と餓鬼の国を生きた唯一の聖者、と書かれていた。

「王ではないのか？」

疑問をつぶやき、本と会話をする魔女王。いつか彼女の我がままで傷付けた女の従者と、腕を切らせた料理人が脳裏に浮かぶ。癒しの力さえ手に入れば、それらの罪を償うことができる。

次の瞬間、椅子の上に本を残し——黄金に輝く魔女王の姿が消えた。

I　地獄と餓鬼の国

むかしむかし、ずっとむかしのとある島。

そこは、熱い溶岩をはらむ火山に囲まれた、絶海《ぜっかい》の孤島でした。空は火山から舞い上がる灰に包まれ、人が住めば暑さと渇きで気がおかしくなるような場所です。

しかし、一人の人間が住むようになりました。やがて一人、また一人とそこに住む人間が集まります。彼らはなぜ、この世でもっとも地獄に近いその島に住むのか？

それは、彼らには他に行く場所がなかったのが理由でした。

故郷の国から逃げてきた罪人や、家や家族を亡くした者もいます。

そうして、いつの間にか、処理に困る罪人を流刑するための島となっていきました。無理やり連れて来られる罪人もいれば、居場所を求めて自らやって来る亡命者もいました。

村と呼べるくらい人が集まりますが、誰も互いの話をしません。互いを知ろうとせず、互いを疑い、小さな争いが絶えませんでした。

やがて町と呼べるくらい人が集まりましたが、誰も互いを助け合いません。それどころか住民は意味もなく他者を妬《ねた》み、恨み、互いを傷付け合いました。

そして国と呼べるほどに、人が集まったとき。それでも争いは絶えず、互いを疑い、憎み、愛を知らない哀しい国となりました。

「このままでは国の中の争いで、この場所が滅ぶ」

争いに疲れた誰かがそう言いました。別の者が野次を飛ばします。

「いつから、ここは国になった？」

「王を決めよう」

しかし、無知な者が野次を飛ばします。

「オウとは何だ？」

「聞いたことしかないが、人を束ねる者だ」

身勝手で身の程を知らない者も、嘲《あざけ》るように言います。

「嫌だ、そんなの。俺は誰にも従わねえし、人を束ねるのも面倒くせえ」

「なら力で王を決めよう、力ある者なら皆従うだろう」

無知で擦《す》れた心を持つ者しかいない、火山に近いその国で、王を決める争いが起きました。

たくさんの人間がたくさんの人間を傷付け、たくさんの人間がたくさんの人間を殺《あや》めました。

長く続いた王を決める争いで、人々は血の味を覚え、やがて獣となります。

そしてその獣たちも人を傷付ける快楽を覚え、畜生となります。

果てには多くの人間が人間であることを忘れ、飢えた鬼となりました。

やがて、王という言葉を知る者すらいなくなった、ある晩のことです。

餓鬼たちの頭を踏み潰し、のしのしと歩く一匹の大きな鬼が現れました。

その鬼は、首の骨が折れる音が大好きでした。切れた動脈から噴き出す血の噴水が好きで好きで、眠れないほど。眠りを忘れた白目は真っ赤に充血し、瞳は他者を尊ぶことを忘れ、白くなりました。

目の前の生きた玩具《おもちゃ》を壊すため、肩と腕と足は、大樹の幹のように太くなります。たくさん喰べるために口はとても大きくなり、胃は、たくさんの鋭い牙で砕かれた者が、いくらでも入る大きさでした。その鬼は、噴き出したばかりの、生温かい血の池で身体を休めるのを好みます。

そんな鬼も、昔はただの、身体の大きな男の罪人でした。

しかし今では、肌の色は月のない夜よりも黒くなり、背中はでこぼこと膨《ふく》れました。足の裏で、人間だった餓鬼たちを踏み続け、踏み続け。やがてその鬼に皆が逆らわなくなったころ、地獄の国にはじめての王が生まれました。

王になった鬼は、不思議な力を持っていました。

それは、マグマを弾《はじ》けさせる神秘の奇跡でした。

「おあああぁ――」

バボンッ、ボバンッ。

恐ろしい雄叫《おたけ》びとともに、その島の火山が噴火し、岩が弾けます。

彼は紅《あか》き大帝と呼ばれる、鬼の王でした。

――紅き大帝の治める地獄と餓鬼の国。彼《か》の鬼は、王になっても争いを治めようとはしませんでした。国を良くしていこうなどと、嘘でも考えません。彼は罪から生まれた鬼の王でした。

言葉を忘れた耳は人の骨が折れる音を求め、閉じることを忘れた瞳は血の噴水を求め、理性を忘れた心は怒りの発散を求め、王になっても、彼の心は怒りに包まれていました。

その国に住む餓鬼は「おあぁ」と赤子のように鳴く王に怯《おび》え、それでもこの国にしか住めない自らの運命を呪いました。こうして、理性と安らぎを失った、地獄と餓鬼の国ができたのです。

そんな国に、一人の女性が現れました。彼女の容姿はとても醜《みにく》く、餓鬼たちですら恐れて石を投げるほど。しかし彼女は餓鬼の国に、善良な心を教えようとした地獄の希望でした。

妬む心しか持たない餓鬼に、感謝を教えようとします。しかし彼女はその餓鬼に妬まれます。

怒りしか知らない餓鬼には、笑顔を教えようとします。しかし彼女の笑顔は餓鬼の怒りを買います。

疑いしか知らない餓鬼には、信じることを教えようとします。しかし彼女はその餓鬼に疑われてしまいます。

それでも彼女は、地獄と餓鬼の国に感謝と信頼を広めることを、諦《あきら》めませんでした。

身一つで地獄に革命を起こそうとした醜い女。彼女には不思議な力がありました。

それは、他者の傷を癒す力でした。

石の斧で腕を切られた餓鬼を見かければ、彼女は腕にできた切り傷を治します。腕には、傷跡すら残りません。餓鬼は、お礼一つ言わずに、ただ痛みが癒えたことに喜び、走り去ります。残された醜い女性の腕には、餓鬼の傷跡が残りました。

誰かの切断された指を治せば指を失い、誰かの腹の刺し傷を治せば腹に傷跡が残り、誰かの顔の傷を治せば、彼女の顔に醜い傷跡を残します。

誰かを治せば治すほど、彼女の身体には治した者の傷が増えていきました。

身体中が傷だらけになっても、誰一人としてお礼を言われなくても、彼女は他者の傷を治すことをやめません。傷を治せば治すほど、彼女の容姿はどんどん醜いものになっていきました。

醜い女性は、自身の身体と引き換えに、他者の傷を治せる神秘の奇跡を持っていました。

地獄の民と魔女の王

「いひ、いひひひ」

魔女王がその地に降り立った瞬間、何人もの視線を感じた。

雨と雷と星を降らせ、時空を行き来できる魔女王ですら、得体の知れない恐怖を感じる。

「なんだ。ここは」

そこは欲望と飢えに腹を膨らませた餓鬼たちが住む、地獄に一番近い国。魔女王の周囲には、崩れた家々があった。家の中には、みすぼらしい格好をした餓鬼が数匹、垣間見える。人間とはとても呼べない、人の形をした餓えた鬼たちだった。

互いが出した小便を飲み合う、下劣な光景が魔女王の瞳に映る。

「いひぃ、いひひぃ」

そして魔女王の周りに、彼女をいやらしい目で見る男の餓鬼たちが集まっていた。

「なんだこれぇ、おかしなおとこぉ！」

一匹の餓鬼の発言を皮切りに、奴らは口々に言った。

「ちげえよ、女っていうんだぁ、女、女！」

「いひぃ、女を見るのは久しぶりだぁ！」

「女だぁ、きれいな、きれいな。女だぁ！」

魔女王は餓鬼たちを見渡すと、落ち着いた様子で異臭を吸い込んだ。

「この国に、癒しの尊なる聖人《せいじん》がいると聞いて来た。知っている者はいないか？」

一人の餓鬼が魔女王に近付く。

「俺は知ってるぜ」

魔女王は目の前に立った餓鬼をじっと見つめた。乾いた泥土のように肌の皮がめくれ、髪は体液でウニのように固まっていた。服は下半身を隠す布のみで、刺激臭が数歩の距離にいる魔女王の鼻にまで届く。

「そうか。どうか癒しの尊の居場所を教えてほしい」

「ひひ、いいぞ」

と、魔女王が感じる刺激臭がさらに強くなる。

「その代わり、お前の胸を見せろ」

魔女王は眉をひそめて、餓鬼を睨《にら》んだ。

「胸を見せたら、癒しの尊の居場所を教えてくれるのか？」

「いひひ。そりゃぁもう、俺は嘘なんて吐《つ》いたことがねえ。なあ、そうだろみんな？」

「いひぃ、そうそう！　そいつが嘘を吐いたとこなんて、見たことねえ！」

魔女王は一度、餓鬼たちを見渡すと、自らが着る純白のドレスに目をやった。次に、背中に手をかけると、上半身を覆うドレスを広げた。

「ほおおぉ！」と餓鬼たちが一斉に歓声を挙げた。

あらわになった魔女王の乳房は、白く、うっすらと血管が浮き出ていて、大きすぎず、小さすぎず、まさに健康な女性の証《あかし》だった。餓鬼たちはよだれを垂らし、見たことのない美しい乳房に夢中になる。

「見せたぞ。約束通り、教えてくれ」

餓鬼は魔女王の乳房に釘付けだったが、その欲望は底なしだった。

「そ、それだけじゃ教えてやれねえ」

「なんだと？」

「お、俺の身体を舐《な》めてくれれば、今度こそ、教えてやってもいいぞ」

餓鬼はそう言うと、汚れた足の裏を彼女に向けた。

魔女王は垢《あか》と土がこびり付いた足の指をひと目見ると、次に、鋭い視線を餓鬼に向けた。

「本当に教えるのだな？」

「いひい、ああ、ああ！　教えるとも！」

魔女王はその場にひざまずき、餓鬼の足に顔を近付けた。彼女の鼻をツンとした獣臭《けものしゅう》が刺激する。思わず顔を背《そむ》けたくなるが、魔女王は躊躇《ためら》うことなく、そのまま唇を開けて小さな舌を出した。周りの餓鬼が注目するなか、柘榴《ざくろ》のように赤い舌が、不潔な足をぺろりと舐めた。

「おおぉ、本当に舐めやがった！」

「いひい！　いいなぁ、いいなあ！」

魔女王は上目遣いで餓鬼に言う。

「尊の居場所を教えてくれ」

瞬間、足を舐められていた餓鬼は彼女のあごを蹴り上げ、肩を押した。

舌を出したまま蹴られたことによって、おもいっきり舌を嚙《か》んでしまう。

魔女王は地面に仰向けになり、その上に餓鬼が馬乗りになった。

「いひぃ！　やっぱりまだ足りねえなぁ！」

周りの餓鬼たちも走り寄って、彼女を囲んだ。魔女王は眉間に力を込め、口から赤い血を流していた。起き上がろうとしても、すでに他の餓鬼たちが手足を押さえていた。

「いひぃ、俺の足だ！」「この手は俺のだ！」「指だけでも俺によこせよぉ！」

餓鬼たちは、蜜《みつ》に群がる昆虫のようだった。

「舌を噛んだら、舐めてもらえねえじゃねえか！」

「言葉もまともに話せねえ！」

「言葉はいらねぇ、女の言葉は面倒くせえ！」

餓鬼たちは、彼女の服を次々と破いていった。一匹の餓鬼が、魔女王の下半身を包む白い布を引き裂いたとき。

「癒しの尊は、どこにいる？」

魔女王の凛《りん》とした声が聞こえた。

「知るかよぉ、お前を抱いたら思い出すかもなぁ！」

餓鬼はそう言いながら、美しい魔女王の白い足を舐め、甘い指先をかじる。すでに、どの餓鬼が足を舐めた餓鬼かわからないほど群がっていた。

「……ぃひい？　今この女、喋らなかったか？」

「舌を噛んだのに喋れるわけがねぇ！」

誰かが異変に気付いたとき――まばゆい光とともに、鼓膜《こまく》を破るほどの炸裂音《さくれつおん》が辺りに鳴り響く。

周囲に、巨大な稲妻が落ちたのだ。

餓鬼たちは閃光《せんこう》と音にびくりと身体を震わせ、動きを止めた。

「わらわに嘘を吐いたな？」

「いひぃ!?」

魔女王の左手にいた餓鬼が、空に放り投げられた。もう片方の腕を押さえていた餓鬼も、間もなく地面に叩き付けられる。地面に落ちた餓鬼は、背中の痛みに呼吸ができないでいた。

「か、雷だぁ！　女は雷を呼ぶもんだった、忘れてた！」

叫び、逃げ惑う餓鬼たち。魔女王はそのうち一匹を捕まえて、足を摑《つか》み、逆さまに吊《つ》るした。餓鬼はぶんぶんと手足を振り回し、彼女に当てるが、普段は柔らかいはずの魔女王の肌は、今は石よりも硬くなっていた。

「逃げる前に、癒しの尊の場所を教えろ！」

「し、舌を、舌を切ったはずなのに！」

「癒しの尊の場所だ、言え！」

「いひぃ、知らねぇ」

魔女王は足を摑む手にさらなる力を込めた。

「知ってると言ったろう！」

「いでで！　本当は知らねえんだぁ！」

「嘘を吐いたのか！」

近くにあった岩が、彼女の怒りが呼んだ閃光で割れた。

「いひっ、悪かった、俺が知ってるのは傷を治せる醜い女だ！」

「傷を治せる醜い女？　癒しの尊は女なのか」

「あ、ああ、頭のおかしな醜い女だ！　かんしゃや、しんらいとか訳のわからない言葉を俺たちに教えようとする！」

「感謝や信頼だと？」

魔女王が腕に込めた力を緩めた。口の調子が良くなった餓鬼は語り続けた。

「へへ、ムカつくから石の的にすると、やっと消えるんだ！」

「なんだと？」

「さっきのお前みたいにみんなで襲って、かんしゃやしんらいを教えてやった！」

餓鬼の間違った言葉に、魔女王の腕に今まで以上の力が込もる。

「いでで！　よせ！　俺がなにしたって……」

餓鬼が話し終わる前に、魔女王は餓鬼を投げ飛ばした。

「ひぃぃ――」

餓鬼は、遠くにある廃墟《はいきょ》に放り投げられ、動かなくなった。

魔女王は舌打ちをすると、自分の服を拾い集め、胸を隠す。そして多くの建物が見える先に歩き始めた。

「ぼぉぁぁぁぁあ――」

すると突然、彼女が歩いていく先から腹を震わせる大声が聞こえた。それはまるで、巨大な赤ん坊の泣き声のようだった。魔女王は一度立ち止まるが、またその方向に歩き始める。

散ったと思っていた他の餓鬼たちは、瓦礫《がれき》の陰から彼女を睨んでいた。

遠くに見える火山から噴き上がる黒煙が、空のほとんどを侵す。そんな地獄と餓鬼の島だった。

紅き大帝と暗黒の魔女

「ぼああああぁ――――」

火山の頂《いただき》から舞い上がる煙が空を覆い、紅き大帝は今日も叫ぶ。奴の周りにはただ大きな岩を並べて作った囲いがあるだけで、そこが城だった。

何も履いていない大きな足の下には、少し前まで人の形をしていた骨や肉が転がっている。小石に混じって黄ばんだ歯や爪が散乱し、生ぬるい血溜《ちだ》まりもできていた。

島に住む餓鬼たちを無差別にさらっては、料理をするように胸を開き、肋骨《ろっこつ》をしゃぶり、首と尻を繋《つな》げて遊ぶ。紅い身体は垢と渇いた血で黒く染まり、ところどころに自分のものか殺した者か、もう忘れてしまった汚物や肉片がへばり付いていた。

奴は赤子が親を求めるようにしばらく叫んでいたが、やがて喉《のど》が渇いたのか、その場にしゃがみ込む。大きくがさつな唇を狭めると「ずずず」と下品な音をたてて、地面に広がる赤黒い泥水をすすった。時々、口の中に硬い骨が入ると、おしゃぶりのようにそれを吸う。

葡萄《ぶどう》の種のように骨を吐き出すと、また地面に広がる生ぬるい泥水をすすった。

味わう楽しみは、ずっと昔に忘れていた。舌に意味はなく、奴はただ食欲と喉の渇きにまかせて水分と肉片を胃に入れ、臓器の食感を楽しんだ。すると。

「んんぁ、あぁん」

自分を慰《なぐさ》める雌の猫のような声がした。

「うちゅうをにくむのろいのことば」

次に、猫が唄うようにそう言った。紅き大帝にとって馴染みのない声だった。

奴は顔を上げ、辺りを見回す。地面に手足を着け、四肢《しし》で這《は》うその姿は飢えた猟犬を思わせた。

「たいていのくらいをもつのに、あなたさまはじめんにちらばるにくとちをのんでいらっしゃる」

嗅《か》ぐことを忘れかけた鼻に、嗅いだことのない甘い匂いがする。しかし紅き大帝が辺りを見回しても、声の主はいなかった。

「なんてけんきょでいいおうさま」

つたない声の主を見つけられない苛立《いらだ》ちに、「ぼあぁ！」と大きく雄叫びを挙げると。

「ああん、わぁ（私）はここです」

足元に、小さな少女が立っていた。身の丈は、紅き大帝の膝《ひざ》にも満たないために、見つけられなかった。少女は一見、全身を黒い布で巻いたような格好をしていた。足元まで伸びた髪が顔を隠し、まとまったいくつかの束はゆらゆらと宙を漂《ただよ》っている。そして全身に吸い付く黒い布に見えたそれは、彼女の髪だった。髪の間から見える腕は魚の骨のように細く、肋骨は浮き上がって病人のように痩《や》せ細っている。しかし、前髪の間から時々見える大きく黒い瞳は、回転する銀河にも見え、目を合わせた者に不快感を与えた。

「ああ、ぼあぁ！」

ドン、バン、ドンと、紅き大帝は彼女に向かって拳を下ろした。

大きな拳は少女ごと地面を潰《つぶ》す。紅き大帝は何度も拳を叩き付け、黒い拳と地面が重なる度に、熱い地面から火花が散った。

「ああん、んんあ。ああん」

餓鬼であれば、地面の土と肉が混ざり合い、岩と骨の区別がつかなくなるほどの仕打ちだ。しかし、少女の形は崩れなかった。その少女は、自ら地面を背にして拳を受けて、くすぐったそうに笑った。

「あはん。あはん。たいていさまもっと。もっと、もっと」

奇妙な少女の歪《ゆが》んだ欲求を聞いているのか、いないのか。紅き大帝は何回も少女を殴り潰す。

「なんてちからづよいこぶし。あつくてふとくてざんこくでつめたい。つめたい」

少女は紅い拳から顔を覗《のぞ》かせ、愛くるしい小動物を見つめるように、醜い鬼に視線を合わせた。彼女と目が合った瞬間、紅き大帝はとうとう殴るのをやめた。

「あはん、あはん、たいていさま。もっとわぁをなぐって。わぁにさわって。わぁにあきないで、わぁをくちにふくんで。たべて、あじわって」

少女がそう言うと、紅き大帝は少女をつまみ上げ、「ぼあっ」と少女の足から腹にかけてを、口に入れた。そして、不規則に並ぶ鋭い歯で少女の腹を嚙み砕こうとする。

「あはん、あはん」

味を忘れた紅き大帝の口に、甘い香水の臭いが充満した。

しかし、それらは毒のように口内を痺《しび》れさせた。鋭い歯と歯の隙間に、少女の長くて乱雑な髪が絡《から》まる。絡まった髪は大帝の歯茎《はぐき》に刺さるほど、一本一本が鋼のように硬い。腰と足の肉は柔らかいのに、その肌は鋭い歯を通さなかった。

「あはん。あはん、たいていさま、もっとわぁをあいして、あじわって」

どんなに噛んでも、少女の形は崩れない。やがてあごに疲れを感じた紅き大帝は、唾を吐くように少女を地面に吐き出した。不潔な唾液に濡れた足を撫《な》で回しながら、少女は紅き大帝を見上げる。

「たいていさま。たいていさま。わぁをおもちゃにして、わぁをあいして」

紅き大帝は、煙の空を見上げて叫んだ。次に、少女の髪の一部を掴み、持ち上げると。

ガツン、ガツン、と岩に思い切り打ちつけた。

「あっ、あっ」

ガツン、ガツン。

打ちつける音に紛れて、快楽を感じる少女の声が聞こえる。

人間なら毛髪が引き千切れ、四肢の先まで干物になるような仕打ち。しかし、その少女はどんなに打ちつけても平然としていた。間もなく、先に岩が割れた。

その度に横に並ぶ別の岩に少女をぶつける。何個目かの岩が割れたとき、紅き大帝は空腹を感じ始めた。少女を向こうの岩に投げる。少女は岩にぶつかり、人形のように地面に倒れた。

「ぼああああ!!」

ボブン、ブボン。

紅き大帝が叫ぶと、少女から少し離れた岩から灼熱《しゃくねつ》の炎が噴き上がった。

少女は大きな黒い瞳で辺りをおもしろそうに見回す。

「ああ。すてき。たいていさまのしんぴのきせき。くうふくでじめんからはなびを……」

ブボン。

少女のいた地面からマグマが弾けた。辺りの気温は一気に上昇し、そこかしこに転がる肉片は焼けただれる。髪の毛が燃える硫黄《いおう》臭さと、骨が爆《は》ぜる音がした。

「ぼぁあああ――――」

ブボンッ、ボバンッ。

「あはん、ああん」

しかし彼女は化粧でもするかのように、岩すら溶かすマグマを顔や首にこすりつけていた。平然と笑っている。殴られても形を変えず、噛まれても歯を通さず、叩かれても喜び、焼かれても燃えない少女。

「ああ――――ぎざま！」

少女の様子を白目で睨み、紅き大帝は、とうとう人にもわかる言葉を使った。

「ぎざま、何だ、ぎざま、何者だ！」

「んんあ、ああん」

少女は気持ち良さそうに、両手のひらで自分の頬《ほお》を撫でる。

「わぁは、まじゅおう（魔呪王）。まじょをくらうもの」

「まじゅだど？」

紅き大帝に自身を呼ばれた魔呪王は、嬉しそうに目を細める。

「わぁのしんぴは、のろいのきせき」

魔呪王は紅き大帝に近づきながら続けた。

「うちゅうをにくむのろいのことば」

熱が冷め、黒く固くなったマグマに身を阻《はば》まれても、彼女はそれを割って進んだ。間もなく、彼女は紅き大帝の前に立ち、彼を見上げた。

「わぁといっしょに、おうごんのまじょおうをたべましょう」

「黄金の魔女王だど？　なんだぞれは！」

「はるかみらいからやってきた、きょだいなちからをもつうつくしいまじょでございます」

「貴様の仲間が!?」

「せかいとれきしにまじょはたくさんいますけれど、いちりゅうのまじょはむれない。おうごんのまじょおうは、たいていさまのはなびのちからをうばおうとしています」

「ああ？　おでの力だど！」

「そう。おうごんいろのまじょおうはじくうをいどうし、しんぴのきせきをうばってまわる」

魔呪王は紅き大帝の足に、全身で抱きついた。

「あなたさまのしんぴも、おうごんはうばおうとしています」

「ぼあああああぁ！」

怒りに震える紅き大帝が叫ぶと、すぐ近くの岩が爆ぜる。魔呪王は歌うように囁《ささや》く。

「そしておうごんはとてもおいしい。あじをわすれたたいていさまも、あじをおもいだすはずおうごんのあじ」

猛《たけ》る大帝の口からよだれが垂れ流れる。

「うあ、味かぁ！　あぢ！」

「ああん。そう。しかもおうごんはじしんのきずをいやせる」

魔呪王は口に指を入れた。

「ゆびをくってもゆびははえ」

次に胸を触る。

「ちぶさをくってももとどおり」

魔呪王は、最後に自身を強く抱いた。

「つかまえてすこしずつたべれば、むげんにたのしめるおうごんのあじ」

紅き大帝は「ぼあ」と一鳴きすると、拳を挙げる。ドズン、と今までで一番の衝撃《しょうげき》を、魔呪王に落とした。拳と地面が触れると小さな流星のように火花が散る。

しかし、痛みを感じたのは紅き大帝のほうだった。思わず拳を挙げる。拳からは、熱い血が流れていた。拳と同じ形にへこんだ地面には、魔呪王が平然と立っている。その髪の毛の一部は逆立ち、槍のように鋭くなっていた。鋼の髪の毛は、厚く硬い大帝の拳をも貫いていたのだ。

「あかきたいていさま、あそびのじかんはおわりでございます」

魔呪王は、猫のような仕草で頬を肩に触れさせてから、大帝に背中を向け、歩き出した。

「わぁのかみでつけたきずはのろいをこめたきず、しぜんにはなおりませぬ」

紅き大帝の拳からは、赤黒い血が流れ続けている。生臭く、泥のように重かった。

「なおすにはいやしのしんぴがひつよう」

歩き始めた魔呪王は、一度、紅き大帝に振り向く。

「いっしょに、きずをなおせるみにくいおんなをさがしましょう」

魔呪王の言葉を、ほとんど理解していない紅き大帝だったが、拳の激痛が彼女に従うことを望んでいた。紅き大帝は小さく鳴くと、黙って魔呪王の背中について行った。

歯無しの餓鬼と魔女の王

地面には大小雑多な礫《つぶて》が転がり、人の指の骨も転がっている。赤熱《せきねつ》した石炭のような山々が曇天《どんてん》を背負って連り、その景色は、まるで肉を食《は》む獣の口内に見えた。

魔女王は破れた白い布を器用に結び直し、新しい服のように着ていた。静かに歩く姿は気品溢れる水上の白鳥だが、誰にも止められない勢いは勇者を思わせた。後ろに、一匹の餓鬼がいた。彼女はその餓鬼の存在に気付いていていたが、大して気にしていなかった。

その餓鬼もまた地獄の業《ごう》を背負って、餓鬼から生まれた餓鬼だったが、他と少し違い、身体が小さく、頭が大きい。鼻からあごにかけてが異様に狭く見える。どうやらまだ幼い、子どもの餓鬼のようだ。岩の陰に隠れながら、時々鼻の穴を覗かせて、魔女の王の足跡《そくせき》を確認していた。

彼は強く強く、黄金の魔女王に惹《ひ》かれていた。彼女の髪の毛は、たまにしか見られない太陽のように輝いている。肌は空を覆う煙の隙間から見える白雲と同じ色で、嗅いだことのない甘い残り香を振りまいている。

枯れ木のように生命《いのち》が枯渇したその地において、彼女の存在は溢れんばかりの生命力《せいめいりょく》を感じさせた。空が厚い雲に覆われていても煌々《こうこう》と輝き、幼い餓鬼のくすんだ石のような心に小さな煌《きら》めきを反射させる。餓鬼は、生まれてはじめて食べ物への執着とはまったく違う別の興味を抱いていた。

後に、彼が賢者と呼ばれる遥《はる》か未来まで、その興味の火炎《かえん》は色味を変えながら燃え続けるだろう。

「わらわに何か用か？」

魔女王は突然振り返り、幼い餓鬼に向かって語りかけた。

「へはぁ！」と子どもの餓鬼は驚きの声を挙げ、地面に尻をつけた。

魔女王は小さく首を傾げ、彼を見下ろしている。その餓鬼にとっては空が落ちてくるほどの驚きだが、彼女にとってはまつ毛を撫《な》でるほどの小さな気まぐれだった。

「わらわを犯そうとしているのか？」

「へは！」と、彼は勢いよく首を横に振る。魔女王はあごを上げた。

「では癒しの尊の居場所を教えてくれるのか？」

「はっはっ！」と餓鬼は子犬のように頷《うなず》く。彼女は、おかしな声で鳴く餓鬼を不思議に思い、彼の口を覗き込んだ。

「お前、なるほど、歯が無いのか」

彼の歯は、他の餓鬼のいたずらですべて折られていた。顔が異様に小さく見えるのは、そのせいだった。

「歯無しの餓鬼か」

「へっはっ！」と鳴くと、彼の腰巻きが濡《ぬ》れた。彼女が付けた呼び名に、小便を漏らして喜んだのだ。魔女王は冷たい目をした。

「汚いな」

次に、自身の足を隠す純白の布を引き裂いた。腿《もも》があらわになり、子どもの餓鬼はその白く細い曲線に夢中になる。彼女は白い布を、歯無しに差し出した。

「癒しの尊の場所まで案内してくれれば、この布をやろう」

「へっは！」

歯無しは喜びの声で鳴くと、白い布を泥棒のように奪い取った。肺一杯にその布の香りを嗅ぐと、彼は白目をむき、気絶しそうになるほどの高揚感を覚える。

「嗅ぐものではない。腰に巻けと言っている」

歯無しは、今まで着ていた不潔な腰巻きを脱ぎ、魔女王から貰《もら》った清潔な布を腰に巻こうとした。しかし、その手は不器用で、うまく布の先端同士を結ぶことができない。

魔女王は「ふん」とため息を吐くと、歯無しの前でしゃがみ込み、布を結んでやった。

「ほら、汚い格好よりも、綺麗なほうが気分がいいだろ」

彼女がそう言って立ち上がると、歯無しは自分の下腹部に巻かれた純白を見つめ、撫でた。

「へっへっ！」

よだれを垂らし、あまりに興奮した彼は、腰巻きを尖らせるほどに勃起をしていた。魔女王は眉を寄せる。

「わらわは若い女だ。あまり変なものを見せるな」

歯無しは気にする様子もなく、腰に巻かれた布に夢中だった。

「そんなに嬉しいのなら約束通り、わらわを彼女の居場所まで案内してほしい。この国では醜い女と言われているようだが」

歯無しに他の餓鬼とは違うものを感じた彼女は、彼の股関から目をそらしてそう言った。

「はっ、はっ！」

歯無しは、その場から突然走り出す。しばらく走ったところで立ち止まり、魔女王を振り返った。

「そっちか」

彼女も、歯無しが走る方に向かって歩き始める。魔女王が近づくのを確認すると、歯無しはまた先に進んだ。

「餓鬼から生まれた、餓鬼の子か」

喋ることのできない歯無しを前に、普段無口な彼女も自然と口数が増えていた。

景色に枯れた木や砂色の草が目立つようになる。時々、家らしき石の集まりも見えた。ほとんどが朽ち果て、人が住める状態ではなかった。

岩肌のような道をさらに進むと、辺りはさらに暗くなり、暗黒の夜になる。星や月は火山から出る煙に隠れ、視界には遠くで燃える山々。地獄の国は常に硫黄のような腐った臭いと燃え尽きた灰のような乾いた臭いがして、魔女王の嗅覚《きゅうかく》はすでに麻痺《まひ》していた。彼女は呼吸の回数を減らし、耳の感覚だけを頼りに歩き続けた。

次に立ち止まったとき、まだ進もうとする歯無しを止めた。その夜は、ちょうど見つけた空き家で休むことにした。その家には窓がなく、ただ石を重ねただけの頼りない壁の集まりだった。だが、枯れ木でできた粗末な屋根はあった。

「まるで作る途中で飽きられたような家だな」

魔女王はそう言って、家の扉を叩いてみた。

トト、トン、ガラン。

小さな力で叩いただけで、扉は向こう側に倒れてしまった。

「へっは！」

歯無しは、魔女王の後ろに立って、扉が崩れたことに喜び、笑った。

魔女王は「しっ」と彼を黙らせると、倒れた扉の向こうを暗闇に慣れた目で見てみる。中の様子はほとんどわからない。ただ、麻痺した感覚でも、鼻に突き刺さるような腐臭《ふしゆう》を感じていた。

魔女王は少しの間、家の中を確認した後、闇の向こうに話しかけた。

「扉を倒して申しわけない。朝がくるまで扉を直させてもらえないだろうか」

返す者はいなかった。彼女は一歩、家の中に入ってみる。床はなく、外と同じ砂の地面だった。

歯無しは彼女の後ろで、間仕切りの陰に隠れつつ、鼻先を覗かせていた。

一歩家に入っただけで、腐臭はさらに強いものになった。彼女はすでに、その家で休むことよりも、異様な臭いの正体が気になっていた。突然、パチッという音とともに、魔女王の周りに小さな雷が起きる。かと思うと、彼女の身体が発光した。

「へっは！」

歯無しは、驚きと興奮の声を出した。魔女王は目を細くして彼を睨む。

「口を閉じろ。気にするな」

発光したその姿にはじめは誰もが驚くが、すぐにその奇跡も自然に思えるようになるほど、神々《こうごう》しいものだった。彼女を中心に、光は部屋の隅々を照らした。その家は地獄の国で、まだ餓鬼になる前の人間が住んでいた家だった。家具と呼べる物はなく、火を使っていた跡もない。中心には椅子の代わりにしていたような、大きめの石が一つあるだけだった。

その部屋の奥に、もう一つ部屋がある。雷を起こし、怪力を持つ魔女王ですら心臓の鼓動が重くなっていたのは、歯無しにもわかった。

ゆっくりと奥に進むと、魔女王は「うっ」と小さく漏《も》らし、部屋の景色から目をそらした。そこには、喰い散らかされた肉塊《にくかい》と、そこから覗く砕けた骨が転がっていた。

「この臭いか」

家の中に充満していた不快な臭いの正体は、死んで臓腑《ぞうふ》をさらけ出した餓鬼の死臭《ししゅう》だった。糞《ふん》尿《にょう》の臭いも混じり、死骸《しがい》の周りには耳障りな音で無数の羽虫が飛びかっている。部屋の四隅に皮膚が散乱し、ところどころに体毛がこびり付いていた。歯無しは魔女王の後ろからその光景を見ると、死骸に近付き、しゃがみこむ。そして腹の内側の骨に付いていた肉片を爪で削《そ》ぎ取り、あ！んと口を開けた。

「やめろ！」

魔女王の怒声《どせい》とともに、部屋を照らす光が強くなった。

「ふひ！」と歯無しは身体をびくりと震わせる。

「捨てろ」

歯無しは、驚きとともに、持っている肉片と彼女を交互に見ていた。

「それを捨てろ！」

彼女の輝きがより激しくなる。歯無しの髪の毛は逆立ち、全身に鳥肌が立つ。間もなく、歯無しは持っていた肉片を部屋の隅に放り投げた。その様子を確認すると、魔女王の輝きは少しだけ収まった。彼女は、長いまつ毛を伏せて、悲しそうに言った。

「同じ人間を殺し、畜生になり、畜生になった互いを喰って、お前らは餓鬼になったのか」

歯無しに近付き、しゃがみこむと、彼の丸く濁《にご》った瞳に薄緑色の瞳を合わせた。

「もう仲間を喰うのはやめろ。お前はまだ幼い、今やめればお前も人間になれるかもしれないぞ」

その言葉のほとんどを歯無しは理解していなかったが、そのとき見せた彼女の真剣な瞳を忘れることはなかった。

グゥ。「へはあ」。

直後、歯無しの腹が鳴った。力無くその場にうつ伏せになる。

「そうか、そうだな。仲間を喰わないと、この国には食べる物がないのだな」

魔女王は歯無しを片手で軽々と持ち上げ、父親のように肩に乗せた。

「ひどい臭いだ。少し洗おう」


家を出ると、外ではいつの間にか雨が降っていた。魔女王の肩から、雨を降らす夜空を不思議そうに見上げる歯無し。その温度は人肌のように暖かく心地がいい。その国では雨が降ることそのものが珍しいうえに、一粒一粒が清潔で、雨音はとても静かだった。

魔女王は歯無しをその場に降ろした。地面に座った彼は口を開けて雨水を飲む。その味は砂糖のように甘く、不思議と腹が満たされていく。彼女が「顔を下に向けろ」と言うと、おとなしく従う歯無し。彼女は、不潔な髪に親指の爪を当てると、左手で髪を引き伸ばし、右手の美しく鋭い爪で、ブツッと音をたてて散髪を始めた。

「動くな」

歯無しは「はへえ」と心地良さそうな声で鳴き、魔女王に従った。やがて、長く不潔な髪が小指の長さほどになると、魔女王は自身の髪の内側に忍ばせていた石鹸《せっけん》を取り出す。

「わらわのとっておきだ。お前に使ってやる」

彼女は、石鹸を歯無しの髪や身体に当て、洗い始めた。

「すごい汚れだな」

雨を当てた歯無しの身体から、垢や土が泡とともに流れ落ちる。はじめは泡に触れようと遊んでいた歯無しだったが、泡は摑もうとしてもすぐに崩れた。間もなく体験したことのない清潔な心地良さに、安心と重い眠気が訪れる。歯無しの全身を丁寧に洗うと、魔女王は自身が描いた傑作を愛《め》でるように、その子どもを満足そうに見つめた。

「ほら、餓鬼の子が、人間の子に近付いた」

魔女王は彼の顔に自身の顔を近付けると、突然「あーん」と言いながら口を開けた。太陽の輝きとまで謳《うた》われる魔女王の滑稽《こっけい》な仕草に、歯無しも思わず口を開けて見せた。光る指を入れ、歯無しの口の中を照らす。

「やはり、ほとんど折られたり、抜かれたりしたのか」

照らされた口の中を覗き込んで、彼女は続けた。

「癒しの神秘が手に入ったら、お前の歯を治すこともできる」

魔女王は立ち上がると、彼に背中を向け、服を脱ぎ始めた。すべての服を脱ぐと、開いた両手を僅《わず》かに広げ、暗闇の夜空に顔を向ける。そして目を瞑《つむ》った。

「だから、癒しの尊の場所には必ず案内してくれ」

魔女王がそう言うと、歯無しは目をこすり「へはあ」と返事をした。

直っすぐだったはずの黄金色の髪は、雨に濡れると僅かに曲がり、すぐにクルクルとした模様を彼女の背中に描く。顔には、うっすらとそばかすが浮かびあがっていた。

暗闇で静かに降る暖かい雨。それを浴びる、光を放つ裸の美女。その姿は、絶世と全能の黄金の魔女の王であると同時に、虫の命すらも果てる絶望の世界で、独り寂しく旅をする少女にも見える。

地獄の国の暗黒の空に、黄金の魔女王はぽつりとつぶやいた。

「……あぁ。たしかに、世界は、そんなに幸せではないのかもな」

その言葉は、いつか誰かに言われた言葉の、返事だったのかもしれない。

歯無しは重いまぶたを必死で開き、いつまでも彼女の姿を見ていようとしていた。しかし、睡魔《すいま》は彼の心に眠りへの誘惑を囁き続けた。やがて幼い彼は、柔らかい泥土に横たわり、暖かい雨の布団の中で眠りに就いた。

殺人妃と赤い髪の男

むかしむかし。とある東の国の海域は、暗く重い波浪《はろう》が続いていました。そんな海を一隻の船が進んでいます。その船は地獄の島と呼ばれる罪人の最果ての地へと向かっていました。船には数人の兵士と船乗り、そして二人の罪人が乗っています。

罪人の一人は赤い髪の男で、不思議な力を持っていました。もう一人の女の罪人は、もともとはとある国の王妃でした。しかし、彼女は住んでいた国で何人もの人を殺した、殺人妃《さつじんきさき》と呼ばれる妃でした。本来、出会うはずのない二人は、粗末な船の不潔な一室で、向かい合って、腕を壁に繋げられています。揺れる船の暗い密室。長い航海は退屈でした。

殺人妃はニヤニヤした笑みを浮かべて、向かい側に座る赤い髪の男に話しかけます。

「ほほほ、ぬし。おぬしは何をした？　殺したのか？　盗んだのか？　犯したのか？」

赤い髪の男は顔を下に向けたまま、静かに答えました。

「治した」

殺人妃は眉を八の字に曲げます。「治しただと？」

「僕には、人の心の汚いものを背負う力がある」

「ほほ！　なんぞそれは!?」

馬鹿にしたように笑う彼女に、赤い髪の男はまた黙りました。

「ほほ、いや、続けろ。長旅で退屈だ。ぬしの話を聞いてやろう」

間もなく、彼は再び口を開きました。

「……とある国の小さな村で、若い娘をさらっては殺す伯爵夫人がいた」

「ほほ、その女の心を治したのか？」

「いいや。その伯爵夫人はすでに魔女となっていた。手遅れだった」

魔女という言葉で、ニヤニヤしていた殺人妃は笑うのをやめました。彼女の住む国でも、毒を扱う紫色の魔女の伝説があり、国の者は皆、その存在を畏《おそ》れていました。

「僕は、その伯爵夫人の行いを黙認していた夫、伯爵の心を治した。伯爵は裁判に魔女となった夫人をつきだし、彼女は処刑された。その国で娘をさらう魔女はいなくなった」

「ほほう。では、ぬしは村人たちを救った勇者なのに、なぜ地獄の島に向かうこの船にいる？」

赤い髪の男ははじめて顔を上げます。

「治した者たちの邪悪なよどみが、僕の中で膨れ上がっているんだ」

彼の瞳は、憎しみと欲望を込めた鮮血色でした。何人もの人を殺した殺人妃ですら、「ひっ」と唇の内側で小さく悲鳴を上げます。彼は続けました。

「まだ僕の意思で抑えることはできている。けど、これも時間の問題だ」

赤い髪の男はクイッと鼻を動かして続けます。

「僕は自らの意思で地獄の島に行く。あの島で静かに絶えるのが僕の望みだ」

そう言って、赤い髪の男は、そっと目を閉じました。

ガガガガ、ギギギギ。

少しの間、その部屋には波で軋《きし》む木の音だけになりました。

「……ほほほ。ならばわぁしの心の邪悪を背負ってみろ」

赤い髪の男は何も言いませんでした。殺人妃は続けました。

「わぁしは見ての通り醜い顔をしているが、王とは生まれる前からの許嫁《いいなずけ》でな、妃となった」

殺人妃の赤い唇は、口角がつり上がった不気味な笑みを浮かべています。肌は魚の鱗《うろこ》のように割れ、目は細く、鼻は相手に鼻の穴を見せる強情と下品さ。加えて、歯は不自然に並んだ仲の悪さで、髪は黄ばんだ植物の根のよう。その容姿は見る者に不快感を与える醜さでした。

「ほほ。妃という立場だけがわぁしの拠《よ》り所だったが、王には何人もの他の妃と愛人がいてなぁ」

妃は今にも消えそうな、天井にある蠟燭の火を見上げ、次に細い手首に繋がれた鉄の鎖を見つめました。

「わぁしが他の妃や愛人の乳房を切り取って殺してやったら、王は何も言わずにわぁしを地獄の島へ流刑しおった」

赤い髪の男は再び鼻をクイッと動かし、訊きました。

「なぜ、今さら心の邪悪を取り除きたいと？」

「ほほほ。いや、なに、わぁしは赤子のころから他を妬み生きてきた。他の妃を殺す前から多くの人間を苦しめ、多くの人間に恨まれた。生まれ持っての悪人と自覚しておる。ほほ、だからな、一生に一度くらい善人の気持ちを知りたいのと、それに、ほら、ぬしが本当に他の悪の心を正せるのならやってみろ、というただの興味と気まぐれ」

殺人妃は不潔な木の床を見ながら笑います。床の向こうには、彼女の心と同じ暗い深海がありました。

「善人の気持ちを理解したら、ほほ。また元に戻って地獄の島で人を殺すのを楽しもうかなと」

ギギギギ、ギギギギ、という音がしばらく部屋に木霊《こだま》しました。

「絵を描くように、人を殺す妃。あんたに訊いてみたいことがある」

赤い髪の男は目を瞑ったまま、殺人妃に奇妙な質問を投げかけました。

「憎しみを秘めたまま死んだ善人は、天国に行けるのだろうか？」

「ほっ。どういう意味ぞ？」

殺人妃が疑問で返すと、赤い髪の男は渇いた唇で言います。

「僕は屈辱も笑顔で耐え、民のために国を考える善に徹した。心では煮えたぎるマグマの憎しみを抱えても、現実で髪が抜けるほど我慢しても……それでも僕は善良でいた！」

殺人妃はただ黙って、彼の話を聞いています。男は紅く燃える瞳で床を睨み、興奮した様子で続けました。

「だが誰にでもないか!?　行動にまで至らない出来心は！　カネが落ちていたら懐《ふところ》にしまおうとする囁き！　憎んだ人間を殺す景色が一瞬でも浮かぶ思考のいたずら！　年寄りに優しくする瞬間、彼らがどれだけ脆《もろ》いか試したくなる衝動！　友人の恋人と寝る夢！」

殺人妃は、呆然《ぼうぜん》とした様子で赤い髪の男を見つめています。男の口調がまた静かになります。

「そんな悪を心に秘めたまま現実では善人でいた者の、精神の悪とは罪になるか、という疑問だ」

――憎しみを秘めたまま死んだ善人は、天国に行けるのだろうか？

ガガガガ、ギギギギ。

「……わぁしにはぬしの言葉が理解できぬ」

ギギギギ、ガガガガ。

「そうか。そうだな」

赤い髪の男が悲しげにそう言うと同時に、ギィと音をたてて部屋の扉が開きます。

扉を開けた兵士は「着いたぞ」と言って、赤い髪の男と殺人妃の鎖を壁から外しました。

「目を合わせたら、すぐに僕から逃げろ」

「ほ？」

兵士に連れられながら、赤い髪の男が殺人妃に囁きました。

「今から、あんたの中の邪悪を僕が背負う。それが僕にできる最後の奇跡だ」

殺人妃も、彼の横顔に小声で言います。

「ぬしはどうする？」

赤髪の男はゆっくりと、殺人妃に顔を向けます。

「はらみ切れない憎しみを秘めた僕は、鬼となってこの地獄の島をさ迷うだろう。あんたは逃げろ。二度と僕に近づくな」

目を瞑った男に、殺人妃は少しの間、黙りました。


やがて、海岸に止めた船から、今まさに不潔な砂浜に降り立つときのことでした。

「答えになるかわからんが」

殺人妃は突然立ち止まり、大きく息を吸い込みました。

「あるのかもわからない天国に行けるか、行けないか、なぞわからん」

彼女は地獄の島を見つめます。向こうには、砂浜か荒野か、生命の枯渇《こかつ》した土地が広がっていました。遠くには巨大な枯れ木や無骨《ぶこつ》な岩が点在し、さらに遠くには黒煙を吐く怒れる山々が見えました。鼻を異臭が侵し、足の裏を冷たい礫が痛めます。

「間違いなく言えるのは、ここは地獄。ちょうどいいじゃないか、わぁしたちには」

そこでふと、彼女の表情がどこか柔和なものになりました。

「だが待て、ふと思ったが――」

「何を言っている、歩け！」

しかし途中で、兵士が強い調子で殺人妃の背中を押し、遮《さえぎ》られました。彼女は少し残念そうな顔で再び歩きます。

「気紛れの意見を言おうとしただけぞ。忘れろ」

殺人妃の話を聞き損ねた赤い髪の若者。ゆっくりと、目を開けます。

「いいんだ。はじめて、答えようとしてくれた人に出会えた」

殺人妃の細い目に、鮮血色の瞳が重なります。彼の瞳を見ても、殺人妃には特に何も起きませんでした。

「うっ、ぁあぁぁ！」

ところが、赤い髪の男が突然叫び出します。大きな身体から、内臓のすべてを吐き出すような「ぼぁ、ぼっ」と声を上げて、彼は胸を押さえました。

「おい、なんだ！　どうした！」「叫ぶな！　黙れ！」

彼の異変に、周りにいた数人の兵士が、剣を抜きます。一番臆病そうな兵士が、男の肩を切り付けました。刃は指二本分ほど肩に食い込みます。しかし、兵士がいくら力を込めても、そこから動きません。

「なんだ、何なんだ！」

混乱した他の兵士たちも剣を構え、雄叫びを上げる男に切りかかりました。降り下ろした剣は背中に食い込み、また別の剣先が胸に刺さります。それでも彼は叫ぶのをやめません。

「ぼああぁぁ！」

「ひっ、ひぃ！」

臆病な兵士が船まで逃げ出しました。しかし、兵士の肩を何かが掴みます。それは恐ろしく大きな手でした。赤い髪の男は、そのまま、兵士の首に噛み付きます。

「ぎゃ！　ひぃぃ、いっ、いっ！　たすけ、助けて！」

兵士がどんなに暴れても、奴の牙は首から離れようとしません。

他の兵士たちは必死で、奴に突き刺さった剣を押したり引いたりしますが、一向に抜けません。首を噛まれた兵士は、自分の血がゴクゴクと飲まれている恐怖を感じていました。獣のような、奴の生温かい鼻息が兵士の喉に当たります。気が付けば、奴の身体は赤黒く変色し、筋肉も異常に隆起して体中にボコボコとした突起物が現れていました。

「お、鬼だ」「地獄の島に入った人間は鬼になるんだ！」

兵士たちは、口々にそう叫びました。

兵士の血を吸っていた奴は、そのまま首の皮膚と脈を喰い千切り、口の中で肉片をくちゃくちゃと頬張《ほおば》りました。首をやられた兵士は、首を持っていかれた勢いで砂浜に倒れました。

残された兵士たちは、故郷を思い浮かべながら我先に船へと乗り込みます。

しかし、乗り遅れた一人が、背中から奴に抱き締められました。

「ぎぃぁあ!!」

両腕ごと抱き締められた兵士は、そのまま、信じられない力で横にへし折れ、潰されていきます。肉の中で弾ける骨の音。肋骨と腕の骨が一緒になった者が、砂の地面へ倒れました。

「ぼあああぁぁ――」

低く唸《うな》る、赤子のような雄叫びを上げ、地獄の島に赤い髪の鬼が誕生したのです。

鬼が叫んだ瞬間、逃げた兵が乗る海面が泡立ち、水蒸気を放って沸騰《ふっとう》しました。

「うあっ！　いやだあぁ！」

海の異変に気付いた乗組員が奇声を上げた瞬間。

ボッ、ブン。

噴き出した溶岩が、暗く濁った海面を突き上げ、船を飲み込みました。重い花火は一瞬で船を焼き、乗っていた兵士たちもろとも海底へ連れて行ってしまいます。船内にいた者は、訳がわからないまま、海で焼け死にました。

一方、殺人妃は、騒ぎに紛れ、惨劇《さんげき》の砂浜から逃げていました。

岩に隠れてから浜辺のほうを覗きますが、倒れた兵士にしゃがみ込む鬼の姿を見て恐ろしくなります。残酷な行いが好きな彼女ですが、変わり果てた赤い髪の男の姿は、恐ろしすぎるものとして脳と瞳に焼き付きました。

「ひいっ」とひと泣きすると、彼女は立ち上がり、さらに逃げます。一歩逃げるたびに、今までの罪を思い出していました。夫の愛人たちの首を掻《か》き切り、乳房を噛む自分、女たちの鮮血を浴び、暗闇で虚《むな》しさに笑う自分。記憶の自分と、先ほどの鬼の姿が重なります。

「ああ、あああぁ！　わぁしは、わぁしは今まで何をしていたのだ！」

殺人妃は走りながら、自身の顔を両手で塞《ふさ》ぎました。

「わぁしは、わぁしはあぁ……あっ！」

視界を塞いだため、彼女は固い何かにつまずき、転んでしまいました。地面に倒れ込んだ彼女を、荒い砂が受け止めます。

「はあっ、ああ」

頬に、チクチクとした砂が当たっています。顔の横には人だった者の頭蓋骨《ずがいこつ》が落ちていました。汗と涙は乾いた砂に吸い込まれ、彼女は、その場に倒れたまま自らの罪を思い出し、後悔し……。

「わぁしは、今までのわぁしはなんて、なんて惨《むご》いことを！」

胸から湧き上がる重い念に苦しみ、自身を責めました。すると。

「ぎひっ、女だ」

彼女の周りには、いつの間にか数匹の餓鬼が集まっていました。何よりも先に、肺を侵す異臭。目に映るその姿は彼女がはじめて見る異様と卑《いや》しさです。

「いひぃ！　女だ、醜いが、女だ！」「ひゃひ！　海の先から女が来た！」

「ぬしらは？」

彼女が悲鳴を上げるよりも先に、餓鬼たちはご馳走に飛び掛る獣の勢いで群がりました。餓鬼たちは彼女の服を破り、指を食み、腹に顔を埋めて遊びます。樹液に群がる昆虫に、餌のことを思う感情はありません。そして彼女は、餓鬼たちにされるがまま、どこか諦めたように身を委ねました。餓鬼たちは足を舐め、乳房の間の匂いを嗅ぎ、夢中で彼女の形を楽しみます。

餓鬼の一匹に、薬指の無い者がいました。それに気付いた彼女は、何となくその手に触れてみます。すると、不思議なことが起こりました。無いはずの餓鬼の薬指が、次の瞬間には生えていたのです。そして代わりに彼女の薬指が無くなっていました。

しかし、傷を癒された餓鬼は、気にする様子も無く、彼女を犯し続けました。彼女は、仰向けのまま自身の奇跡を確認し、理解すると、ゆっくりと目を瞑りました。まぶたの向こうには自身を汚《けが》す餓鬼たち。その先には黒い雲に覆われた曇り空。辱《はずかし》めの先に餓鬼、餓鬼の先も地獄。

そんな、地獄と餓鬼の島。


「――ぼああああぁ」


やがて長い時が経ち、その島に不気味な雄叫びが聞こえるようになっても、彼女は一人、その島をさ迷いながら、傷を負った者を見つけてはその傷を癒していきます。

石の的にされ、犯され罵倒されても、解き放たれた蝶々《ちょうちょう》のように思うままの善を尽くし、地獄に何かを残そうとしました。意味もなく片目を潰されても、片目でいいのかと尋ねると、彼女の目を襲った餓鬼は気味悪げにその場から逃げました。欲する者には可能な限り何でも与え、動く指が減っても彼女の心は何かを得ていきます。癒すごとに自身が醜くなろうとも、彼女はそれをやめませんでした。それから後の世で、彼女は、癒しの尊と呼ばれるようになりました。


――憎しみを秘めたまま死んだ善人は、天国に行けるのだろうか？

魔女王と紅き大帝

歯無しが目覚めると、雨はやんでいた。

「ふわぁっ」

岩の上に寝かされていた彼は、あくびをしながら遠くの空を見る。昨日までと同じ重い色だが、遠くの噴煙《ふんえん》が見える今は朝。その国の数少ない常識だった。

歯無しはすぐに魔女王のことを思い出し、辺りを見回す。あの輝きはどこにも見えない。

「へっへっ、はっ」

彼女を捜そうと、岩から降り、廃墟の周りをぐるぐると走り回る歯無し。

「何をしている」

不意に鈴の音のような凛とした声が聞こえた。振り向くと黄金色に輝く魔女王が立っていた。

「へっは！」

歯無しは子犬のように魔女王の元まで走り、腰に抱きつく。

「どうした。わらわは癒しの尊が見つかるまで、どこにも行かんぞ」

「へっへっ」

歯無しは舌を出し、目を瞑り、鼻の穴を広げて彼女の匂いを嗅いだ。花の甘さと透き通ったハッカの匂いがする。さらに、彼女の腹に顔を埋めると、例えようのない安堵《あんど》感を抱いた。それは彼の知らない母の匂いだった。

「寝起きの機嫌は良さそうだな」

魔女王はゆっくりと歯無しから離れ、遠くの火山を見つめる。荒野の向こうに剣山《けんざん》のような岩山、さらにその向こうには煙を吐く頂が見えた。

「さあ、今日も癒しの尊のところまで案内しておくれ」

魔女王がそう言った直後、遠くから、腹に響くほどの轟音《ごうおん》が聞こえ、火山の手前の地面が爆発した。遠目からでも赤く輝く溶岩が見える。

「何だあれは？」

「はっあぁ！」と、歯無しは爆発したほうを必死に指差した。

「あそこに癒しの尊がいるのか！」

歯無しがうんうんと頷いた瞬間、空からビュン――と風を切る音が聞こえた。空を見上げると、燃える岩が空を切り裂き、真っ直ぐにこちらに向かっていた。

「へは！」。このままでは、隕石がここへ落ちる、と歯無しでもわかった。

歯無しが魔女王の手を引き、必死にその場から逃げようとする。しかし、彼女は大地に根を張る大樹のように、動かない。歯無しが寝ていた岩ほどの大きさの隕石が、今まさに彼らに激突する瞬間、魔女王は跳び上がり、隕石の上に立った。

バシュン――。

そして、隕石とともに、溶岩の見える丘へ飛び立つ。それは魔女王が神秘の奇跡で呼んだ援軍だったのだ。

「へっ、へはあ……」

残された歯無しの足元には、小便の影が浮かんでいた。


魔女王が飛び立つ少し前の出来事。

火山の麓《ふもと》にある熱い岩の近くに、一人の女が倒れていた。

彼女の全身には、一人の人生で抱えるには多すぎる傷が刻まれていた。ほとんどの指がなく、喉には切られた跡があり、片側の乳房はえぐれていた。骨の至るところに治りきっていない骨折。内臓にもたくさんの傷を負い、そして病巣も点在している。切れたまぶたに力は無く、片方しかない目にも光がない。存在そのものが、他者の傷を自身へ刻む、そんな神秘の奇跡を物語っていた。そして今まさに、虫の息だった。

彼女の目の前に、黒い髪をまとった少女が現れた。

「たいていさまぁ、このぼろきれがいやしのみことでございます」

「ぼぁっ」と鳴く恐ろしい声を、女は聞いた。

少女の背後に大きな影。紅き大帝もそこにいた。

「あっ、あなたは……！」

女の声は地獄の砂のように干上がり、かすれていた。

紅き大帝が醜い女を掴み上げる。その直前。彼女は、大帝の手のひらにある傷に気付いた。ぐじゅぐじゅと膨れ上がり、毒が溢れているような呪いの傷。彼女は悲鳴を上げるよりも先に、その傷にそっと触れた。すると、大帝の傷は治り、醜い女の手に新たな傷が増えた。

だが、紅き大帝の心は癒えた傷にも動かない。

「さあ、たいていさま。おうごんにこのばしょをおしえてやりましょう」

「ぼぁあああぁ――」

紅き大帝が叫んだ瞬間、周りの岩が破裂し、溶岩が噴出した。灼熱のなか、醜い女は必死で恐怖に耐えた。そのときだ。

ガッゴ「ぼばッ!?」ォン。

岩がぶつかり、炸裂して岩壁同士で反響した。紅き大帝の頭部に、巨大な隕石が激突したのだ。

「見た目からして悪をはらむ貴様、何者だ！」

不潔な地上に降り立ったのは、世にも美しい黄金の魔女王だった。

呪いの子は、髪の先で黄金色の女を差し、血塗られた巨大な腕を見上げた。

「たいていさまぁ、あのおんなこそ、まじょのおうごんでございます」

「ぼぁ！　ああ、あぢ、味！」

紅き大帝は、溶岩色のよだれを垂らし、垢にまみれた牙をむき出しにすると、魔女王の味を求めた。

隕石の直撃によって、醜い女は固い地面へ解放された。そして、隕石に乗ってやってきた魔女の王を見上げた。

「あ、貴女は……？」

「わらわは太陽の輝き、黄金の魔女王。お前が癒しの尊か？」

醜い女は首を横に振る。

「尊《とうと》などと……私は地獄を彷徨《さまよ》う醜い女。尊ぶべき存在ではございません」

片耳、片目を失い、さらけた素肌はまんべんなく傷跡で埋まっている。胸はえぐれ、見た目だけでは男か女かすらわからない。刻まれたおびただしい数の傷に、魔女王の胸は締め付けられる。身体の部位を半分以下にしてもなお、謙虚に振舞うその姿勢に、この醜い女こそ癒しの尊だと、魔女王は確信した。

その間も、地面を揺らし、巨大な鬼が二人に近づいていた。

「あ、危ない！」

癒しの尊の叫びと同時に、魔女王の頭上に灼熱のよだれが降り注いだ。しかし、よだれは地面の小石を溶かすだけで、魔女王の姿は一瞬にして癒しの尊の横にあった。短い距離なら雷と同じ速さで動ける。彼女こそ唯一無二の黄金。その立ち居振舞いは高貴なる金の鷲《わし》だった。

黄金の魔女王は、癒しの尊に言った。

「わらわは、ここより遥か未来から来た。後の世で、お前は癒しの尊と謳われている」

「ぼぁあああ！」

魔女王の言葉を、大帝の雄叫びが遮った。同時に、辺りの地面からぼぶんぼぶんと溶岩が爆ぜた。

魔女王は、次に、癒しの尊を抱き抱え、真っ赤な鬼を睨んだ。

「なんだ、あいつらは。何者だ？」

「この国で餓鬼畜生を束ねる大帝です。私は彼の心を癒そうと、この地に留まっていました」

「そうか。だが、この場はまずそうだ。続きはわらわの胸で語れ」

魔女王がその場から駆け出した。思わず、持ち上げる加減を間違えるほど、癒しの尊の体重は軽かった。戸惑いを隠し、魔女王は訊いた。

「心を癒すと言ったな。どういう意味だ？」

「はい。彼は今でこそマグマ色の鬼ですが、私にとっては恩人なのです」

景色が平らに流れる速さのなか、魔女王はさらに問う。

「お前と、あの化け物の間で、何があった？」

「それは……きゃっ！」

不意に、後ろから「ぼあぁ」という雄叫びが聞こえた。すると、二人の目前の岩が爆ぜた。同時に地面が揺れ、後ろから鬼の足音が聞こえた。

「マグマを操る神秘、奴も王というのか！　ならば！」

直後、魔女王の目前でもマグマが登り上がる。それは重い鎧をまとった兵のように、魔女王の壁となり、飛び散る灼熱を遮った。

一方、紅き大帝は、今ごろになって、治った手の傷を不思議そうに見つめていた。

「ほうら。わぁのいったとおり、たいていさまのしんぴもまじょはぬすんだ」

紅き大帝の右肩にいる妖女《ようじょ》は、小さくなっていく魔女王の背中を見て続けた。

「ああん。たいていさまぁ、おおきくてかわいい、たいていさまぁ。わぁもてつだいましょう」

すると彼女の髪が蛇のようにうねる。

「わぁのかみは、ひかりにやみがのびるのとおなじはやさでせいちょうするのです。わぁをへいきとしておつかいください」

紅き大帝の肩で、無数の針が生えては回転した。


魔女王はいくつもの岩を越え、紅き大帝との距離を伸ばしていた。癒しの尊は、辺りの熱に汗をかきながらも、長い前髪の隙間から、美しく凛々《りり》しい魔女王の横顔を見つめていた。

ふと、彼女が自身の顔に触れると、でこぼことした肌がツルツルとした肌触りに変わっていた。傷が綺麗さっぱりと治っているのだ。

「あ、貴女は……？」

「言ったろう、わらわは魔女王。いかなる神秘の奇跡も真似できる。無条件に、無制限に、見ただけで。汚れは自分で拭《ふ》け、なかなか綺麗な素顔じゃないか。お前の傷も、真似した奇跡で治した。

もう、この地獄で傷を癒す必要はない。女として真っ当に生きろ」

しかし、癒しの尊の顔色は相変わらず青ざめていた。彼女は、魔女王の胸のゆりかごから背後を見つめると、何かを決意して、薄い唇をきゅっと結んだ。

「私を、下ろしてください」

癒しの尊と紅蓮の大帝

魔女王の足の速度が緩む。癒しの尊は、はだけた乳房に手を当てた。

「身体の傷は治せても、魂に刻まれた傷は癒せない。私の魂は、もういくばくもありません」

「傷は治した。病巣もない。お前は生きるんだ」

魔女王の表情に陰りが浮かび、その心には憤りが渦巻く。癒しの尊は乾いた唇でこう返した。

「残り僅かな魂の灯火《ともしび》が叫ぶ、私の最後の使命です。紅き大帝を救います。下ろしてください」

「鬼の心を救うだと？」

癒しの尊の声は喉を治したにもかかわらず、かすれたものだった。彼女の言うように、物理的な傷は治っても、身体に刻み込まれた記憶とも言える傷は治せていなかった。彼女は悲しそうに目を伏せ、ぽつりとつぶやいた。

「……トカゲの尻尾のように治ってもね、幻のように痛みは残るの」

魔女王が完全に足を止めた。

彼女は新たな力を手に入れた。人の傷を癒す神秘の奇跡、望んでいた悲願の力だ。にもかかわらず、この場における無力さを感じ、魔女王は子どものような怒りを覚えていた。

「春に埋めた木の実の場所を忘れた小動物か、貴様は。馬鹿なのか」

癒しの尊は微笑みを浮かべた。

「はい。私は愚かな女。だから森ができるのです」

そのとき、空が暗転した。二人が空を見上げると、不潔で巨大な足の裏が二つ見えた。

「跳べるのか、あいつは！」

魔女王は再び癒しの尊を抱え、「星よ！」と叫ぶ。しかし、彼女が呼んだ隕石は大帝の頭をかすめ、向こうの地面に落ちただけだった。直後、地面が低い音程で悲鳴を上げ、大帝が着地した。

「たいていさまぁ、わぁのかみでとぶのはたのしいでしょう」

鉄棒のように長くなった髪をゆらゆらと遊ばせ、魔呪王の声が辺りに木霊した。

魔女王は、紅き大帝よりも、その肩に乗る暗黒色の妖女を不吉な存在として捉《とら》えていた。

「髪を棒にして、跳んだのか」

「あぁ、おうごん、おうごん、おうおうおう、おうごん」

そう言って、魔呪王は自分の身体を撫でまわす。

一方、魔女王は隣に立つ癒しの尊に囁いた。

「癒しの尊よ。あの化け物に訴えるべきことがあるのだな」

癒しの尊は「はい」と頷いた。途端《とたん》、魔女王の全身に稲妻が走る。電流が、彼女の怪力をさらなるものにしていた。決意したときに見せる光だ。

「時間は稼いでやる。ただし少ないぞ。期限はお前の魂とやらが満足するまでだ」

癒しの尊が何かを言う前に、魔女王は彼女に背を見せた。

「ぼぁあああ！　かがやき、あぢ、味！」

大帝の口からは湯気がたち、垢黒い舌は灼熱のよだれを垂らしている。

「不気味な化け物め。さぞかし罪を重ねたろう」

魔女王が「ちっ」と舌打ちをした瞬間、辺りが照らされ、金属を擦り合わせたような雷音《らいおん》が轟《とどろ》いた。

「ぼぼぼぼぁぁ」

舌打ちで呼んだ稲妻は、どこか嬉々《きき》とした様子で、大帝の周りで宴《うたげ》のように踊った。黄金の魔女王はその煌めきが好きだった。

「ははははは！　歌え！」

不潔で巨大な紅き大帝と、その肩に乗る暗黒色の妖女。彼らに特大の稲妻を浴びせ、あざ笑う美しき黄金の美女。灰色の空の下、噴火寸前の火山の麓で、異様な宴が繰り広げられていた。癒しの尊にとって、その光景の次の瞬間は想像を絶し、恐怖を超える興味と同時に、見届ける義務すら感じさせていた。

やがて雷がやんだ。

紅き大帝も、その肩にいる魔呪王も消し炭のようになり、湯気ではなく煙を吐いている。

「さあ、癒しの尊よ。奴らを木偶《でく》の坊《ぼう》にした。耳は残した。語ればよい」

魔女王は振り返り、癒しの尊にそう言った。癒しの尊は頷き、一歩前に進む。そのとき。

「うちゅうをにくむのろいのことば」

少女の拙《つたな》い声が聞こえた。魔女王がさらに振り返った瞬間、無数の鋼が彼女を襲った。ウニの針のように太く長い髪が突き刺さる。

「まぐまのたいていさまに、こんなねつはつうようしない」

ぱきぱきと、さなぎの殻を破るように消し炭が動く。

「わぁのかみは、いなずまをもとおさない」

「あっ、あ！　離せぇ！」

魔女王はその怪力をもって、髪を引き千切ったり、腕に絡めて引っ張ったりする。だが、その黒髪は一本一本に強靭な筋肉をはらませたようにしなやかで、鋼のように硬い。束ねて抜こうとしても毛先は背後の向こうにあり、きりがない。もがいている間に、新たな髪が彼女の肌を貫いていった。間もなく、魔女王は人形のように黒髪の言いなりとなった。魔呪王は髪を手繰《たぐ》り寄せ、魔女王と大帝の距離を縮めさせた。そして、魔女王の腕を無理やり挙げさせる。

「さぁ、たいていさま。まずはうでからおめしあがりくださいませ、まじょのくしざしにございます」

「ぼっ」と、大帝が大きな口を開くと、獣の巣のごとき腐臭がした。次の瞬間、魔女王の腕ごと、口を閉じる。彼女は声にならない声で悲鳴を上げた。

腕に灼熱の痛みが走ったかと思うと、奴の唾は衣服に火を灯した。骨を砕く硬い音が聞こえ、肉をしゃぶり、爪の歯ごたえを楽しみながら、紅き大帝は魔女王の腕を夢中で喰った。腕は大帝の口内で焼いた肉として調理され、骨も爪も血管も、泥にまみれた胃袋に運ばれる。

「じゅつ、ぼ、あぼ」

魔女王の血ははちみつのように甘く、その骨は揚げたての衣のようにパリパリと心地よい音を奏でる。爪は、極光のように味が移り変わり、ずっとしゃぶっていたくなる。灼熱のよだれが彼女のつま先を焼き、香ばしいその匂いが拳ほどある鼻腔《びこう》をくすぐる。できたての砂糖菓子のような魅力に、大帝の舌の裏からよだれが溢れ、脳は景色を歪ませてしまうほどにとろけた。

「いかがですか、おうごんにかがやくおあじは？　たいていさまぁ」

「うば、うまぁ！　味だ、味、あぢ！　ばあぁ、もっど、もっど！」

こうして、魔女王の右腕の、肘から先はぶすぶすと焼け、千切れた。その間も暗黒の髪は彼女の全身を突き刺し、頬を伸ばして遊んでいた。

「はあ、ああ、よせ……」

途方もない痛みと熱、そして自身の一部を目の前で喰われるという恐怖に、魔女王は憔悴《しょうすい》し、その意識は朦朧《もうろう》としていた。

「それではたいていさまぁ、つぎはひだりうでもめしあがれ」

黒髪が左腕を無理やり挙げさせせると、鬼は「ぼぁっ！」と口を開けた。

「やめて！」

癒しの尊の声が辺りに響いた。大帝が魔女王を喰う隙に、彼女は奴らの足元まで来ていた。魔女王は癒しの尊との約束を守り、その美しい右腕と引き換えに時間を稼いでいたのだ。

「ぼ、あ？」

紅き大帝が癒しの尊に注目する。一瞬だけ、奴の瞳に赤子のような無垢《むく》な煌めきが垣間見えた。

癒しの尊は大帝に、真っ直ぐに目を合わせるると、枯れた喉に唾を飲み込んだ。

「貴方は、人を喰う餓鬼じゃない。人の痛みを知る、優しい人間だった！」

魔呪王が「だまれ、えさ」と言ったが、癒しの尊は続けた。

「かつてあなたは言った」

――憎しみを秘めたまま死んだ善人は、天国に行けるのだろうか？

「あの日の答えを言わせて！」

永遠の生命の島

「ぼ……あ、てんご……く？」

みるみるうちに、鬼の瞳が空腹を超える興味で輝く。

「じゃまをするな、えさ！」

魔呪王は鬼の異変を恐れ、毛先の一部を癒しの尊へ向けた。漆黒の髪がうねり、先端を尖《とが》らせる。

だが、黄金の右手が邪悪な髪を束ねた。

「あ、あ！　おうごん!?」

大帝に喰われたはずの魔女王の右手は、さらなる輝きを放ち再生していたのだ。

「喰われたお陰で、貴様の髪の縛りが解けたものでな。ほら、踊りの相手をしてくれよ」

魔女王は歯を見せて笑うと、邪悪な髪を思い切り手繰り寄せた。

「じゅっ、じゅじゅじゅぅう!!　わぁはまじゅおう！　うちゅうをにくむのろいのこぉ!!」

一方、癒しの尊と大帝はじっと見つめ合っていた――船内の暗がりでいつか言った赤い髪の男の命題――かつて殺人妃と呼ばれた女は息を吸い込む。

〝憎しみを秘めたまま死んだ善人は、天国に行けるのだろうか？〟

「――生まれ変われるかもしれないじゃない！」

途端、辺りのすべてが沈黙に包まれた。向き合った一匹と一人。間には対話しかなかった。

大帝は不思議そうに、癒しの尊の言葉を繰り返す。

「おぼ……うまれ……かわる？」

「そう。あるのかもわからない天国に行けるか行けないかなんてわからない。間違いなく言えるのは私たちがいるここは地獄。あの日に言った通り、罪を犯した私たちにはちょうどいい場所」

癒しの尊に呪いの毛が伸びる。その度に魔女王が舞うように黒髪を束ね、引っ張った。

癒しの尊は息継ぎをしてから「でも！」と続けた。

「生まれ変わるかもしれないじゃない、生まれ変われるかもしれないじゃない！」

幾星霜《いくせいそう》の間、地獄の島を練り歩き、あの日の疑問に感じた針のような光の意味を考え続け、悟るように心に浮かんだ答えがそれだった。

大帝の動きは完全に止まり、その瞳は食べ物への飢えとは違うものを求めている。

「ぼ、あ、生まれ……かわる」

そのとき、癒しの尊は確かに、鬼の瞳に人の名残りを見た。

「そう。醜き姿に生まれた私、醜くなった貴方、それでも今とこれからを精一杯に生きる、今までの自分を殺し、生まれ変わるの！　残った命を他の者に使い、今ここでだって生まれ変われるの！それが私の答え！」

「……似ている」

魔女王は呪いの髪を束ねながら、癒しの尊の口調と声に、記憶にある誰かの面影《おもかげ》を見た。

「だまれぇ！」

魔女王が一瞬の気の緩みをみせたとき、魔呪王の髪が癒しの尊に向けられた。

「しまった！　よせっ！」

時すでに遅く、鋼の毛髪が癒しの尊の胸を貫いた。

「あっ……う」

次に、ぶすりぶすりぶすり、と無数の細い鋼が、痩せ細った腹や、眼球を貫く。髪は癒しの尊の胸中でなお蠢《うごめ》き、心臓を髪の数だけ切り裂いた。魔女王が癒しの尊を叫ぶなか、彼女の口から血が垂れ、ゆっくりと、その身体が地獄の砂に倒れた。すると。

「ぼぁあああぁあぁ!!」

大帝が鳴いた。そして、癒しの尊へ駆け寄った。

「ぼあああ、ぼぁ！」

人の言葉のほとんどを忘れた口だが、必死に彼女を呼んでいた。

「今なら！　今ならまだ間に合う、わらわの力なら！　息があれば！」

魔女王は、全身に突き刺さった髪の毛に抗《あらが》い、必死で地面を這《は》う。が、暗黒の妖女はそれをさせまいと、鋼の髪で冷えた溶岩と彼女を繋いだ。魔女王は隕石をも止める怪力で、癒しの尊の下へ進む。地面に腕を突き刺し、一手一手、呪いの引力に抗った。距離は大帝一匹分だった。

魔呪王の毛量はさらに増し、本体をほとんど隠した。その姿は、暗黒の銀河にも見える。

「わぁのいうとおりにしていればいいものぉ！　おにになっても、ぎぜんでできたさとうのようなおとこめぇ！」

一方。癒しの尊は、紅き大帝のいびつな頬を撫でた。

「……ああ、私の願いも聞いて、赤き髪の人」

紅き大帝が「ああ」と人の声で頷く。癒しの尊は彼の手を、自身の頬に触れさせる。

「醜き姿に生まれ、多くの人の血を飲んだ。そんな私だけど、憧れた……ずっと夢見た」

光を失いかけた瞳が、灰色の空を仰いだ。

「何度生まれ変わってもいい。すべての罪を洗い流したら、どうか……」

癒しの尊の表情は、ほがらかで穏やかだった。その顔を黄金の魔女王は見た。

「……美しい姿に生まれ、愛する夫と、幸せなこど――」

彼女の瞳から、光が失われた。

「ぼぁあぁ！」

そして鬼が泣いた。

魔女王は地面を砕き、癒しの尊の顔に垣間見た記憶の面影に戦慄《せんりつ》していた。

「……まさか、お前は、お前らは！」

魔女王の脳裏には、ある夫婦の姿が浮かんでいた。

優しい夫と、世界で一番美しい妻の姿だ。いつか見た紅い夜に、その夫は花に囲まれて眠る妻へ口づけをした。あの日、魔女王は、悲しい瞳で、その光景を見つめていた。

恩ある夫婦のその姿と、事切れた癒しの尊のもとで膝を突く紅き大帝の姿。四つの輪郭《りんかく》が重なる。

「お前らは、あの二人のぉ!!」

直後、魔女王の身体はおぞましい数の髪によって引き寄せられていった。突き刺した腕が地面を水面のように裂き、魔女王は無理やり、二人から引き離されていく。

「おうごんん！　わぁがたべてあげるぅ！」

魔呪王の口が犬のように裂ける。人でも、鬼でも、魔女でもない――魔そのもの。

彼女はそのまま、魔女王を飲み込もうとしていた。

「喰ってみろよぉ！」

魔女王は自ら、魔呪王の口へ腕を突っ込む。その手には砕いた石があった。

そして「歌ぇ！」と叫び、少女の口の中で、石を爆発させた。

「ぼぁっ!?」

魔呪王の頭部が爆ぜた。辺りに、髪の毛のついた肉片が飛び散る。魔女王に突き刺さった髪から意思は消え、彼女は自身の身体から髪を解き、息切れをしながら紅き大帝の背中へ近寄った。

「夫婦だったのか？」

「……違う。同じ船に乗った、罪人同士。それだけだ」

紅き大帝が人の言葉を話しても、魔女王は驚かなかった。姿こそあまり変わっていないが、その大きさは縮んだように見える。背中や肩に垢黒い物がこびりついてはいるが、それは他者の肉片だった。何より、鬼の瞳に光が増した。今は目を瞑る癒しの尊が、鬼の大帝を人間へ戻したのだ。彼女はいかにしてそれを成しえたか？　魔女王がその答えを知るのは、少し先のことだった。

「癒しの尊は、貴様を恩人だと言っていた。人だと言っていた」

魔女王は、赤い髪の男にそう言ったが、彼は首を横に振った。

「いいや。己はもう鬼だ。悪をはらみ、爆ぜるしか能のない餓鬼の王だ」

しばらくの沈黙が続く。やがて、彼は癒しの尊の肩を強く抱いた。

「それでも償えるのなら……幾度も生まれ変わるなかで、償えるのなら……」

赤い髪の男は、虚しい願いとともに、涙を流した。

「……彼女の隣にいたいなぁ」

魔女王が何かを言いかけたとき、冷気を感じる。疑問とともに、空を見上げた。

灰色の鱗雲《うろこぐも》を裂き、天から顔を覗かせる異物があった。

それは巨大な氷瀑《ひょうばく》だった。

もう一つの地獄

人間が七日もかけて登るような氷山が、地獄の島へ落下していた。

地獄の島に住む餓鬼たちが叫ぶよりも前に、逆《さか》さ氷瀑と地獄の火山の頂が重なった。赤い髪の男は、癒しの尊の亡骸《なきがら》に覆いかぶさるように、天へ背を向けていた。

地獄と餓鬼の島が揺れた――形容しがたい轟音が島の各所で鳴り、火山は噴火する間もなく形を潰され、灼熱地獄に冬が訪れた。

その刹那《せつな》、魔女王は雷音のごとき速さで赤い髪の男の背中に触れた。が、彼は手を振り払った。彼は胎児のようにうずくまり、癒しの尊の腹にその顔を伏せていた。魔女王は彼の意思を察し、唇を噛む。そして。

「へは!?」

一部始終を岩の陰から覗いていた歯無しの前に、魔女王は立っていた。

「行くぞ。お前はまだ生きろ」

彼女は歯無しを抱え、走り去った。

地獄の島に突き刺さった、もう一つの凍える逆さ地獄。その頂の一部は正確に赤い髪の男の心臓を捉え、突き刺した。やがて辺りが静まる。逆三角は微動だにしない。神がかった調和で、地獄の火山の上に氷山が鎮座《ちんざ》した。神秘の奇跡をさらに超える、人にはできない何かの仕業だ。

「この臭い……あの氷はこの時代のものではない」

地獄と餓鬼の島の外れで、黄金の魔女王は氷瀑を睨んだ。あの氷は手紙。遥か未来から、何者かが魔女王へ宛てた手紙だ。送り主は、黄金の魔女王に匹敵する神秘の持ち主に違いなかった。

「……結局、わらわには何もできなかった」

歯無しは、見たことのない景色に唖然《あぜん》としていたが、彼を尻目に、魔女王はくやしそうだった。

やがて、地獄の島に氷瀑の欠片《かけら》がはらはらと落ちてくる。

「はっ、へっ、は!」

小さく、冷たい。無数の白いそれに、歯無しは興奮した。が、やがてこの寒さは彼をはじめとする餓鬼に冬を教える。魔女王は歯無しの頭に手を置いた。

「雪か。醜いこの地をすべて覆い隠すか。血も肉も骨もマグマも、二人の罪人の命も……その歴史も、冷たい雪がすべて隠していくのか」

黄金の魔女王は狭くなった空を仰ぐ。

「生きた証すら残さぬ……これが地獄に堕ちた者への、本当の罰か」

この日を境に、地獄と餓鬼の島は地図から消えた――。

魔女王は、無邪気に喜ぶ歯無しへ、その美しく悲しい顔を向ける。

「この国は、やがて雪に包まれ、生き物の命の熱をも冷やすだろう」

ただでさえ生きにくい地獄で、子どもの歯無しに生きる術はなく、その生存は恐ろしく儚《はかな》い。

「……一緒に来るか？」

歯無しは迷うことなく、うんうんと頷いた。

「そうか。少し目を瞑れ。決して開けるな」

魔女王は、ところどころ焼けた布で、歯無しを覆った。彼はその肢体に抱きつき、眠るように目を瞑る。

次の瞬間、雪に足跡の名残りを残して、二人の姿が消えた。

溶岩の地獄と氷瀑の地獄の間には、今も赤い髪の男と、醜い女の亡骸が、互いを守り合うように重なっている。

そして、そこに――うちゅうをにくむのろいのことば――暗黒の魔呪王の死骸はなかった。

II　科学と禁句の国

みらい、みらい、遥か未来。

その世界ではかつて、あらゆる色を持った魔女の貴族と、神秘の奇跡を持つ王による連合との戦争が起こっていた。魔女たちは鉄をも赤色に溶かす熱波を起こし、新緑の若木を根から巻き取る竜巻を吹き上げ、蒼《あお》く煌めく雹《ひょう》を無数に降らせた。王たちは暖かい雨で雹を溶かし、稲妻で熱波を貫くと、幻で竜巻を惑わせた。両者ともに、人智を超えた、とても強い力を持っていた。

戦いは何年も続いた。やがて王の連合が勝った。けれど、勝者はどちらも負けていたことに気付く。その戦争は、たった一人の妖しい少女が、意図的に引き起こした戦争だった。

勝者である王に、少女は言った。

「うちゅうをにくむのろいのことば」

何年もの戦いで、多くの魔女と王が死に至り、残された彼も疲れきっていた。ゆっくり喋り、いじらしいあくびをする彼の妻も、戦争で死んだ。

「おぉおおぅ！」

呪いの子から発する不快な音波に耳を麻痺《まひ》させながら、王は最後の力を振り絞り、獅子のごとき雄叫びを上げて、その剣を振るう。しかし、疲れていたのは剣も一緒だった。音もなく、剣は鋼の髪によって折られてしまう。獅子のたてがみに鋼の髪がまとわりつき、覇王《はおう》と呼ばれたその男の首を絞めた。大地の王者の眷属《けんぞく》は、こうして、暗黒の魔呪王の前に膝を突く。

魔呪王は、宇宙を憎む呪いの言葉を浴びせてから、覇王の首を明後日の方角へ曲げた。

その刹那で、覇王はこの戦争に足りなかった〝二つのこと〟に気付く。

一つは、黄金に輝く魔女の王の存在。この戦争は、史上最強の魔女の王の処刑から始まった。彼女を敵視した戦争が皆の闘争心に火をつけ、魔女の貴族が王たちに反旗を翻《ひるがえ》したのだ。もしも、あの処刑がなければ、もちろん戦争は起こらなかった。

しかしなぜ、魔女の王を処刑してしまったのか……その理由はとうに忘れてしまった。

もう一つは、魔呪王から発する音波に対抗できる何か。奴が発する高音は、動物の鼓膜《こまく》を破り、どんなに硬い壁も破壊した。その力は奴が予《あらかじ》め持っていた髪の力と相まって、とても厄介なものだった。とにかく、黄金の魔女王と、音に対抗しうる力。それらがあれば、また違った未来もあったかもしれない。だが、もう遅い。

覇王の魂は呪われ、永劫の虚無を彷徨うことだろう。少女はそう言ってけらけらと笑い、何百もの魔女と王者の骸《むくろ》の上で夜を待った。

そんな出来事から、未来、未来。遥か未来――世界は冬だけになった。


そんな未来のとある国では、やまない吹雪が吹いていた。廃墟となった街では、巨大な獣が徘徊《はいかい》し、空にも怪鳥の影。血の通った者は一人しかいなかった。

「へ、ははは、はは！」

街の遥か地下で、この世界でただ一人、自らの意思で動く者がいた。彼は狂ったように笑った。

彼は孤独の未来で、愛する人を待っていた。手紙は送った。歴史上もっとも大きく、もっとも冷たい手紙を。そして誰にも行けない距離を越えて、それは想い人に届いた。遥か昔の記憶が、彼にその事実を教えた。

「へはは、ははは」

暗く冷たく、一人では広すぎるその地下室で、賢者と呼ばれた男は、歯をむき出して笑う。対話を忘れた彼の心にはもう、狂喜しかなかった。目前に透明な壁があった。その向こうは、英知を選りすぐって造った水で満ちている。泡立つ気泡に紛れ、白銀色の髪が揺れていた。

歯の無い子どもと罪滅ぼし

――歯無しの目に飛び込んだのは、あの地獄の島とは明らかに違う景色だった。岩ではなく木でできた棚。硫黄ではなく古臭い紙の匂い。紙を束ねたものが辺り一面に陳列している。

「ここは世界中の本を揃《そろ》えた図書館だ。隠れるのには丁度いい住《す》み処《か》でな」

見上げると、安堵を抱かざるをえない美しい魔女王の姿がある。

「へ、は？」

生まれてはじめて見る本という紙の集まりに、歯無しは匂いを嗅いだ。胸を覆う新芽のような香り。どこか安心が芽生える匂いだった。

「まずは字を覚えねば読めまい」

魔女王の着ていた布は焼けていた。びりびりとその布を破くと、神々しい肢体があらわになる。

歯無しが本を投げ出して感嘆の声を上げるなか、彼女は本棚と本棚の間にあるつっかけから、白い布を取った。それを羽織ると、ただの布が一瞬にして高級な衣服となり、彼女を包む。次に、魔女王はその隠し部屋の出口付近へ向かった。歯無しも彼女について行くと、光の隙間に酒とパンが置かれていた。

「この表には雨を崇拝する礼拝室がある。以前、懺悔《ざんげ》をする女に、『皆の願いが叶ってしまったら、大変なことになるだろう』と答えてやったら、どういう訳か、女は食べ物を置くようになった」

魔女王はパンを歯無しに渡すと、「次から水を頼まねばな」と言って酒は渡さなかった。酒を飲みたがる歯無しを、彼女はこう諭《さと》した。

「言葉を覚えたら神のふりをしていろ。人の懺悔に耳を傾け、彼らの話を聞くのだ。そのころには酒を飲んでもいい。嘘は重ねるが、お前は育つ。それまではわらわが面倒をみてやる」

歯無しには、彼女の言葉の意味はまだわからなかった。しかし、魔女王が歯無しに教えた、はじめての知恵がそれだった。

その日から、魔女王と歯無しの勉強会が始まった。彼女の記憶には学校の教師が持つ知識があった。かつて、その容姿とともに得た知識だ。

図書館の隠し部屋には衣食住に必要なものがすべて整っていた。すでに忘れ去られたことだが、かつては王族が避難《ひなん》するために作られた隠し部屋がここらしい。

その図書館は、歯無しが生きた時代より少し先の未来で、時空を超える魔女王にとって、どの時代に行っても、訪れたこの図書館の様子はあまり変わらなかった。だから気に入っている、と彼女は言った。

魔女王は、歯無しが眠っている間、時々消えることがあった。

その後の会話で、彼女は罪滅ぼしの旅に出ていたとわかる。

かつて腕を切った料理人の腕を治し、同様に、口の周りに傷のある従者の女の傷も治したと、彼女は語った。いずれも、癒しの尊から授かった神秘の奇跡によるものだった。

「何のためにそんなことを？」

人間の子どもとして成長した歯無しがいつかそう訊いた。歯はすでに生え、言葉も覚えたころだった。そして彼女は一度だけ自分の話をしてくれた。

——それはとある北の大国のお姫様の物語だった。

幸せを知らない愚か姫は、早くに母を亡くし、父である暴君に甘やかされて我がままに育ってしまう。彼女は賢い料理人の腕を切ったり、正直な従者の女の口を縫ったりして遊んだ。

ある晩のこと、愚か姫は「幸せを知りたい」、と時空を超えた旅に出る。

その旅を助けたのが、魔王という存在だった。

彼女は、旅の中で恋を知り、友情を知り、母の愛を知る。

そしてすべてを失う慟哭《どうこく》を知って、記憶を失い、春を売り——強力な魔女の王となった。

それから、あらゆる王族から神秘の奇跡を手に入れていった。稲妻を呼ぶ力、隕石を落とす力、自分の身体のみ治癒する力に幻を見せる力、時空を超える力も魔王の力を真似したものだった。

彼女にはもともと、神秘の奇跡を真似できる神秘の奇跡があった。

その力で、強い嫉妬《しっと》と憧れを抱いた美しい女性の容姿をも真似した。

「世界のすべてが不幸になれば、わらわは幸せになれる」

しかし暴君をはじめ、縁ある人々の愛情に触れて、ついに改心する。

この星に降る巨大な隕石を、鯨の王や竜の皇子と共に阻止した。

それから彼女は世界を晴れにする旅に出た――。


太陽の輝き、黄金の魔女王。世界を晴れへと導くために、彼女は寝る間も惜しみ、月光に照らされた旅を続けた。彼女に出会った者は皆、その顔を晴れにした。

だが、彼女自身の顔はいつまでも晴れていなかった。

「今でも、癒しの尊と紅き大帝のことを？」

歯無しがそう訊くと、魔女王は椅子の上で、輝きに包まれながらも、身を小さくした。

「あぁ。魂を治す神秘の奇跡は、この世に存在しない」

魔女王は、宿命を覆《くつがえ》す神秘の奇跡を探していた。

魔女と魔王

「わらわのせいで、流産した子がいる」

魔王。どこか言いにくそうに、魔女王は彼の名を呼んだ。

「時空を超える迷子、魔王。人のかたちをした人の手前。歴史の節々で、望む者の前に現れ、願いを叶える鬼の子。奴は、不思議な存在だ。触れることはできるが、その身体は冷たく、魂はまるでそこにないようだ。奴を人間にする方法を見つけなければいけない」

かつて、改心する前の魔女王は、親友である美しい女性を逆恨みし、彼女の子を流産させてしまう。その〝生まれるはずではなかった子〟こそ魔王という存在だった。何のいたずらか、魔王は生まれることができなくても存在したのだ。わかっているのは家族の元へ戻ると、王でいられなくなってしまうこと。王でいられなくなってしまうと、存在もできなくなってしまうこと。

魔王を人間に戻す方法。それが黄金の魔女王にとって最大の罪滅ぼしであり、命題だった。

――僕は、どこか魔王という存在に嫉妬していた。


ある日、魔女王は久しぶりに服を新調した。そして歯無しに言った。

「もう、一人で生きていけるな」

待って、と言って彼女の背中を強く抱く歯無し。けれど、魔女王はそれを優しく拒んだ。

「言葉を覚え、生きる知恵も学び、たくさんの本を読んだ。そして、悩む者の懺悔も聞けるようになった。お前は今日から賢者と名乗れ」

彼女は成長した青年を賢者と呼んだ。賢者は、それでも魔女王を求めた。

魔女王は彼の顔を見上げ、行くべき場所を語った。

「あの巨大な氷を覚えているだろう？　お前の故郷に落ちたものだ。あれは遥か未来からきた手紙だ。わらわを呼んでる者がいる。わらわはそれを確かめに行かねばならない」

危険が伴うかもしれないから、と歯無しが青年になるまで待った。魔女王は愛しそうに、青年の頬に触れた。

「本で読んで知ったことだが、魔女となったわらわには、子が産めぬ」

その手はひんやりと冷たかったが、青年の涙がその手を温めた。

「別れに泣くな。笑え。いい男になれ。そして妻をめとり、子を産んで育てろ」

賢者は首を横に振った。彼はもう、妻にすべき女性を決めていた。その想いも虚しく、ほんの少し悲しそうな笑顔を見せ、魔女王は消えた。

愛する人の去り際、賢者は不器用な笑顔で「へはあ」と泣いた。餓鬼から人間となり、賢者と呼ばれる青年になった。彼がどんなに待っても、彼女は帰ってこなかった。


賢者はその図書館で、数万冊の本を読み、それだけの知識があった。

愛する者を振り向かせる詩を知っていた。悲恋から、前向きに人生を歩む物語も知っていた。想い人の行き先も、知っていた。だが、彼女を引き戻す方法は知らなかった。

それから賢者は、本を読むことをやめ、本を書くことを始めた。愛する者の行き先は遥か未来。この図書館のどこかに、魔女王を自分のものにする秘法があるはず。

しかし、人の寿命では、その図書館にあるすべての本を読むことは不可能だった。彼はすべての本を読むために、人の寿命を超える研究を始めたのだ。時々パンを運ぶ人間の懺悔を聞き、人間の醜さも学んだ。同時に、自分は神なのではないかと錯覚を覚えるようになった。

「へはっ、へは」

研究が進む度に、彼は笑った。神と呼ばれし賢者は、愛する者との再会を計算し続けた。

図書館の地下深く、とても深い穴ぐらで。

「へふ、ふはは、へはっ」

時々、泣くように笑う声が聞こえるようになった。

鉄の暴君と魔女の王

「ち、父上!?」

遥か未来の冬の街で、魔女王は父と同じ影と対面していた。

「ボホウ、ボホウ」

巨大な身体に太い腕。宝石の代わりに鉄のネジ。黒い布に針金の髭《ひげ》、目は黄色く輝いている。その巨大な体躯の者は、彼女の父親である暴君と瓜二つだった。

「父上、なぜここに!? なぜあなたが生きた時代から、遥か未来のこの国にいらっしゃるのですか!」

しかし、彼女の声は吹雪とともに消え、その耳に届いている様子はなかった。凍える吹雪は街の建物の隙間を縫い、魔女王の身体に容赦なく吹きつけた。

「父上……?」

魔女王が父と呼んだ者は、ギギギと錆《さ》びた音を鳴らし、その大きな手を広げた。魔女王の腕に冷たい手を添えたかと思うと。

「うあっ!?」

娘の腕を折った。

思わぬ父との再会に、緊張を抱く間もなく、覚悟もなく、そのせいで魔女王の腕は、余計な痛みを彼女へ教えた。そして、また折られる。何度折られようとも、神秘の奇跡は魔女王の腕を癒す。

拷問《ごうもん》のような繰り返しに、魔女王は巨大な影の両手に、自身の手を絡《から》めた。

「ち、父上！　貴方は迷ったらまた戻って来いと言いました！　今のわらわに迷いはありません、おやめください！　国へお帰りください、送ります！」

そんな説得にも、巨大な影は錆びついた音をたて、魔女王を押し潰そうとした。

この父親は何かおかしい。かつての暴君のように、国を混乱へ陥れかねない。が、この怪力は明らかに父のもの。魔女王は全身を輝かせ、非情な万力のような力に抵抗を続けた。

魔女王のつま先が、積もった雪に沈む。

「父上ぇ！」

どんなに父を呼んでも、その影はその力を緩めず、無機質な「ボホウ」を繰り返す。

直後、光と音。いつの間にか、黒雲が空に集まっていた。

天に集まった憤りは落雷し、巨大な影は「ボッ」と鳴くと、動きを停めた。

力みすぎた魔女王は、意図せず稲妻を呼んでしまったのだ。

ドシンっと雪に埋もれた巨躯《きよく》。魔女王は、慌てて父の影へと駆け寄った。

「父上、申し訳ございません、父上！」

その胸に耳を当てるが、鼓動の音はしない。魔女王は何度も父の名を呼び、癒しの奇跡を起こした。それでも鼓動は聞こえない。同時に、彼女は優しい雷を巨体の中で起こす。が、それでも鼓動は起きない。代わりに、チクタクと時計の針のような音が僅かに聞こえた。

彼女は両手を父の胸に当てたまま、極寒の空を仰ぐ。

「ああ、何てことだ！　わらわは父を殺してしまった！　また罪を重ねてしまった！」

雪が増した。魔女王の悲しみが雨となり、その国の気温で冷えて雪となる。

広い胸で嗚咽《おえつ》する魔女の王。彼女の頬には、薄らとそばかすが浮かんでいた。

そんな折、ふと後ろに気配を感じ振り返ると。

「ち、父上!?」

雪色の煉瓦《れんが》を背に、もう一人父の影が立っていた。彼女は倒れた巨躯と、背後に立つ巨躯を交互に見返す。

「父上が……二人？　幻か？」

思考の矢先、もう一人の巨躯が積雪に足跡を残し、のしのしと彼女に近づいた。間もなく地面を殴って、獣のごとき勢いで、魔女王へ襲いかかった。

「おやめ下さい！　あっ」

なんとか初手を避けるも、魔女王の足を掴む。倒れていたほうが今になって動きだし、彼女のか細い足首を握り締めたのだ。

「き、貴様ら！　父上ではないのか!?」

魔女王はその光景に、二つの影がようやく父とは別の物と気付く。

「お、踊れぇ！」

魔女王が手を掲げると、上空から二つの隕石が見えた。隕石は対象を躍らせるべく、落下する。

しかし隕石は、突如現れた空を飛ぶ巨大な影を追ってしまう。

「空にも何かいるのか!?」

二体の巨躯の者は、正確に魔女王を捉え、彼女の両足と両手をそれぞれが掴んだ。

「あ、うあ！」

二体は魔女を二つにしようと、彼女の手足を縦に引っ張った。剛力が斥力《せきりょく》となって、魔女王の四肢を木の枝のように引っ張った。

隕石は意に背き上空の怪鳥を追ってしまう。雷は足止めにしかならない。「ならばぁ!!」。

ボッ　ブン。

二体の巨躯の者の足元から、一瞬にして雪を溶かす紅《くれない》が爆ぜた。紅《あか》き大帝から授かりし奇跡が、奴らを下から飲み込んだのだ。

「ボ、ボボッ」

熱の泥は彼らの布と外皮《がいひ》を溶かし、一緒くたにした。その太い腕をそのままに、表面がぼこぼこと垂れていく。魔女王は雪の溶けた石床へ放たれ、すぐに起き上がった。そして父を模した存在の、真実を見た。溶けた皮の向こうに、歯車とネジでできた鉄の素顔があったのだ。

「無数の歯車……それが貴様らの正体か」

びゅうびゅうと吹き荒れる風。ここは極寒、未来の地獄。

「恐ろしく技術の進んだ未来、これが――」

――人類が魔そのものに敗北した永遠の冬、科学と禁句の国。

絶望の未来

「ぼ、ぶぼ。ぼぶぅ」

歯車と歯車が引っかかる音を鳴らし、溶けていく膝でもなお進む。ネジと歯車の塊は、いまだに魔女王を捕らえようとしている。二体の鉄の暴君だ。

「父上の姿を借りた俗物が、泥になるまで溶けろ！」

ボブン、と間抜けな音を発《はな》って、さらなるマグマが二体の鉄の暴君へ襲いかかった。

「溶けろ、爆ぜろ、消えろ！」

ボブン、バブン、ボブン。

マグマの気泡が何度も爆ぜる。周囲の気温は上昇し、積雪を貫き石段も溶けた。そして二体の暴君を鉄の塊へと戻していく。その腕だけを残して。

ボコボコと音を鳴らす溶岩に、魔女王は遥か過去に出会った紅き大帝へ、感謝の念を抱いた。そして、鉄の腕を放り投げると、何度か息継ぎをしてから、冷えて固まった鉄の溜まりを見つめた。

「何者だこいつら。生き物ではない。誰が造った？」

――ユイイイイン。

直後、耳鳴りのような空の悲鳴が聞こえた。隕石にも似ているが、違う。

魔女王が空のそれに気付く。が、遅かった。空から飛来したソレは、鋭き碇《いかり》のような翼で魔女王を真っ二つにする。

「竜の皇子!?」

腹から下へさよならを告げ、魔女の上半身は宙を舞いながら怪鳥の正体を見た。彼女の煌びやかな臓物《ぞうもつ》をあらわにさせたのは、かつて魔女王とともに巨星と戦った竜の皇子と同じ姿をした、重き竜だった。内臓は瞬時にして冷え、霜《しも》がおりる。真っ白な雪に、鮮血が飛び散った。その血しぶきも、次の瞬間には赤い芸術となっていた。

魔女王の半身が積雪に埋もれたころ、空の覇者は音を越えて真っ逆さまに戻ってきた。

「ッヂ、ヂッ」という歯軋《はぎし》りのような鳴き声。その一本角は音速の剣と化している。

「う、嘘だ」という血にまみれたつぶやきの直後。

「ヂッ」

自身の保身も省みず、竜が魔女王へ——激突した。煉瓦の砕く音が街を縫《ぬ》い、轟く。

すぐに二匹目、三匹目。次々と鉄の竜が魔女王へ激突した。それが喜び。この自爆こそ本能。そう言わんばかりに四匹、五匹目の竜が、彼女に向かって弾丸となって激突を繰り返した。辺りに赤い雪が飛び散り、鉄の欠片が散乱した。幾度もの衝撃に紛れ、彼女の嗚咽が聞こえた。

魔女王の半身ごと地面へ激突した鉄の竜は粉々に砕け散り、鉄クズとなっていく。

七匹目が激突して、空からの特攻は終わった。

人間なら苔となるまで砕け散る。

「……は、ああ」

——僅かな息。魔女王の片腕は頭部を守るために、鉄の衝撃によって砕け、残るは片方の乳房と腹より少し上の肉塊だけになっていた。彼女は残った小指と親指のみで、心臓に突き刺さった一本角を抜こうとしていた。角の先に竜の頭部はなく、まさしく鉄の剣だった。

神秘の奇跡を纏《まと》う魔女王に、死は遠い存在だったが、感じる痛みは人間と同じだった。常人なら気絶する痛みと、身体のほとんどを失った絶望。雪の冷たさが魔女王の意識を支えた。

「早く……早く」

満身創痍《そうい》のなか、「ぬ、あぁぁ!!」ずぶりと角が抜ける。胸の傷は瞬時に治り、臓物からの出血は極寒のお陰で止まっていた。しかし今まででもっとも大きな傷に、治癒も遅い。

そのとき、周囲に動く気配がした。朦朧とする意識のなか、魔女王は極寒の空へ絶望をつぶやく。

「……何体いるのだ」

「ボホウ」ボホウ。「ボホウ」

ボホウ。「ボホウ」ボホウ。

朽ちた家の屋根、路地の向こう、魔女王の頭上。いたるところに、倒したはずの鉄の暴君が立っていた。その数は、ぼやけた目には、無数に見えた。

「チ、チッ」

空には竜の形をした影が、不気味な歯軋りとともに、蝙蝠《こうもり》のように飛び交っている。

ぼろきれのようになった魔女王を、一体の巨躯が抱き上げた。

「ち、ち……うえ？　来てくれたのですか？」

その優しい所作に、彼女は、鉄に父の面影を見る。父親がそっと、親指を娘の両眼に重ねた。

「いっ、いやぁあああああぁぁ――!!」

直後、彼女は低い声で悲鳴を上げた。

鉄塊は彼女の両目を、肩でもほぐすかのようにゆっくりと潰していったのだ。時計のようにちくたくと、無機質に。魔女王の頬に、血の涙が垂れていき、そして凍る。

ぬくもりも凍てつく極寒の未来。

空に浮かぶ暗雲の景色を最後に――緑色の瞳が、柘榴の石となって閉じていった。

賢者と愚か姫

——彼女が気付いたそこは、暗い暗い地下。モグラですら立ち入れない硬い地層。地上よりは暖かい。周囲にぼんやりした明かりが見える。視線を下に向けると、腹から下の腰や脚もあった。失った部位は再生していた。しかし、どうも様子がおかしい。胸の膨らみが小さい気もする。

そして、手足が不自由なことにも気付く。魔女王の指先とつま先は、蠟《ろう》に埋まった芯のように、巨大な石碑に埋め込まれていた。どんなに前へ動かそうにも、びくともしない。全身に稲妻を走らせ、怪力を起こそうとしても、奇跡は起きなかった。

「貴女を縛するそれは〝現実の壁〟」

暗い部屋に、男の声が木霊した。

「その壁は、かつて各国の王の連合が、対魔女用に造った兵器さ。その壁はいかなる神秘の奇跡をも封じる。見てごらん」

目前に、そばかすの少女が現れた。髪の毛はくるくると巻いて、細い瞳と小動物のような前歯。その胸の膨らみは小さく、小刻みに呼吸している。彼女は壁に手足を埋め込まれ、疲れきった顔をしていた。右目を瞑れば左目を瞑り、歯を見せれば笑った。

「わらわ……？」

それは鏡だった。そして、そこに映る少女の姿は魔女王が変身を遂げる前の姿、愚か姫だった。

「ふざけているのか！」

「いいや、気を悪くしないでくれ魔女の王。いや、今は愚か姫か」

鏡の横から現れたのは、一人の男だった。細長い白衣を着てはいるが、布はほつれ、髪は床まで伸びている。一見は青年だが、瞳は幾百年も生きたかのように老いていた。

「僕は、ただもう一度、貴女の、その姿を見たかった」

変わり果てた姿だが、愚か姫はその男の面影に見覚えがある。

「随分と偉くなったものだな……歯無しの子よ」

男は不気味な皺を作り、にたりと笑った。

「へ、はははは！　気づいてくれたのかい？」

愚か姫はすんすんと鼻を鳴らした。

「この臭い。その呼吸。覚えている。ただの餓鬼が、よくもそんなに生きたものだな。どうやってこの時代まで生きた？」

「この図書館さ。ここには人類の英知が詰まっていた」

寿命を延ばす秘法も存在した。今ではほとんどの本が取り払われ、不気味に光る突起のついた棚が置かれていた。そして前方には巨大な蛇腹状《じゃばらじょう》の鎧戸《よろいど》。向こう側に嫌な予感がある。

「世界に点在する何万種もの延命法。嘘のような儀式を何千も繰り返し、本当を見つけた」

愚か姫は下唇を噛んだ。

「出なかったのか、一歩も。この暗がりから。妻をめとれと言ったのに」

「いいや、一回だけ出たさ。けど言いつけ通り、僕はずっと貴女を待っていた」

そばかすの乙女は呆れたように首を横に振った。

「地下ですごせ、なぞと言った覚えはない」

男は割れた眼鏡の脇を締める。よく見れば、鼻筋と鼻掛けが針で繋がっていた。便利がいいだけの理由だが、異物と身体を繋ぐほど、長い時間を生きていることを思わせた。

賢者は再びニタリと笑い、朽ちた歯を見せた。

「僕は賢者だ。僕は変わったのさ魔女王。昔とは比べものにならないくらい頭が良くなったし……歯もある」

興奮を抑えきれない様子の賢者に対し、奇跡を封じられた愚か姫は冷静だった。

「昔のほうが可愛げがあったな……おい、地上にいる父上を模した鉄くずや、鉄の竜。あれは何だ？」

「守ってもらうために僕が造ったのさ。外敵からこの地下を」

「敵だと？」

愚か姫の疑問を無視して、賢者はこう続けた。

「昔、貴女とすごした日から、もう何千年も経ったんだよ」

不意に、賢者の瞳に悲しみが宿る。

「貴女は時空を行き来できるけど、僕は何千年も貴女を待つしかなかった」

「そんなにまでわらわを待ち、捕らえ、何が目的だ？」

「貴女だよ、黄金の魔女王」

「わらわだと？」

「ああ、そうさ。あの地獄と餓鬼の島で貴女と出会い、僕は強く、とても強く貴女の美しさと強さに惹《ひ》かれた。地獄しか知らない餓鬼の子が、その想像を絶する女神を知った。貴女がほしい。そう思った。そしてついに、黄金の魔女王を手に入れ、世界一の美と、強さを手に入れた！」

餓鬼の中で芽生えた憧れは、何千年もの時間の中で、狂気と化していた。

「わらわは誰のものでもない。貴様ごときにわらわが屈するか」

「ふふ、ははは、へっは！」

「何がおかしい！」

「〝美〟のほうはね。もう手に入っているんだよ」

賢者は手に持った装置の突起を押した。

すると、背後にあった蛇腹状の壁が上から下へ折り畳まれていく。

「見てくれ、黄金の魔女王、これが僕の最高傑作！」

やがて、水槽が見えた。

「何千年もかけて研究し、僕が創り上げた！」

ゴポゴポと泡立つ透明の先に、ゆらゆらと揺れる白銀の髪の毛。

「彼女こそ究極！　彼女こそ人が創りし神秘の奇跡！」

水中に浮かぶしなやかすぎる白銀の肢体。

「白銀の魔女だ!!」

その姿は白銀の髪を宿した、恐ろしく美しい女性だった。愚か姫の顔が驚きで歪む。

「ど、どうしてだ！　なぜ、彼女がこの時代にいる!?　この時代はあの女が生きた時代よりも、遥か未来なのに！」

「厳密には本人ではない。一度だけ外に行ったと言っただろう？」

長きにわたる旅のなか、彼女の髪を賢者は手に入れた。

「あの伝説の美しい女性の髪の毛から作った枝……つまるところ複製さ」

「ふ、複製だと？」

僅かに、白銀の目が開いた。

「そう、声も顔もすべて一緒だが心は空っぽの僕のいいなり！　彼女は美しい女性であって僕のいいなり！　人の手前の枝なんだ！」

私利私欲によって新たな人の形を創る。その行いが、生命の冒瀆《ぼうとく》であることには愚か姫もわかった。

「貴様ぁっ！」

透明の壁が下がって消えていく。ざぱあと音をたて、床に水が広がった。

白銀色の魔女

降り立った女はぼんやりと辺りを見渡していた。水晶のようなその瞳に暗い地下が映る。

「彼女こそ黄金を超える白銀、白銀の魔女だ！」

白銀の魔女は一歩、賢者へ近付いた。その美しいつま先が床に着くたびに、パキパキと、凍結する音をたて、液体が六角の結晶になっていく。その様子に、愚か姫はある景色を彷彿《ほうふつ》とさせる。

「あの氷山。地獄の島へ落とした氷は、この女の仕業か」

賢者は朽ちた歯を見せ、にたりと笑った。

「そうさ愛しき人。巨大な氷の手紙さ」

「故郷を氷づけにし、紅き大帝の命を奪ったのか。会いたかったならば出向け」

「誤解をしている愛しき人。僕は貴女の命を守った」

紅き大帝の背中を氷柱が貫く。愚か姫の脳裏で、あの記憶が蘇った。

「何を言う貴様。紅き大帝は人の心を取り戻したというのに！」

賢者は、ゆっくりと愚か姫と自分の間で手を伸ばした。二人の間には白銀の魔女が立っている。

「人は、対話によってはじめて人間になれる。だが、彼は鬼の大帝。人の道は、もう無理さ」

次に賢者は、白銀の魔女の髪に触れた。

「どうだい？　彼女の姿は。見事だろう？」

美しい絵画のように、白銀の魔女はそこにいた。

しかし、その頬に生命感はなく、彼女を現す絵の具はこの世に存在しない。

トナカイの産毛のような髪は、凍った湖面《こめん》に朝日が反射するように、一本一本がきらきらと輝いている。あらわになった肢体へ、賢者は水を含ませた一枚の布を羽織らせた。触れた瞬間、小さな煌めきが浮かんだかと思うと、布が薔薇《ばら》を描き、あっという間に氷晶を集合させたドレスとなった。

「わらわと同じ、真似の力か」

賢者は首を横に振った。

「残念ながら、貴女のような真似の奇跡は持たない。彼女はまだ未完成なんだ」

白銀の魔女はただ呆然と、愚か姫と賢者の会話を聞いていた。

「だが、強力な氷の奇跡と、僅かながら時空の神秘は持っている。どんなに小さくても生き物は飛ばせないが、物であれば、どんなに巨大でも時空を超えさせることはできる」

愚か姫と白銀の魔女は、同時に自身の右手と左手を見た。反射した鏡のような様子だった。

「本来は、絶望を知った女が魔女になる。だが、白銀は誕生した瞬間から魔女となった」

「外道が」と、愚か姫は唇を噛んだ。

「貴女と引き合わせることによって、彼女の存在がはじめて完成するんだ」

賢者は手に持っていた装置の突起を押した。次は何かと愚か姫が身構える。すると、彼女の動きを封じていた手かせが外れた。次に足かせも緩んだ。彼女は、現実の壁と呼ばれる封印から解かれ、その足を地に着けた次の瞬間には、美しき黄金の魔女王の姿となっていた。

賢者はその様子をうっとりと見つめていた。

「あぁ、素晴らしい力だ」

「解放したことを後悔させてやる」

魔女王の全身が怒りで輝き、まさに黄金となる。賢者は言った。

「さあ、白銀。魔女の王に、その力をお見せして差し上げろ」

賢者の命令に、白銀の魔女が黄金の魔女王をただじっと見つめた。虚ろな瞳に心は無かった。

黄金の魔女王が手を広げ、稲妻を繰り出す。

「歌え！」

が、稲妻は突如現れた薄い氷壁によって阻まれた。

賢者が足元の水溜まりに指を触れ、それを舐めてみせた。

「無駄だ、愛しき人。電流を通しにくい糖度の高い水だ。そして彼女の力は君に匹敵する。さらに、持っていないものも持っている」

白銀の魔女が「ふぅ」と息を吐いた。瞬間、黄金の腕が凍え、固まった。

「凍えの神秘か、だが無駄だ！」

魔女王が全身の血を沸騰させると、腕が桃色になる。彼女は水滴を掃《はら》い、四肢に髪が逆立つほどに電流を通わせた。

次に、白銀の魔女が猫のように、くすぐったそうに、頬で自身の肩を撫でると、長い髪の毛が揺れた。すると今度は、魔女王の足に霜が降り、凝固した。

「無駄だと言っておろうが！」

魔女王はさらに自身を加熱させ、凍った足を溶かしにかかる。

「ああ、愛しき人よ。〝絶対零度〟を知ってるかい？」

賢者は後ずさりをし、白銀のいた鎧戸の仕切りの向こうへ逃げた。手元の装置を押すと、再び透明の壁が下から上がった。魔女王はそれを見逃すまいと手を掲げる。

「逃がすか！」

その手から放たれた稲妻は、賢者の前に作られた氷壁によってそらされてしまう。

「僕は逃げないよ。この日を何度も夢見たんだ。ここでずっと最後まで貴女を見届ける。だから、どうか怒らないで」

白銀の魔女は、頬を肩に触れさせたまま、冷たい視線を黄金の魔女王に向けていた。

「邪魔をするな！」

黄金の魔女王の周囲は加熱し、バチバチと放電が起きていた。

しかし、部屋の気温はどんどん下がり、白銀の魔女の周囲では空気中の水分が氷結し、霧状《きりじょう》の氷が漂っている。透明の壁が完全に閉まり、その向こうから賢者は言った。

「熱を諦めた世界では、すべての震動が止まる。命の熱も、心の動きですらも」

白銀の周囲に白い靄《もや》が漂う。

「彼女に時間旅行はできない。その代わり、彼女には黄金の魔女王にできないことができるんだ。それが絶対零度。すべての動きを止める世界を作り出すことだ。彼女は、時間を止められる。それはもう、残酷なほどに、永遠に」

「は、は、ぁ――」

紅い唇から出ていた白い息が途絶えた。血をマグマにしようとも、白銀の魔女から放たれる、恐ろしいまでの冷気が、舌と歯をぴたりとくっつかせ、肺を凍らせたのだ。

「熱に限界はない。けど形を留めておくほどの熱は、絶対に冷気に勝てないんだ」

真っ先に肺が凍り、次に指先と肩、首、乳房、腹。同時にその美しい顔においても、鼻筋、まつ毛、眼球と。心臓を最後に、世界でもっとも美しい彫刻ができ上がった。

「ああ、この景色を何度夢見たことか」

熱も音も、何もかもが止まった世界。その世界の中で、白銀の魔女のみが動くことができる。

厚い透明の向こうで、賢者はうっとりと、止まった世界を見つめていた。

黄金と白銀と

どのぐらい時間が経っただろうか。

「成功だ」

賢者がそう言うと、辺りの気温が上がっていった。

とくん、とくん。黄金の心臓が再び動き始める。

凍てついた肌に、白桃の瑞々《みずみず》しさが浮かんだ。やがて黄金の魔女王が呼吸を取り戻した。

はじめは指。次に肘、肩。そしてつま先から腿にかけて。

黄金の魔女王はゆっくりと自身の動きを確認する。次の瞬間。

「わらわを殺さないのか？」

彼女の姿が、白銀の魔女の背後にあった。稲妻のごとき速さで、美しき銀髪を人質にとったのだ。

魔女王はひんやりとした髪の毛を指ですいていた。

「二度も、わらわを殺す機会があった。にもかかわらず、いずれもわざと逃した。貴様らの本当の目的はなんだ？」

賢者は慌てた様子もなく、穏やかに黄金の魔女王を見つめていた。

「黄金の女神、白銀の彼女の強さを認めてくれるかい？」

「何を言っている？」

「どうか、認めてくれるだけでいい。彼女は強いだろうか？」

魔女王の手のひらに鋭い痛みが走る。見れば、白銀の髪は刃物のように固まり、彼女の手のひらを切り裂いていた。傷口は瞬時に凍り、血は垂れていない。それを見つめて彼女はこう言った。

「……ああ、わらわの動きを止めた者ははじめてだ」

「白銀の魔女は、その長い髪のお陰で後ろにも強いんだ。彼女なら、君の背中を守るに値するかい？」

「さっきから何を言っている？」

賢者は懇願するように続けた。

「お願いだ魔女王。褒《ほ》めてくれるだけでいいんだ」

いつの間にか、賢者は苦しそうに、胸を握っていた。

黄金の魔女王は、白銀の魔女の横顔を覗き込み、次に賢者へ視線を移す。

「認めてやる。こいつは大したものだ。貴様もすごい」

「ああ、あああ、へ、ははは」

泣きながら、賢者がその場に崩れた。そして暗い天を大きく仰ぎ、激昂《げっこう》した。

「やった！　やっと、完成した‼」

そのとき、異変が起きた。轟音とともに、何かが天井を突き破って入ってきたのだ。

それは大樹の根のようなうねりで、石の天を砕き、さらに枝分かれする。色は暗黒、うねりは髪の集まりで大蛇を思わせた。

地上にいた鉄の暴君も歯車の竜も、内部のネジや歯車を露出させて、その毛先に突き刺さっていた。地上からここまで、硬き地面を掘り続け、いずれの鉄塊もショベル代わりにされていた。

「上に何かいるのか‼」

魔女王が天井を睨んだとき――賢者の心臓を、黒髪が貫いた。

「賢者よ！」

賢者を抱える黄金の魔女王を、大量の黒髪が大蛇のごときうねりで襲いかかる。すると二人の前に、白銀の魔女が瞬時に氷の壁を造った。氷の壁は球状となり、二人を髪の大蛇から守る。間もなく彼女も球状の氷の中で合流するが、暗黒の大蛇たちはその氷の球の周囲にまとわりつき、何度も何度も、別れた夫のように激しく叩いた。

「跳ぶぞ！」

黄金の魔女王の言葉に、白銀の魔女が頷く。

黄金の魔女王が地面に手をかざすと、地底から湧き出たマグマが螺旋《らせん》を描いて、氷球ごと彼女たちを押し上げた。それは砲弾のように地下を突破する。


——数秒後には、地上に飛び出した。

氷の砲弾は勢いを失わないまま、地平線が一望できる高さまで上昇していた。

黄金の魔女王の瞳に、信じがたい光景が映る。

「この未来は、どうなっているのだ……!!」

街の建造物、新緑の森林も滔々《とうとう》と流れる河川も、そして青い大海すらも。

すべてが飲み込まれ、濁った荒波しか見えない。よく見ると、波浪は無数の黒髪の集合……世界が、暗黒に飲み込まれているのだ。

「この、髪の海はなんだ!?」

宙に浮かぶ氷球の中、白銀の魔女が黄金の魔女王の肩を叩き、頭上を指差した。

「な、なんだあれは！」

魔女王の目に飛び込んだのは、天空に浮かぶ暗黒の満月だった。

それは間違いなく月。黒髪が鞠《まり》のように幾何学的に折り重なって、月光を覆い隠していた。

地上に降り注ぎ縦横無尽に暴れる無限の髪は、月より伸びたものだったのだ。

魔女王が賢者を抱き上げて全身を発光させる。

「教えろ。この極寒の未来に、何があったのだ⁉」

賢者の傷は、魔女王の奇跡によってすでに治した。が、様子がおかしい。

賢者は息を切らし、虚ろな瞳で「へはあ」と鳴いた。

「い、愛しき人よ。僕が造った白銀の彼女を連れて、ここより過去へ遡《さかのぼ》っておくれ。かつて、僕を連れて行ってくれたように」

「どういうことだ？」

賢者の苦しみの原因は病巣か。魔女王はすでに、病を治す奇跡も賢者へと施《ほどこ》していた。

しかし、賢者の様子に変わりはなかった。

「へは、は。暗黒の魔呪王を覚えているだろ？　あの空に浮かぶ忌々《いまいま》しい暗黒の月と、この闇の海は奴の仕業なんだ」

「奴の頭は爆ぜたはずだ」

「いいや。魔呪王は死んでいなかったんだ。あの島で出会った呪いの子は、遥か未来のこの地まで生きていた……あ、あれは、かつて紅き大帝が悪を取り除いた伯爵の花嫁だった、あ、がッ！」

氷の内壁が揺れた。宙を舞う氷球に、数えきれないほどの髪の大蛇たちが襲いかかっていたのだ。外壁に亀裂が走る。白銀の魔女は手を掲げ、氷球の補修を繰り返していた。

賢者は、そんな彼女の背中を見つめたまま続けた。

「暗黒の魔呪王は、まだ人間の、いたいけな少女のときに伯爵に手籠《てご》めにされたんだ。彼女の体験は…………夜空を、宇宙を憎むほどだった」

魔女王の脳裏に、黄金の街並みが浮かぶ。彼女もまた、その絶大な力を手に入れる前、乾いた女として歩んだ茨《いばら》の道があった。彼女はある国で記憶を失い、春を売っていた。やめたくてもやめられない、心の慟哭の連続があった。そして親友と想い人が、一緒になったときに味わった孤独と悲しみと、葛藤《かっとう》。その末に、彼女は〝魔女〟となったのだ——。

外で暴れる暗黒の大蛇を見ていると、当時抱いた怒りや憤りを彷彿とさせた。

「……あの呪いの子も、わらわと似た体験をしたのか」

「そうだよ魔女王。けど彼女には、君のように救ってくれる者がいなかったんだ」

氷球は、暗黒の大蛇によって毬のように宙を跳ね続けた。白銀の魔女はその正確で精密な神秘の奇跡によって、氷球を二層にした。一層目の内側に突起、二層目の外側に凹状の滑走路を作り、汽車と線路の要領で、二層の球体をたくみに滑らせ、内側の平衡感覚を保たせていた。

「赤い髪の男は、かつてとある亡国の王子だった。悪逆たる将軍によって戦火に滅んだ祖国を見て、彼は悪をはらむ神秘の奇跡に目覚めた」

そしてした旅のなか、とある伯爵の心を治した。伯爵の妻は、すでに黒髪の魔女となっていた。

夜な夜な村人をさらっては、拷問に処して遊んでいた幼き魔女は、処刑された。

賢者は魔女王の膝枕《ひざまくら》で語る。

「だが、首だけになってもあの子は生き続けた。その処刑がいけなかったんだ。魔女を超える恐ろしい存在になるきっかけを、彼女に与えてしまった」

ギロチンの下、血を吸った土に頬を重ねて、少女の瞳は自身に石を投げる子どもたちを映した。

幼い身でありながら恥辱《ちじょく》を味わった。その魂はすべてを憎んだ。呪った。

「そんな残酷な末路に、少女は宇宙すらも憎む、暗黒の魔呪王となった」

そして地獄の島へとやって来た。紅き大帝をそそのかし、黄金の魔女王を屠《ほふ》ろうとした。

「なぜ、魔呪王はわらわを狙った？」

「滅ぼせるのは君だけだからさ。彼女は本能のように天敵を悟り、君を迎え撃とうとした」

地獄の島に来たときに魔女王が感じた嫌な予感は、それが原因だった。

はじめは島から香り立つ異様な雰囲気や、そこに生きる餓鬼と紅き大帝に対しての嫌悪感からだと思っていた。が、その実は魔呪王の存在に対してのものだったのだ。

一つの納得を得た直後、魔女王の思考に新たな疑問が浮かぶ。

「ではなぜ、貴様は紅き大帝を殺した？」

「生まれ変われるからさ」

「だからと言って、殺すことはないだろう！」

「ああ。だが彼はいずれ死ぬ運命だった。破裂した肉片と頭蓋骨を髪によって繋ぎ、復活した魔呪王によって、どのみち、真っ先に殺される運命だった」

魔呪王によって殺された者は未来永劫、孤独な魂となって闇を彷徨うことになる。

賢者は図書館に置かれた本の知識によって、それを知った。

「ならせめて、心通わせた癒しの尊とともに逝《ゆ》かせてやりたかった」

「癒しの尊は？　あの女は魔呪王に殺された」

「魔呪王が癒しの尊を恐れた理由の一つがそこだ。彼女は魔呪王の呪いの傷も癒せる。影響を受けにくい」

魔女王は、くやしそうに歯を噛みしめる。

「それでも、貴様は紅き大帝を殺した。通るものか、そんな理屈」

「ああ、魔女王。信じなくてもいい。僕は憎しみを受けたまま死んだ偽善者でもいい。でもどうか、その美しい耳の螺旋に刻んでおくれ」

魔女王は険しい表情で、賢者の言葉に耳を傾けた。

「僕は、貴女との再会のためだけに生きた。そして死んだんだ」

「貴様はまだ死なない。傷も病も、もうない。話は終わらせないぞ」

賢者は自身の胸を見た。つられて魔女王も彼の胸を見る。

はだけた胸に、肋骨が浮かび上がっている。老いた皮膚の中心に歪みがあった。

「……何だ、それは」

水晶のような球体が、彼の胸に埋め込まれていた。

「これが、今の僕の心臓の代わりを果たしている。けど、さっきの衝撃によって割れてしまった」

賢者はぼんやりとした視界で、狭くなった辺りを見渡した。

「魔呪王が支配したこの未来の世界には、意思ある者は、もう僕しかいない。僕は魔呪王の存在に魂まで震えおののき、地下の深くに隠れ住んでいた」

地上と空にいた、鉄の暴君と、竜の歯車。

あれは、月より降り注ぐ暗黒の髪から、自身を守るために造った。賢者はそう語った。

「けど、僕はすでに死んだ存在なんだ。研究の末に編み出したのは延命法じゃない。禁忌《きんき》の蘇生法だった」

賢者の体温はすでに冷たく、息もない。光球は傷つき、魔女の王にも直せない。

「認めないぞ……わらわは認めないぞ！　わらわは万能なる太陽の輝き、黄金の魔女王だ！」

電流を施す神秘でも、病を治し、傷を癒す奇跡でも。今の彼女に、賢者を救う術はなかった。

賢者の旅

「気づいているだろう、魔女の王。時空を超える奇跡を持とうとも、一度体験した瞬間には戻れない。貴女が挟める歴史という本へのしおりは、とても厚い間隔でしか行えない」

賢者の言葉に、魔女王はその美しい前髪を伏せて、下唇を噛んでいた。

賢者は、彼女の幼い仕草を、愛おしそうに見つめた。

「どんなに抗おうとも、流れる時のなかで、貴女の革命は無力に等しい、と」

三人がいる層にまでヒビが走る。白銀の魔女が亀裂に補修を行う。が、外の髪は氷球を縛り上げ、万力のような力で砕こうとしていた。彼女は氷球の内側に何本もの柱を立てて、圧迫に抗っていた。

羽織るドレスが解け、布に戻る。時間はもう、残り少ないとわかった。

「魔女の王よ、どうか心安らかに聞いてくれ……大事なのはここからなんだ」

賢者の胸元の光が、僅かに強くなる。

「この瞬間より遥か昔、貴女が生きたころの少し後の時代だ。人間の王たちと、魔女の貴族による戦争があった」

「王と魔女の貴族の……戦争？　何があったのだ」

魔女王の眉間に皺が寄る。

賢者は虚ろな瞳で、その眉間を仰いだ。割れた眼鏡は、地下に置き去りにした。

「原因は魔呪王だ。貴女だけがそれに気づいて再び倒しに行こうとする。だけど奴の策略によって、貴女は各国の王や、他の魔女の敵となってしまった。くやしくて、くやしくて、僕はそのときだけ地上に降りて……貴女が負けてしまう瞬間をこの目で見た」

黄金の魔女王は強い。恐らく世界で彼女を脅かす者がいないほどに。

「けれど王の知恵と大勢の魔女によって、貴女は滅ぼされてしまうんだ。貴女は背中から負ける」

魔女王の背中に悪寒《おかん》が走る。それは後ろにいる白銀の存在のせいか、また別の悪寒か。

「僕は思った。貴女の背中を守る者さえいれば、貴女は死なずに済んだ、と」

こうして、賢者はある人物の〝髪の毛〟を求め旅立った――。


――人類史上唯一、天然にして超然なるその姿。その存在そのものが神秘の奇跡。

それが〝美しい女性〟という存在だった。

彼女が着る服の向こうは、神ですら開けることをためらう禁断の箱。

小鳥は彼女の肩で羽を休ませたがり、暴れ狂う象ですら彼女の姿を見れば落ち着きを取り戻す。

人間ができるすべての才能に長け、その歌声はオーロラ。踊れば月ですら夜を長引かせる。

美しいのはその見た目や才能だけではない。その心は金剛石《こんごうせき》のように七色の輝きを放ち、決して砕けない。あらゆるものを愛し、赦《ゆる》し、深く関わった者の心を鏡のように照らし出す。彼女の鏡に照らされた者は反省と成長を覚え、美しい者へと変わっていく。

賢者が旅した時代において、美しい女性の存在は伝説だった。

長き旅の末、賢者はとある国で美しい女性の髪を探し当てる。彼女の髪は宝物庫に保管されていた。調べたところ、その国の王が金鉱と引き換えに、黒鳥の濡《ぬ》れ羽色《ばいろ》の髪を手に入れたという。その国は魔呪王によって、すでに滅ぼされていた。だが宝物庫の扉は頑丈で、国が滅んでもいまだ壊れていなかった。

賢者は鉄の暴君を率いて、その国の宝物庫から頭髪を盗み出すことにした。

厚き扉を鉄の暴君がこじ開けると、その先に金、銀、財宝。国宝の壺が並び、無数の絵画が壁を埋め尽くしていた。その数は、鉄の暴君一体では運び出せないほどだ。

そして、かつて王だった者の亡骸もそこに横たわっていた。魔呪王の脅威に怯え、宝物庫へ避難したのだろう。亡骸は大事そうに、美しい毛束《けたば》を抱いていた。

飢えて死ぬ寸前まで、王はその毛束を抱き続けていた。そして屍が抱いていたのにもかかわらず、その髪からは今朝まで湯船に浸かっていたような香りがした。

その光景を見て、賢者は確信した。

伝説の美しい女性が、もし仮に魔女となれば、その力は黄金の魔女王に匹敵するものになるのではないか。儚い可能性に幾度もかけ、海底に沈むひと粒の砂を探り当てるような奇跡を頼りに、賢者は無謀な研究を続けた――。

――黄金の魔女王は、自身の後ろに立つ白銀の魔女に冷たい視線を向ける。

「そうやって、この女を造ったのか」

賢者は誇らしげに笑った。

「そうだよ。白銀の魔女は、黄金の魔女王の背中を守るために造ったんだ」

「なぜそうまでして……」

「貴女を愛しているから」

賢者の目から、はらりと涙がこぼれた。

「貴女は僕の母であり、生涯をかけて愛すべき人なんだ」

灯火が消えかかった賢者の心臓と同じように、魔女王の心に痛みが走る。

「黄金の魔女王よ、たとえ時空を超えても、未来はあまり変わらない。今回はたまたま、魔呪王という存在だっただけなんだ」

たとえ魔女の貴族と王の戦争が行われなくとも。魔呪王が現れなくとも。

「違う未来となっても、人が造った兵器や天災によって、この世界がやがて冬になることはあまり変えられない」

見上げると、氷球の周囲は幾重にも重なった暗黒と化していた。

「それでも、わらわはできることがあると信じている」

「僕もだよ、魔女王。それを証明するために、僕は白銀を造った。だからこそ、変えることができることもある、それがわかった」

「変えられるもの？」

賢者は無理矢理にも微笑《ほほえ》んだ。

「いつだったか、僕にパンを貰う知恵を授けてくれたね。あの知恵によってまず、僕が生きることができた。貴女とともにすごすという自分の選択が、僕を生かした」

賢者は緑色の血を吐き、魔女王に最後の知恵を授けようとした。

「変えられるのは……自分だよ、心なんだ」

現実において何も変わらなくても、人の心や思想、果たせなかった約束だけは変えられる。

「それだけで、この常に流れる時代のなかで、救える者たちがたくさんいるよ」

魔女王の脳裏に、料理人や使用人の女が浮かぶ。いずれも、娘と息子と喜び合っていた。

賢者は「ごほっ」と咳をした。

「永劫の時を生きて僕は気づいた。学んだんじゃない、悟ったんだ」

彼は眩《まぶ》しそうに、目の前にいる太陽の輝きそのものを見つめる。

「人は、人と対話して、はじめて人間になれるんだ」

地獄を彷徨う鬼も、地下で一人隠れる賢者も。人との対話を忘れ、長きをすごした。

「けど僕たちは、人間らしく生きるきっかけを受けた。鬼の王は癒しの尊と対話して、はじめて人間になった。餓鬼の子は、貴女と対話してはじめて人の子になれた」

「ならば生きろ。人として生きろ。そして誰かを人間にしろ」

「もう僕には無理なんだ、愛しい人。この時代はもう、登るべき山がないんだ。時空を超える所業《しょぎょう》には、引き換えが必要なんだ。流れる歴史のなかで、誰かがパンを盗んでも、また違う誰かがパンを置く。僕の命と引き換えに、僕は貴女を生かす」

「何を言っている。わらわも生きる。お前も生きろ」

「へ、は。どの道、僕は長く存在しすぎた。いいんだ」

賢者は嬉しそうに微笑み、魔女王に語った。

「……あの地獄の島に降った温かくて甘い雨。あの雨の中、貴女は一瞬だけそばかすの素顔を見せた」

賢者はそっと愛しい人の頬に触れる。きめ細かな肌に、薄いそばかすが浮かんでいた。

「あの瞬間、僕は貴女に恋をした。ああ、もう一度だけ見たかった」

孤独の旅のなかで雨に打たれて、身を清めるいじらしいお姫様が好きだった。

「貴女と見た、雪の景色。あのお陰でこの忘却の冬をすごせた」

懐かしそうに遠くを見つめる賢者。

直後――異音が鳴り響き、すべてが震えた。

ビシビシと、胸骨《きょうこつ》が握り潰されていくような氷の破滅音が聞こえる。

「なんだ、今度は何が起きた！」

「魔呪王の新たな〝音の力〟だ。奴は憎しみがある限り死なない。そして喰った者の力を奪う。この未来において奴は、すべての魔女を喰った。奴は生きていたどころか、新たな力をつけ、月すらも支配してしまったんだ」

永久の冬

不気味な不協和音が、氷球に響く。

魔女王は全身を輝かせ、挑むような視線で見上げた。

「知ったからには、叩き潰す。この氷が割れたときが、奴の最後だ」

賢者の両手が、彼女の拳を包んだ。

「よすんだ。もう勝てないんだ、この未来において奴には。それに、貴女に神秘の奇跡を乱発してほしくない」

氷球の明かりが暗くなる。

白銀の魔女が四層目の氷壁を作り、内部は三人の身が触れるほどに狭くなっていた。

「なぜだ？　なぜ神秘の奇跡を使ってはいけないのだ」

「無条件じゃないんだ。貴女の真似の奇跡も」

神秘の奇跡には、その力を振るう際、代償《だいしょう》があった。哀しみで雨が降るように、憎しみで星を呼ぶように、怨みで髪が伸びるように、怒りで雷が起きるように。

魔女王が奇跡を行うにも、代償があった。

「貴女は、奇跡を使うたびに〝名前〟を忘れてしまうんだ」

「な、ま……え？」

「人や物の名前だよ。神秘の奇跡を使うたびに一つずつ、でも確実に貴女は名前を忘れていってしまう。〝忘却で真似する神秘の奇跡〟。それが貴女の本当の力。忘れてしまった名前は二度と、発することも認識することもできない。自分の名前を思い出せるかい？」

「わらわの名は、黄金の魔女王…………………」

その先の言葉を、魔女王はぽっかりと、発することも思い出すこともできなかった。

「ああ、かわいそうな魔女の王……もう、自分の名前も忘れてしまったんだね」

魔女王は深緑の瞳を伏せ、ぽつりと言った。

「……構《かま》うものか」

「おおいなる代償のお陰で、大抵の脅威には打ち勝つことができても、この音の力に対抗できるのは一つしかない。君の生きた時代にその存在がある」

「それはなんだ？」

「南国に位置する、選択する恋の国。あの国にいる息吹き姫という女性だ」

「勝てるのか、そいつを連れていけば」

「ああ勝てる。そして白銀の魔女を連れて行けば貴女が死ぬことはない」

白銀の魔女は二人を背に、相変わらず氷球を守っていた。

「魔女王よ。どうか白銀の彼女を連れて、自分の生きた時代へ。そして王様連合と、魔女貴族との戦いを止めるんだ」

「わかった。まかせろ」

「その先に、魔王を人間に戻す方法がある」

「なんだと？」

賢者のヒビ割れた唇の端から、するりとよだれが垂れる。

「それも、ずっと研究していたんだ。そして、その答えが図書館にあった。おとぎ話として伝えられた物語に、魔王の出生の秘密に関わるものがあったんだ。それが月の裏側にいる霊王。その存在が、美しい女性が流産した子を、魔王にしたんだ」

「本当か、それは」

「僕は、魔王が嫌いだった。貴女の人生を振り回すあの男が嫌いだった。けど、ね」

賢者は、精一杯の微笑みを魔女王に見せた。

「好きな人にとって大切な人は、僕にとっても大切なんだ」

魔女王の頬に、再びそばかすが浮かぶ。

「……子をつくることはしなかったが、貴様は一つだけわらわの約束を守った」

彼女は悲しげな瞳で、賢者に微笑みかける。

「いい男になったな。歯無しの餓鬼よ」

賢者は、満足そうに「へはあ」と泣いた。彼の胸の水晶は、もうすでに輝きを失っていた。

「……黄金の魔女王よ。どうか、どうかこの冬を終わらせておくれ」

絶望に負けないでおくれ、どんな逆境にも微笑んでおくれ。そして。

「未来を春に変えてく――」

事切れた賢者。その死に顔はいつか見た癒しの尊と同じように、穏やかでほがらかだった。

しかしその目元は窪《くぼ》み、肌は乾き、頬はさらに萎《しぼ》んでいく。賢者の亡骸は、あっという間に、魔女王の腕のなかで塵《ちり》となった。悠久の時間が、今になって押し寄せたのだ。

黄金の魔女王は立ち上がり、白銀の魔女を振り返った。

氷球はすでに六層目を突破され、内側はかなり狭い。その空間はもう、限界に達していた。

「白銀の魔女といったな。貴様は主人……いや、父親が死んで、悲しくないのか？」

白銀の魔女はこくんと頷いた。

「貴様。心が空っぽなのか？」

白銀の魔女は再び頷いた。その様子は生まれたての赤子のようだった。

「まさに枝だな。わらわの背中を守れるか？」

白銀の魔女は頷く。

「なぜ喋らぬ？　まさか、貴様は舌が無いのか？」

白銀の魔女は口を開けた。美しい歯並びに、健康な舌も見えた。

「ふん。どういうつもりかは知らんが、足手まといになるようだったら、遠慮なく切り捨てるぞ」

白銀の魔女は、はじめて首を横に振った。

「まずは服を着ろ」

黄金の魔女王はそう言って、白銀の魔女の乳房を握る。それでも彼女の顔は彫刻のように眉ひとつ動かない。言わずともわかるほうが布を拾い上げ、舌打ちをした、次の瞬間。

二人の魔女の姿が氷球から消えた。直後、氷球は粉々に砕け散り、暗黒の海に飲まれた。

黄金の魔女王と白銀の魔女、二人の魔女は恋多き国へ向かった。

楽園の挙式

「――ここは、いつも暑いな」

二人の魔女が降り立ったそこは、海辺だった。

視線を落とせば絹のような砂浜が広がり、少し見上げれば青い海と水平線。仰ぐと晴天に入道雲がもくもくとそびえていた。極寒の地下とは、比べものにならない陽気と熱気に包まれた、恋を錯覚する南国の楽園。西日が恋人たちの影を伸ばす、選択する恋の国がここだった。

黄金の美女は人差し指と中指を束ね、肩の袖に触れる。するとに袖だったものがはらりと落ち、涼しげなドレスとなった。

「お前は涼しそうでいいな」

魔女王の隣には、氷の靴を脱ぎ、素足で砂浜の感触に酔う白銀の魔女がいた。

「やあやあ、君たちも恋帝《れんてい》様の挙式に？」

魔女王が振り返ると、一人の若者が立っていた。短い髪と小麦色の肌で、厚い胸板の持ち主。白い歯を見せて、魔女たちに笑いかけている。その手には釣り具があり、長い竿を肩に乗せていた。

黄金の魔女王は恋帝という王を知っていた。しかし、今はそれよりも気になることがある。

「挙式だと？」

不思議そうに釣り具を見つめる白銀の魔女に、若者は白い歯を向けた。

「ああ、そうさ。我らが男たちの代表、恋の帝王、恋帝様が三人目の妻をめとったのさ」

黄金の魔女王は舌打ちをする。

「あの馬鹿者。妻を三人も」

白銀の魔女は若者の後ろに回りこみ、釣り具の先をちょんちょんと触っていた。

魔女王が「行くぞ」と言うと、無垢なる白銀が釣り具からしぶしぶ離れる。

「ああ、待って待って、美しき双子さん。星は好きかい？」

若者の問いに、魔女たちは振り返った。

「星？　いやそれよりも待て、わらわたちは姉妹などでは……」

魔女王の言葉を遮り、若者は「ほら」と言って釣竿の先を空へ向けた。

「今は見えぬ星を、僕は掴むよ」

空は晴れ渡り、雲しかなく星は見えない。

「まさか……貴様も神秘の奇跡を？」

身構える魔女王。そんな彼女をよそに、若者は宙に手を振りかぶり、蝶を掴む仕草を見せた。

「ほうら」

若者の手には、さっきまでなかったはずの星型の珊瑚《さんご》があった。白銀の魔女だけが、目を見開き驚いている。彼は手品の要領で、手の平に珊瑚を出現させたのだ。

「恋の国へようこそ。麗《うるわ》しき双子さん」

若者は白い歯を見せ、星の珊瑚を白銀の魔女に渡した。

黄金の魔女王は「なんだ。そんなことか」と言って、白銀の魔女に合図をしてから、天に腕を掲げて「踊れ」と言った。

――ユユイ。

すると天空より煌めきが舞い降りる。

「隕石だ!!」と、若者が悲鳴を上げるなか、周囲の気温が一気に冷え込み、三人の目前の砂浜に氷の返しが出現した。返しはほら貝のような形状で、巨大な滑り台を思わせた。次の瞬間、氷の返しに隕石が滑り込むように落下する。氷の回転器具の中で、隕石がギュルギュルと回った。

星を掴む男は腰を抜かし、浜辺に尻もちを突く。

「き、君たちは一体!?」

「わらわは黄金の魔女王、世界を春に変える者、こやつは白銀の魔女、わらわの背中を守る者」

若者が呆気にとられているなか、黄金の魔女王が氷の彫刻を見上げた。

「そういえばこの氷。白銀よ、空気中の湿気を集め、氷にしているのか?」

白銀の魔女は首を横に振った。そして、その場にしゃがみこみ、穴を掘り始めた。

海辺で穴を掘ると海水が湧き、水溜りができる。

白銀の魔女はその隣に砂を集め、山を作った。ぽんぽんと山を叩く仕草に、幼さが目立つ。

小さな山の上に右手をかざすと、氷の塊がぼとりと落ちて、山が崩れた。

水溜りは、瞬時にしてなくなっていた。

「なるほど、違う時空から水を呼び出し、氷に変えていたか。それなら空気のない場所でも氷が作れるな」

白銀の魔女がこくんと頷いた。黄金の魔女王は若者に目を移す。

「挙式はどこで行われている?」

その視線の美しさに、若者は今まさに起こった隕石と氷の奇跡すら忘れた。

「れ、恋帝様の白き城で……そろそろ、始まるころだ」

黄金の魔女王は「そうか」と言って、砂浜から見える真っ白な城を睨む。

「急ぐぞ」

黄金の魔女王の背中に、白銀の魔女は幼い妹のように連れそう。砂浜に足跡を残し、二人の魔女は白き城へ向かった。彼女たちがいた場所には、透明な靴だけが残されていて、白銀の魔女の身から離れると、艶《つや》を増し、溶け始めていた。

熱砂に影を広げる靴を見て、星を掴む若者は残念そうにつぶやいた。

「靴が溶けてしまっては、お姫様を探せないじゃないか……」

恋の帝と花嫁泥棒

その王国は、蒼海《そうかい》と青空の狭間に位置した南の孤島。交易は船で行っていた。

真っ白な砂浜を抜ければ瑞々しい深緑に溢れた亜熱帯の風景と、自然と調和した建造物が立ち並ぶ。汗ばむ気温だが湿気は少なく、果実は甘く熟しやすい。人間をはじめとする、さまざまな生き物にとってすごしやすい気候だった。住人たちは皆、明るく気さくで、色とりどりに彩られた酒が常に流行《はや》り、香ばしい料理と甘い菓子を振舞ってくれる。

島の中央に、その城があった。少し前まで、その国の悩みは軽薄な若き王子の行く末だったが、王と妃の働きによって王子は成長を見せた。

国民は彼を恋の帝王、恋帝という愛称で呼んだ。

成長しすぎた王子は、一度に二人の妃をとり王となった。

一人目は田舎育ちの強気な女。

二人目は優しすぎる大人しい女。

そしてもう間もなく、三人目の妃がその国で誕生する。

三人目の花嫁は、明るく快活で、ときに男の尻を叩く厳しい女だった。

彼女は菓子屋を営む夫婦の次女で、幼少から歌うことを好んだ。

その歌声は、聞く人によって天使の鼻歌にも人魚の悲鳴にも聞こえる。

甘い匂いのする菓子屋で生まれ、苦い挫折《ざせつ》を味わい、それでも笑顔を絶やさなかった彼女は、恋の国を代表する歌姫となっていた。

彼女の身体は類稀《たぐいまれ》なもので、息継ぎを必要としない。

見た目はにこにこと笑う細身の少女だが、小鳥がするほどの僅かな呼吸で、時計が一周するほどの歌も詠えた。国民は尊敬と愛着を込めて、彼女のことを〝息吹《いぶ》き姫《ひめ》〟と呼ぶ。

息吹き姫は今日の正午、恋帝の妻となる。

新たな花嫁の登場に、国民は我が国の王は相変わらずだ、と笑い、大らかな気持ちで祝った。

城の離れに、砂を固めて作った芸術的な神殿がある。そこでは今まさに、挙式が行われていた。

星をばら撒《ま》いたような夜空を模した天井は、網目状《あみめじょう》の光を地面に降り注いでいる。祝いの音楽の序章が流れ、花嫁の登場を予感させる。

左右の腰掛けに諸国から訪れた多くの来賓が立ち並び、祭壇の先には仲介人と花婿がいた。

恋帝は礼服に身を包み、健康的な肌に桃色の唇。自信に満ち溢れた垂れ目に、伸ばし始めた金の髭と、短い髪。長いまつ毛が手伝って、雄々しくも妖しい魅力を持った恋の帝王だった。

黙っていれば、文句のない自慢の統治者と言える。

多くの貴族や来賓に見送られ、紅い絨毯《じゅうたん》を進むのは三人目の花嫁だった。艶めく足と唇。今は錆びついたように、ぎくしゃくと緊張している。

やがて、花嫁が花婿の前に到着した。仲介人が両者を見た。

その国に伝わる文句を読み上げたあと、仲介人の壮年は「誓いますか？」と問う。

新郎が先に「ん、誓うとも」と歌うように言った。

花嫁も歌うように、その言葉を繰り返す予定だった。

太陽の光に祝福され、今まさに、新たな夫婦が誕生しようとしていた。

「その結婚、待て！」

扉が開く音とともに、神殿内の明かりが増した。

新郎新婦、来賓が振り返ると、そこには二人の美女が立っていた。

黄金の魔女王と、白銀の魔女は、選ばれた者しか歩めない絨毯を堂々と進んだ。

その場にいる誰もが、王の愛人が現れたと勘違いする。

「ん、ん、ん!?　まさか、魔女か!?」

魔女という言葉に、花嫁の表情が強張った。

「故《ゆえ》あって、花嫁の協力が必要だ！　一緒に来てほしい！」

黄金の魔女王が花嫁の手をとる。

息吹き姫は黄金の魔女王の姿に、見覚えがあった。

「あ、貴女は！」

「昔、飛行船で会ったな。まさかお前が、姫と呼ばれるまでになるとはな……」

二人には小さな因縁があった。かつて、息吹き姫がある国で夢に破れたところ、黄金の魔女王と出会う。改心する前の魔女王は、追い打ちをかけるように彼女に酷《ひど》い言葉を浴びせ、その夢を、粉々にしてしまったのだ。

魔女王は僅かに顔を伏せて、息吹き姫に小さく言った。

「あのときはすまなかった。償いのためにも、一緒にきてほしい」

息吹き姫は何も言わず、唇を震わせている。二人の間に、恋帝が割って入った。

「ん、ん、待ってくれ魔女の君。彼女は僕の花嫁。式に呼ばなかったからって、花嫁を連れて行かないでくれ」

黄金の魔女王は、髭をたくわえたかつての恋人を睨んだ。この二人にもまた因縁があった。

「勘違いするな。……ああ、そうだ、貴様とも久しぶりだったな。おめでとう。今度は他に好きな人ができたからと、簡単に恋人を捨てるなよ？」

そう言って魔女王が花嫁の手をぐいっと引っ張る。

「あっ、恋帝さまぁ！」

息吹き姫が婚約者に助けを求めるなか、当の本人は、もう一人の魔女に釘付けだった。

「ん、ん？　愛しい顔がもう一人。今度は特に似ているな」

恋帝は、冷たいドレスを纏った白銀の魔女に注目し、煌めく爪を手にとると、自分の胸にそれを重ねた。

「んー、なんて冷たい手なんだ。ちょうど、僕の胸も熱く高鳴ってるところだった。僕たちって、ちょうどいいね」

白銀の魔女は、ただぼんやりと、恋帝の胸の鼓動を感じている。

そのやりとりを見ると、息吹き姫の頬がみるみる膨らんだ。

「あっ！」

息吹き姫は、魔女王の手を振り払い、恋帝の前で平手を掲げた。

次の瞬間、来賓たちの耳にパチンッという音が聞こえた。

「これだからあなたは！　花嫁が魔女にさらわれそうなのに、結局は新しい女ですか！」

「ん!?　愛しい息吹き、違うんだ！　似ているのだ！　昔愛した人に！」

その場にいる誰もが心で落胆《らくたん》した。その言葉がいけなかった。

「あーあ、もう！　最低！」

息吹き姫は甲斐性のない婚約者から、背後の魔女王を振り返る。

「あたしは貴女がとても怖い！　けどこの場にいるほうがもっと嫌！　身の安全を保証してくれるのなら、あたしをさらってください！」

その怒声は、黄金の魔女王の前髪を大きく揺らした。魔女王は笑いを堪《こら》え「望むところだ」と返した。魔女王が、息吹き姫と白銀の魔女を抱き寄せる。すると辺りの気温が一気に冷え込んだ。

恋帝が三人に手を伸ばす。

「僕の花嫁を返しておくれ！」

「心配するな。まだ二人いるだろ！」

恋帝をはじめ、来賓たちの上まつ毛と下まつ毛が凍り、はずみで皆、まぶたを閉じた。

——冷気が収まり、目を開けてみると。

「んん！　花嫁がさらわれた！」

黄金色の魔女王も、白銀色の魔女も、そして息吹き姫もいなくなっていた。

ワニの住み処と魔女貴族

「――おかしい。ここはどこだ？」

黄金の魔女王と白銀の魔女、そしてさらわれし花嫁、息吹き姫は見知らぬ土地に降り立っていた。

周囲には亜熱帯の熱林。くるくると螺旋を描いた植物に、肺を侵す腐りかけの土と葉の臭い。

木々の先を少し進めば、濁った運河が見える。

「ワニでもいそうな川があるな」

「あ、あの、ここは？」

息吹き姫の疑問に、魔女王は首を横に振った。

「すまん。わらわもわからぬ。事故だ」

そのとき、白銀の魔女が黄金の魔女王の肩を叩き、耳を澄ます仕草を見せた。

「……確かに、誰かの声が聞こえるな」

息吹き姫には聞こえないが、二人の魔女にだけ聞こえる声があった。

〝こっち。こちらへ〟

三人をいざなう、木霊する女の声だ。

「どうやら、わらわたちは呼ばれたようだな」

「え？　誰にですか？」

「魔女の貴族だ」

三人は土を這う虫を踏まないように、熱帯雨林を歩き続けた。川の水面を見ると、時折あくびをするワニが見えた。

「あらゆる時代と場所に魔女はいるが、魔女は群れない」

黄金の魔女王の突然の言葉に、白銀の魔女と息吹き姫は、互いの顔を見合わせた。

「どうしてですか?」

「なかには、わらわのように他人の力を真似る者がいるからだ。普通の女同士でも、真似をする者がいて、それを嫌がる者がいるだろう? 魔女の相性は難しいとされてきた」

「ああ、なるほど」と息吹き姫は納得した。

「だが、何事にも例外がある。時として変わり者も生まれる。稀に徒党を組む魔女もいた。あらゆる色に基づき、神秘の奇跡を持った魔女たち。その集まりが魔女の貴族。本にはそうあった」

肌にまとわりつく湿気に、耳元を飛び回る羽虫。息吹き姫は頭の周りで右手を振り回しながら、左手でドレスの裾を上げていた。

「あの、貴女たちも魔女ですよね? よくわからないことだらけですが、その魔女の貴族はどんな用事であたしたちを呼んだのですか?」

いく手を阻む植物の枝を曲げながら、黄金の魔女の王は自身の左手を見た。

「わらわの神秘の奇跡を阻むことができるのは、大規模な儀式か、複数の魔女の力が必要だ」

黄金の魔女王は、辺りを見回した瞳を、息吹き姫に向けた。

「会わないことにはわからぬが、会わない限りは他の場所に飛べそうにもない」

やがて運河の始まりについた。運河は、大きな横穴に繋がっていた。

「声は、この奥から聞こえるな……」

一行が洞窟に入ろうとする直前、息吹き姫が小さく息を吸い込んだ。

「おじゃまします！」

彼女の声が、洞窟内に木霊した。

「何を言っている」と黄金の魔女王が息吹き姫を睨んだ。

「最近、王族の花嫁修業をしていたもので。ここに、その魔女の貴族さんたちがいるんですね？ならばここは人のお家。挨拶をするのが礼儀でしょう」

息吹き姫の愚直《ぐちょく》な答えに、黄金の魔女王は「はは」と笑うしかなかった。

洞窟に入ると、黄金の魔女王の身体が発光した。

「わあ、暗闇なのにお日様みたい」

「ああ。わらわは太陽の輝き、黄金の魔女王。お前と出会ったころとは違う身でな」

「恋帝様から少し聞きました。こうしてもう一度会うまで信じられませんでしたが」

洞窟を進む間、黄金の魔女王は今までのいきさつを息吹き姫に説明した。

――かつて恋帝と恋に落ち、人魚の愛称で呼ばれて幸せな日々を送っていたが、美しい女性に恋してしまった彼にあっさりと捨てられたこと。その出来事もまた魔女になる要因になった。

今は魔王を人間にするという悲願のため、白銀の魔女とともに、月の魔呪王を倒す方法を探していて、奴の音の力を突破するためには、息吹き姫の歌が必要だった――。

「――月にいる魔女だなんて、まるでおとぎ話のよう」

「そのおとぎ話にお前はいる。めでたしで終わらせたかったら協力しろ」

「それは、もちろんですが……」

と息吹き姫が視線を落とす。魔女王は彼女を振り返った。

「何だ？」

「未来の賢者様のお言葉では、その魔呪王という存在を倒しても、未曾有《みぞう》の天災が起きるかもしれないし、兵器の煙が空を包むかもしれない。人の滅亡は免れないと……それが、どうしても気がかりで……」

魔女王は前方に広がる暗闇を、決意に満ちた瞳で睨んだ。

「心配するな、すべてわらわにまかせろ。今は魔呪王を倒すことだけを考えるのだ」

間もなく、先頭を歩く魔女王の足が止まった。

「どうやら、着いたようだ」

暗い洞窟の先に、真珠を散りばめた豪華《ごうか》絢爛《けんらん》な扉があった。


両開きの扉を開けると、鼻にまとわりつく華と蜜の匂いがした。

八方が大理石の室内に、所狭しと果物が並び、虎とワニのはく製と、それらの皮でできた絨毯と腰掛が見える。魔女の貴族の住み処は、悪趣味で嫌味に作られた、娼館《しょうかん》の一室のようだった。

「花や蜜の匂いだけじゃない……酒臭いな」

魔女王がつぶやく向こうに、ワニ革でできた硬い寝床があった。

そこに二人の魔女の貴族が寝転んでいた。

「運命を捻じ曲げた、はぐれの魔女がきやがった」

上がり目で髭をたくわえた魔女がそう言ってくすくすと笑った。

「おうや。仲良くしたいねえ。死にぞこない同士」

もう一人はまったく体毛のない下がり目の魔女で、そんな嫌味を言った。

黄金の魔女王は、一歩その部屋に入って二人に言った。

「魔女の貴族とお見受けする」

しかし魔女王の言葉を遮り、体毛のない魔女が言った。

「おや、名乗ろうというのかい？　自分は魔女の王とでも」

続いて、もう一人の魔女が髭を撫でた。

「自意識過剰だこと。いつ誰が、貴様が魔女の王であると決めた？」

魔女貴族の嫌味に、黄金の魔女王は堂々と語った。

「わらわは北の大国の暴君の一人娘。そして世界を晴れにする決意を込めて、黄金の輝きという太陽の異名を冠した。自意識過剰でもおごりでもない、断じて世界を救い切るという誇りと責任の証として王を名乗っている」

「言うねえ。死に損ないのくせして」

魔女王が、体毛のない魔女を睨んだ。

「さっきから言っている、その死に損ないとは、どういうことだ？」

すると体毛のない魔女は、手で脇を隠しつつ、起き上がった。髪、眉、まつ毛はなく、さらに蔦《つた》と葉でできた服をまとってはいるが陰毛に至るまで、彼女には一切の体毛がなかった。

魔女王はさらに疑問を訊いた。

「おい、なぜ脇を隠す？」

「生えてしまったものでね」

体毛のない魔女は葉で脇を隠してから、こう続けた。

「それよりも、さっきの問いについて教えてやるよ。王たちによって殺されるはずだったんだ、黄金の魔女王は」

「そのことを知っているのか。なら、話は早い」

もう一人の、枯れ葉を集めたような口髭が生えた魔女が言った。

「あたいたち魔女は、何人か揃って儀式をすれば未来を視れる。恋帝の花嫁を泥棒したのをきっかけに、黄金の魔女王は王様連合に断罪されるはずだった」

体毛のない魔女が、右手に持つ杯を白銀の魔女に向ける。

「そう。けれど、些細《ささい》な捻じ曲げが起きた。その原因が、その白銀色の魔女さ」

体毛のない魔女と、髭をたくわえた魔女。二人の魔女は交互に語った。

「その白銀の魔女の存在があったお陰で、息吹きの花嫁は自分の意思で泥棒された」

「銀色の魔女の色香《いろか》で、恋帝に過失ができたからね」

「だから、黄金の魔女王は、おっかない王様連合に追われずに済んだ」

黄金の魔女王が、二人のやりとりの間に入る。

「そこまで知っているのなら、月にいる魔呪王の存在も知っているな」

体毛のない魔女は自身の頭を撫でた。

「ああ、よーく知っているとも。今のうちに倒さないと、世界を黒に染めることもね」

「ならば、協力しろ」

髭の魔女は、唇に杯を重ねると、酒臭い溜め息を吐いた。

「だが、それもいい。混ざれば黒になるのも一興《いっきょう》」

「なんだと？」

二人の魔女の貴族は、酒を酌み交わし、再び交互に語った。

「爆炎《ばくえん》の魔女も、旋律《せんりつ》の魔女もやられちまった。ああ、青海の魔女もだっけ」

「違う大陸に住む、紫毒《しどく》の魔女や、白薬《はくやく》の魔女も喰われたっけ」

見れば、卓の上には手がつけられていない杯が三つ並んでいた。酒こそ酌《く》まれているが、持ち主はここにいない。

体毛のない魔女が自分の杯をぐっと仰ぐと、酒の雫《しずく》が床に垂れた。

「残ったのは、落ちて、こぼれたうちらだけ」

赤土の魔女と緑葉の魔女

息吹き姫が恐る恐る口を開いた。

「貴族と言うわりに少ないと思ったら、みんな殺されてしまったのですか？」

髭の魔女が息吹き姫を見てけらけらと笑う。

「さっきの大声はあんただね？　ああ、そうさ。五大陸にいた五色の魔女貴族も、見ての通り、今では負けた猫の二匹」

「その負けた猫という、貴様らは何の魔女だ？」

体毛のない魔女が言った。

「うちは故郷を戦火に焼かれて絶望した花屋。花と樹木の神秘を扱い、緑色と呼ばれた魔女」

隣で寝そべっていた髭の魔女も起き上がり、上目遣いで続けた。

「あたいの人生は、よくある話さ。裕福な家でさ、継母《ままはは》が結婚した男の連れの娘をいじめるってね。その娘の復讐にあって、十数年間納屋に閉じ込められたのさ。納屋の地面は冷たく湿った赤土でね、飢えてしょうがない時は食ったりもしたさ……そうしてじょじょに絶望して、茶色い魔女になった身がこれだよ」

「茶色と、緑色の魔女……様」

と息吹き姫がつぶやく。赤土の魔女が言った。

「あたいらは、貴族の中でも最低に位置する落ちぶれた魔女よ」

「そうそう。花形は皆、真っ先に喰われた」

黄金の魔女王が、二人の魔女を睨む。

「それで、おめおめと花びらをつまみに、酒を飲んでいるのか」

「そうそう。ついでに、黄金の魔女王を邪魔すれば、寿命が少し、延びるかと思ってね」

「なるほど、そういうことか」

一時的な快楽と、微々たる延命のため。それが、魔女の貴族の落ちこぼれが、黄金の魔女王を邪魔した理由だった。緑葉の魔女は言う。

「うちらは魔呪王に降伏したのさ。この姿がその証」

続いて赤土の魔女が言った。

「魔呪王の力は、あの呪いの髪にある。あたいは降伏の証に髭を生やし、女を捨てた」

緑葉の魔女は目の上をなぞった。眉毛はない。

「うちは、恐怖から体毛がすべて抜け落ちた。あれには逆らえない。うちらはここで酒を飲み、黒に染まる世界を楽しむとする」

黄金の魔女王は、堕落《だらく》した二人の魔女を見下ろした。

「みすみす殺されるのを待つのか？」

「だから酔うのさ。うちらにあんたを倒す力はないが、引き留めることはできる」

と緑葉の魔女が返す。

「わらわに、どうしろというのだ？」

赤土の魔女王が、杯を掲げた。

「一緒に酒を飲み、堕落しよう？」

黄金の魔女王が胸を張り、息を吸い込んだ。

「よかろう」

意外な返答に、息吹き姫が魔女王の顔を覗きこむ。

「え？　いいんですか？」

「ああ。仕方がないだろう。落ちぶれと言えど、こいつらはわらわの邪魔ができる」

「けど、お月様にいる黒い魔女を倒すのでしょう!?」

「それも、もう無理だ。祝宴を連れ去り悪かったな。ほら、続きだ。酒を貰おう」

緑葉の魔女がにやにやと笑う。

「ええ心がけよ。そっちは花嫁だろう？　女の宴《うたげ》で夫の愚痴《ぐち》でも聞こうじゃないか」

赤土の魔女が杯を掲げる。

「ほら、銀色。土で熟したぶどう酒を飲め。冷えているよ」

杯を受ける白銀の魔女を、黄金の魔女王が止めた。

「お前はだめだ」

次に彼女は、白銀の魔女にこう耳打ちをした。

「外で泥水でも凍らせて遊んでいろ」

こうして、白銀の魔女は洞窟の外へ消えて行った。

そして魔女たちの宴が始まった。はじめは断固として酒を飲まないようにしていた息吹き姫だが、やがて喉が渇き、ひと口ならと、葡萄酒を飲んだ。間もなく花の色香に誘われる蜂のように、さまざまな果実酒を飲むようになる。

「あたいらにできる神秘の奇跡は、甘い酒を造ることくらいさ」

壁際には葡萄、桃、林檎《りんご》、苺《いちご》、柑橘《かんきつ》類といった果実があった。それらを入れた壺を緑葉の魔女が撫でて、赤土の魔女がこさえた土に埋めると、さまざまな果実酒ができ上がった。二人の作った果実酒は甘露《かんろ》なものもあれば、口の中に爽快《そうかい》さを残すハッカのような風味のものもある。

息吹き姫も、やがて酔う喜びと甘美なる堕落を知り、婚礼のために用意した着衣がはだけるまで酒を飲むようになった。虎の絨毯で眠り、ゴツゴツとしたワニ革の絨毯は酔った胃にちょうどよかった。彼女が、暗黒の魔呪王について尋ねると、赤土の魔女と緑葉の魔女は、こう語った。

「まず、あたいたちは美味しい酒を造れたから、三つの大陸を治める強力な三人の魔女貴族に取り入ることができた。それが爆炎の魔女、青海の魔女、旋律の魔女だった」

「けれどある日、この住み処に突然現れたのさ。宇宙みたいに底なしの闇をはらんだ瞳に、蛇みたいにうねらす髪を従えた不気味な少女が」

「怖いもの見たさか、仲間のほしいはぐれ魔女だろう、と旋律の魔女が振動の力で彼奴《きやつ》を表に吹き飛ばした」

「けど、帰ってきたのは妊婦のようにぽっこりと腹を大きくさせた、不気味な少女だけだった」

うちゅうをにくむ、のろいのことば。

「彼奴はそう言った」

「すぐに、青海の魔女の雹が彼奴を襲った」

「けど、雹はすべて、粉々に割れてしまった」

「彼奴は旋律の魔女を喰っていた。そして振動の奇跡を手に入れたんだ」

「彼奴はあの恐ろしい黒髪を鋼の牙に変え、青海の魔女も、頭から喰って見せた」

赤土の魔女の瞳から、一瞬だけ酔いが消えた。

「……爆炎の魔女が火を吹いて、彼奴を丸焦げにしようとした。彼女は、魔女貴族のなかで最強の魔女だった。けど、あの髪が炎を遮った」

「ああ。炎ごと喰われたっけ」

「あたいたちは、見ているしかなかった」

生を望む本能が、命乞いより先に、赤土の魔女に口髭を生やした。

死を恐れた命が、逃げるより先に、緑葉の魔女の体毛をすべて抜き去った。

「彼奴はあたいらの無様を見ると、きゃっきゃっと笑い、どこかに消えた」

「木々の噂で、他の大陸に住む紫毒の魔女と白薬の魔女も喰ったと聞いた」

黄金の魔女王は、薄らと開けた瞳で、「それで？」と訊いた。

「彼奴は旋律の奇跡と、爆炎の奇跡を利用して、月に飛んだ」

息吹き姫が酒臭い息を吐いた。

「なんで月なんですかぁ？」

赤土の魔女が洞窟の天井を指差した。

「月にあると言われる、千年王国を滅ぼしに行ったのさ」

「月の千年王国ぅ？」

「そう、あたいら魔女すらも存在を疑う、おとぎ話があってね。千年の平和を保ったとされる、異界の王国さ。その昔、地球に嫌気の差した霊王という存在が、似た者を募り、月で築いたとされる王国ってね。その平和を黒にするため、彼奴は月へ飛ぶと言っていた。今ごろはもう、月に住む連中の白目を黒に染めているだろうよ」

そんな話を最後に、強襲的な睡魔が四人を襲った。


宴が四日目に差し掛かった朝の出来事だ。

「起きろ」と、眠っていた息吹き姫の肩を、温かい指がなぞった。彼女は新しい戯《たわむ》れかと思って少し興奮したが、黄金の魔女王の瞳はまったく酔っていなかった。

睡眠から無理やり引き剝《は》がされような眠気のなか、息吹き姫が目覚める。

「んん、どうしたのですか?」

黄金の魔女王は、赤土の魔女と緑葉の魔女を見た。二人ともワニのはく製の上でいびきをかいていた。

「そろそろいいころだ。あやつらはすっかり酔って、油断している」

「あら、白銀様、戻っておいでで」

見れば、魔女王の背後に、白銀の魔女も立っていた。

「こいつには、頼み事をしていた。それが終わったようなのでな」

白銀の魔女が赤土の魔女を抱え、黄金の魔女王が緑葉の魔女を背負う。

洞窟の外に向かう二人の魔女に、息吹き姫も着いて行く。

「一体どういう遊びですか?」

「遊びではない。いい加減、目を覚ませ。わらわの策略だ」

「さくりゃく?」

黄金の魔女王は、緑葉の魔女の尻を睨む。

「腐っても魔女。酒に強いうえに、わらわの幻の神秘の奇跡を用いても、眠らせるまでに四日もかかった。我慢していたのだろう、おかげで今は、よく眠っている」

白銀の魔女が赤土の魔女の尻をぺちぺちと叩く。それでも彼女は起きなかった。

「あ、ああ。魔女の貴族を眠らせて、油断させたのですね? でも、あたし今、すごく頭が痛い」

「女にはこんな朝もある。耐えろ」

「はい……それで、彼女たちにどんな悪戯《いたずら》をして、どこに逃げるのですか？」

「悪戯をするわけでも、逃げるわけでもない。こ奴らの気が済むまで、酒に付き合ってやった。今度はとことん、わらわの戦いに付き合ってもらう」

「ええ？　この落ちこぼれの魔女の貴族たちを連れて行くのですか？」

「ああ。役に立つぞ、こ奴らは」

「けど、果実のお酒を造るだけの魔女でしょう？」

「植物は酸素を生み、土は植物を育てる。それに、白銀の魔女は水と氷を意のままに操る。わらわたちが集まった時点で、勝負は決まったのだ」

洞窟の先に明かりが見えたころ、寝ぼけた息吹き姫の意識が、はっきりと覚めていた。

黄金の魔女王が、白銀の魔女を見た。釣られて息吹き姫も彼女のほうを見た。

「すでに船は造らせた。あとは乗るだけだ」

「ふね？　乗る？　一体どこへ？」

黄金の魔女王は不敵に笑った。同時に、洞窟の外に出た。

「わかるだろう？　月だ」

朝日に輝くワニの船

久しぶりに見る陽光に、息吹き姫は立ちくらみを覚えた。

洞窟の外は朝だった。亜熱帯植物の葉を貫き、光の反射が魔女たちを照らす。

さらに、陽光を反射させて煌めく大きな物体があった。

「これなら確かに、月にもいけそう。凄い」

運河の上に、光輝く船が浮かんでいたのだ。

軍艦を思わせる硬く重厚な出で立ちで、船体は数多の砲弾にも耐える頑丈な作りをしていた。高硬度の氷でできた船体で、凝固した氷の向こうに、ときどき凍ったワニの姿が見えた。

ぽかんと口を開けたまま、息吹き姫は疑問を訊いた。

「けれど、黄金の魔女王様なら、まばたきで月にも行けるのでしょう？　どうして船を？」

「この二人の魔女が、また邪魔をするかもしれないのでな。ふむ、触っても溶けない。恐ろしく冷たく、硬いな。見事だ」

黄金の魔女王の言葉に、白銀の魔女が猫のように頬で肩を触った。楽しいとき、嬉しいとき、あるいは照れているときの癖《くせ》のようだ。

「これ全部、白銀の魔女様が造ったのですか？」

白銀の魔女は、再び得意げに頬と肩を重ねた。


一行は、甲板から伸びる梯子《はしご》を登り、そこからさらに船底に位置する一室に入る。

そこで、赤土の魔女と緑葉の魔女を床に下ろした。

床の冷たさに、二人の落ちこぼれが目覚める。

「んん、ここはどこだえ？」

「妙に寒い」

「なら、床に土を敷き詰めてくれ」

赤土の魔女が、黄金の魔女王を上目遣いに睨んだ。

「妙に眠くなる酒だと思ったら、計ったね？」

「ああ。宴は終わりだ」

赤土の魔女は、腕を伸ばし、拳を掲げる。すると、拳からさらさらと土がこぼれた。

彼女は土の座布団にあぐらをかき、黄金の魔女王を見上げた。

「この土があるところから動かないよ、あたいは」

緑葉の魔女も、身体に生えた大きな葉を尻に敷き、腕を組んでいた。

魔女王は構わず、赤土の魔女にこんな質問を投げかけた。

「赤土の魔女よ、この船の隙間という隙間に、砂を敷き詰められるか？」

「できる。だが、拒否する」

と赤土の魔女は首を横に振った。そこで魔女王はある提案をした。

「それだけ協力してくれれば、あの穴倉に戻してやる」

赤土の魔女が、黄金の魔女王を睨む。しばらくして、手のひらを床に当ててこう言った。

「……神秘の奇跡と言うよりも、歯車と歯車を噛み合わせて作る時計のような技術を思わせるな。恐ろしく冷たく、強固で、複雑にできた船だ。青海の魔女が繰り出す雹の比ではない。そこの銀色の魔女、物凄い力を秘めているな」

赤土の魔女が触れた氷の向こうに、無数の赤い砂が広がる。

「少し、時間がかかるぞ」

赤土の魔女が、黄金の魔女王の願いに応じたのだ。

魔女王は、満足そうに言った。

「感謝する。それと、熱に強い石を造り、船底に敷けるか？」

赤土の魔女は「はっ」と呆れるように笑った。

「ついでに、粘土で作ったあんたの黄金像を舳先《へさき》に置くのはどうだい？」

「ぜひ頼む。そして緑葉の魔女よ、お前の蔦《つた》で船の全体を縛り、補強しろ。生命力の強い植物を船の全体に生息させて、酸素を作らせろ」

緑葉の魔女は、「わかったよ、船長」と諦めたように頷き、部屋の壁に無数の種をばら撒《ま》いた。

黄金の魔女王は、次に白銀の魔女を見た。

「わらわが合図をしたら、未来でわらわを守ったように、船の周りに球体の氷を張れ。恐らく、何度も張ることになる」

白銀の魔女がこくりと頷く。続いて、息吹き姫が、幼い瞳で黄金の女船長に訊いた。

「あたしは何をすればいいのですか？」

「歌え。それが仕事だ」

しばらくして、魔女たちによる船出の準備が終わった。

強固な船の隙間には砂が撒かれ、船底には熱に強い石が敷かれた。

船の全体に緑の蔦が絡まり、船の作りをぎゅっと強固なものにした。

魔女たちは、再び船底の一室に集った。

「これより船を飛ばす。みんな、どこかに摑まれ」

「え？」と息吹き姫が首を傾げた、その次の瞬間、どんっと船が浮いた。

「出航だ、目標は月！」

運河の底が爆発し、船を天空に押し上げたのだ。熱に強い岩を船底に敷いたのはこのためだった。

「これより暗黒の魔呪王を討伐《とうばつ》する！」

ときの声とともに、船はぐんぐんと上空へ登り上がった。

――すぐに辺りが暗くなる。

息吹き姫が一室の窓の向こうを見つめた。

「ここは……」

満天の星しか見えない。暗闇と浪漫《ろまん》が広がる、果てしなき虚空が窓の向こうに広がっていた。

魔女王も窓の向こうを確認する。

「本で読んだことがある。宇宙というそうだ」

「おい、船長」

すると赤土の魔女が、静かに髭を揺らした。

「終わったらあたいたちを洞窟に返すと言ったろう？　早く送れ」

黄金の魔女王は、「断る」と言って笑った。

「何？　約束を破るの？」

と緑葉の魔女も、魔女王を睨む。すると魔女王は微笑んだ。目を細め、口角を上げただけでも、
その微笑みは美麗《びれい》で、隣にいた息吹き姫は心臓を高鳴らせる。

「わらわは誰だ？」

「黄金色の嘘吐きさ」と赤土の魔女。魔女王は首を横に振った。

「いいや、魔女だ。嘘を吐いて何が悪い？　降りたければ自分の意思で降りろ。この宙にな」

黄金の魔女王の返しに、茶色い髭を「ふん」とさせて、赤土の魔女は再びあぐらをかいた。

次の瞬間、船も揺れた。

同時に、一行の髪をぐるんぐるんと巻き込んで、船内に風が起きた。

「なに!?　今度は何ですか!?」

息吹き姫が騒ぐなか、黄金の魔女王の全身に緊張が走る。

「来たか。息吹きはここにいろ！　赤土と緑葉は船を補修し続けろ！　孤独の宇宙で、死にたくなければな！」

黄金の魔女王は自身を明るく照らして甲板に出た。

外では、暴風が起きていた。ふわりと黄金の魔女王の身体が浮くが、突如現れた氷が、甲板と魔女王の足を繋ぎ止める。白銀の魔女も、彼女の背中に続いていた。

大気圏を出たころから、白銀の魔女は船の周囲に球体状の氷を張って、真空の宇宙から一行を守っていた。しかし今、氷球の一部分が割られ、暗黒の彼方に空気がさらわれているのだ。

氷を割ったのは、凍える未来で見た、あの大蛇だ。その毛一本で、屋根付きの家を吊るすほど頑丈でしぶというえに、それが束ねられ、大蛇のうねりにしたものが、この船を粉々に割って遊ぼうと彼方の月から伸びていた。

「白銀！　補修できるか！」

白銀の魔女が風穴を睨むと、氷が補修され、風穴が狭まった。しかし、大蛇が風穴から侵入を開始して、その補修を邪魔していた。彼女の衣服から、ポタポタと水滴が垂れ、風穴に吸い込まれる。彼女は、風穴の周囲に水分を出現させ、侵入する大蛇ごと凍らせていたが、宇宙空間の冷気にも耐える大蛇だ、凍らせても振動によって氷が割られてしまい、足止めにもならなかった。

「旋律の魔女から奪った振動の奇跡か、厄介だな。固いものと振動では、相性が悪い！」

そうしている間にも、氷球内に侵入してきた細い蛇が、魔女王と白銀の魔女の身体に突き刺さって、さらには振動を起こしていた。蛇が起こす振動は、氷瀑を発破《はっぱ》させるほどのものから、水分を加熱させるささやかな振動も可能だった。人間なら脳と血液に影響を受け、発狂し、血液を沸騰させた。黄金の魔女王は、その治癒能力で身体の異変を一瞬一瞬、再生させた。白銀の魔女は常に身体を冷やし、振動によって起きる熱に抗った。黄金の魔女王が、大蛇に稲妻を飛ばす。しかし、硫黄臭い煙がたつだけで、電撃は大蛇の宿主まで届くことはなかった。

次の瞬間、船を包む氷球が——一気に割れた。

「なんだとぉっ!?」

ほぼ同時に、暗黒の旋律が二人の鼓膜に共鳴する。魔女王の耳から、血が噴き出した。

彼女は、両耳を押さえて叫んだ。

「聞こえるか白銀、他の者の周りに氷の球を張ってやれ、割られても、何度でも！」

白銀の魔女は、自身の耳に、極小の氷でできた新たな鼓膜を張り、黄金の魔女王の声を聞いていた。ここは真空の宇宙であり、酸素は無防備な赤子のようにさらわれる。それが道理だった。ところが奇妙なことに、船が宇宙に投げ出されても、全員の身体に異常はなかった。

「……呼吸ができるだと？」

宇宙空間にもかかわらず、酸素がある。そういえば、いつからか風が止んでいる。

しかし頭上を見ても星が見えない。よく見れば、宇宙の空間だと思っていたものは、黄金の魔女王の輝きに反射し、煌めきを見せている。

…………蠢く壁があるのだ。

「そうか……ここは」と、魔女王は異変の答えに気が付く。

「奴の胃袋も同じ。すでに囲まれていたのか」

そこは、無数の髪で織《お》られた、巨大な布の中だった。

黒海月《くらげ》

黒海月《くらげ》のようにうねる羽衣から、無数の触手が伸びる。髪だ。黄金の魔女王は手の平に刺さった髪を、思いっきり引いた。しかし、びくともしない。

「さすがよ。もとは黒髪の魔女か。未来のときより細くて少ない、だが堅い」

無数の髪の毛が船体に突き刺さり、振動を起こし始めた。

「船の至るところに忍ばせた砂のお陰で、少しだが振動を吸収できている。船はしばらく持ちそうだな」

次に、黄金の魔女王は、手を開いて、中指だけを閉じた。すると、船に援軍が訪れた。

イイ――――バシュン。

宇宙の彼方から、船体と同じほどの隕石が飛来し、船を包む黒海月に激突した。

「踊れぇっ！」

次に薬指を閉じる。第二の隕石が黒海月にめり込む。人差し指、次に小指。閉じるたびに、隕石が降り注いだ。隕石が黒海月を襲うたびに髪の振動が止まる。が、それも一瞬の出来事だった。

その間もプッ、プツプツプツ、という鋭い痛みとともに、布を縫うようにして無数の髪が魔女王に突き刺さった。

「ぬ、あ、あああ！　また人を雑巾《ぞうきん》のように……ならばぁ！」

黄金の魔女王は、最後に親指を曲げて拳を作った。すると、黒海月を貫き、今まででもっとも巨大な飛翔体が現れた。

「爆ぜろ！」

さらに、彼女が拳を広げた瞬間――巨大な隕石が爆発した。

鼓膜はすでに破れている。だが、骨まで届くほどの爆風が起きた。爆ぜた隕石の欠片は、周囲に広がる黒海月を内側から突き破る。船への飛び火は、白銀の魔女が再び展開した氷の壁が防いでいた。

しかし隕石の大爆発をもってしても、本体である魔呪王に痛手を与えているのか、わからない。

「は、あが⁉」

すると今度は、魔女王を縛る髪が、さるぐつわのように、彼女の唇を縛った。

うねる髪の毛は、彼女の首にまで及び、その細い首を絞めた。そして、その身体を持ち上げ、さらには足首を引っ張った。魔女王の眼球に血管が浮かび上がり、視界が赤く染まる。舌が上がって、唇から飛び出す。

「あっ、げほっ！　ほっ！」

直後、白く繊細な指が伸び、暗黒の髪を握ると、それを引っ張った。魔女王の頬と首から、髪の毛が抜けていく。ひんやりとした冷気が彼女の意識を奮い立たせた。

「すまん、助かったぞ白銀！」

白銀の魔女は、黄金の魔女王の背中にピタリと寄り添い、彼女の背中と呼吸を守っていた。

しかし魔呪王の髪は、どんな神秘の奇跡で攻撃しても、きりなく襲いかかる忠実にして無限に湧く尖兵《せんぺい》だった。

「やはり、本体である魔呪王を叩かねば……」

再び、這い寄る暗黒のうねりが、黄金の魔女王と白銀の魔女の肢体に絡みつく。

「この、おお！」

力を込めても、束縛する鋼の髪は解けない。それどころか豚でも縛るように二人を締め付けた。

「餓鬼の島で会ったときよりも強くなっている！　どれだけの魔女を喰った！」

ここは黄金の魔女王が生きた時代で、餓鬼の島の出来事から幾百星霜の年月が経っていた。その間、魔呪王は歴史ごとに存在した多くの魔女を喰っていた。

手のひら、足の甲、頬。二人の身体に鋼の髪が突き刺さる。

「まずい……な」

黄金の魔女王が、はじめて弱音を吐いた。

髪から伝わる振動が、彼女たちの血液を沸騰させる。

「あ、づっ！　ああ！」

二人の魔女から煙が噴出する。蒸発した血液が、辺りに赤い煙となって漂った。そのときだ。

「あ、が？　髪の力が、緩んでおる」

大蛇の振動が止んだ。

「な、何だ！　何が起きている!?」

黄金の魔女王と白銀の魔女を縛り付ける怪力も、段々と弱くなっている。

すると。

「何のために、あたしの結婚を延期したのですか、魔女の王様」

厳しくも優しい、凛とした声がした。しかし、魔女王には聞こえていない。

黄金の魔女王は、優しい振動に気付き、後ろを振り向いた。

「い、息吹き姫か！」

船底の部屋から、息吹き姫が現れたのだ。途端、再び暗黒の旋律が流れた。さらに多くの髪の大蛇が現れ、その存在同士で音を共鳴させていた。

そのとき魔女王の破れた鼓膜が再生し、息吹き姫の叫ぶような歌声を聞いた。

「月におわす、暗黒の魔呪王よ、私の通り名は息吹き！　千の恋を知る恋帝の第三の妻にして、故郷である恋の国を代表する歌い手！」

息吹き姫の歌が、砲音《ほうおん》のように響いた。すると黒海月が、船を避けるようにして二つになっていく。魔女王は啞然とした様子でつぶやいた。

「息吹き姫の歌が、中和したのか、暗黒の旋律を」

「はい。暗黒の旋律と、あたしの歌は、どうも音の相性がいいようで」

黄金の魔女王が、静かに「息吹きの身を守れ」と言うと、白銀の魔女は頷いた。

息吹き姫は暗黒の戦場で歌い続けた。

「あたしのともだちを暗黒の月に導くため、息吹きの姫は歌います！」

暗黒の髪が、船を這い、息吹き姫を襲おうとする。

しかし、パキパキと霜が降りて動きが止まる。氷結が彼女を守った。

「月におわす、暗黒の者よ、どうぞ、ご一緒に、さあ、歌いましょう！」

息吹き姫の甲高い絶唱《ぜっしょう》によって、暗黒の振動は低音に轟く楽器となった。

二つの音は宇宙に轟くオペラとなり、どこか眠気を誘う波音にも聞こえた。

やがて、周囲の大蛇が諦め、その隙間から星が見え始めた。

白銀の魔女は、それに合わせ、再び氷の膜を張っていく。

「宙で轟く、歌の姫、か」

黄金の魔女のつぶやきとともに、目前に巨大な風穴が見えた。

「まあ……！」

息吹き姫が歌をやめ、両手で口を押さえた。すでに、髪の刺客は引いている。

ワニの船の目前に、見慣れぬ月が現れた。

「いつの間にか、近くまで手繰り寄せられていたか……暗黒の月世界に」

船首に、赤土と緑葉の魔女がやってきた。

「少し前から、木々たちが『月がかくれんぼを始めた』と言っていた……」

「病気とか、害虫とか、恨みとか怒りとか、世界中の嫌なもんを全部混ぜて、一つにしたような、真っ黒な月だね」

「いるんだ。あそこに、恐ろしくて仕方のない、暗黒の魔呪王が」

赤土、緑葉、白銀、息吹き。黄金の魔女王が、彼女たちに振り向いた。

「これより、暗黒の月に上陸する！」

Ⅲ　月の千年王国

むかし、むかし、むかし。あらゆる生物が抱く負の感情が、太陽の近くに集まった。

怒り、悲しみ、後悔に失恋に他者を蹴落《けお》とそうとする利己的な感情。

あらゆる負の感情が一つになり、そして突然、弾けた。

その一部が、人が住むこの海多き星に辿《たど》り着き、意思を持つようになる。

そのよくも悪くもない存在は他にもいて、あらゆる星々で、あらゆる文明を静かに観察することから始めた。誰かが彼らのことを星の旅人と呼んだ。またある者は神と呼んだ。

特に心が動くこともない。目標もない、絶対的な存在でありながら、その意思は相対的だった。

ただ一つ、言えることは、神秘の奇跡を超える力を持っていた。

神らしき存在は悠久《ゆうきゅう》の時間この星を観察したが、やがて飽きたのか、月に向かった。

次々と地球に大地と生命が生まれるなか、彼はいつしか、地球の文明の発展よりもぼんやりと月を眺めるようになっていたのだ。海の多いこの星より、大地しかないあの星のほうが落ち着けそうだと思った。

やがて、月に国を作った。平和を保つ、残酷な国。月の千年王国のはじまりだった。

月の住民は、その時代の人類から、神らしき存在の選定によって選ばれた。

彼にとって、何かを見守ることが、本能や欲求だった。

結果、選ばれたのは一つの家族だった。

基準は優しく平和を愛する者ということ。

父、母、長男、長女、次男、次女。そして一匹の子犬。彼ら六名と一匹は、戦争と貧困と疫害が起き始めた故郷の国に絶望していた。

父親は働き盛りだった。母親は寡黙《かもく》で清楚な女だった。長男は真面目で不思議な魅力を持っていた。次男は誰よりも家族想いだった。長女は胃の弱さを勝ち気で隠した。次女は病弱な身体でも気丈であった。犬は歌うようによく吠えた。

心から平和を望む家族だった。崇《あが》める偶像《ぐうぞう》からの啓示を受け、新世界である月に思いを馳《は》せ、家族は神らしき存在に従い、付いて行った。

しかし、月の環境は人間にとって恐ろしく過酷だった。

神らしき存在の奇跡で、酸素こそあれど、耕せる土はない。

働こうにも仕事がなかった。

真っ先に病弱な次女が死んだ。

家族は肥料を作るため、止むを得ない気持ちで、次女の遺体を使うことにした。

しかし、それなりの土を作るには、やせ細った次女のものだけでは足りなかった。

父親が、あとを追うようにその身を捧げた。

父親は仕事を欲し、次女を特に可愛がっていた。

父親の遺体も加え、やっとそれなりの土ができた。

次に、次男が死んだ。

水がなかった。

神らしき存在は次男にのみ、こう教えた。

掘れば湧き出る、と。

次男は家族を救うため、その指その手が折れるまで、水源を掘り続けた。

次男の死と引き換えに、月に水が湧き出た。

次に長女が死んだ。

その星に植物の種はなかった。

長女の胃袋はとても消化力が弱く、そこには故郷の名残りの種があった。

彼女は残った家族を救うため、父親と次女が育みし土に生きながら埋もれた。

長女は自らを種にしたのだ。

やがて月面に、はじめての芽が生えた。

残された長男と母親、そして犬は、過酷な環境で哀しみを抱えたまま、それでも生きた。

土を育み、水が沸き出で、それなりの植物が伸びる。

次に、屋根が必要だった。

故郷の星から反射する光は、彼らの睡眠を妨げた。

長男が夢うつつでいたなか、母親がいなくなっていることに気付いた。

神らしき存在に懇願するため、月の裏側に行く途中、母親は行き倒れていた。

願いが届いたのか、母親の命と引き換えに、月にも夜が訪れるようになった。

だが、母親の本当の願いは夜ではなく帰郷だった。

同時に、飢えも訪れた。

犬は長男に大きく吠え、我が身を差し出した。犬もいなくなった。

こうして、月の住人は長男だけになった。

家族が移住した月面で、残酷な国の歴史は続いた。

長男は家族を想い、絶望の朝を繰り返した。

月の千年王国は完成した。

そして彼は心から、月への移住を後悔した。

すべての不思議は、神らしき存在によって、家族の犠牲と引き換えに起こされたのだ。

彼らを連れて来た神らしき存在は、存在してからはじめて満足を抱いた。

それは歪んだ本能だった。


――ある日、長男が起きると母がいた。

父もいた、姉もいた妹も弟もいた。犬も尻尾を振っている。

みな、元通りの姿で生きている。

奇跡のような出来事に喜んだが、それもつかの間。長男は、残酷な事実を知った。

月の世界も、元通りだった。

家族の死と引き換えに、緑豊かな環境になったはずの月が、また枯渇《こかつ》した大地のみとなっていた。

すると、また病弱な次女が死んだ。

月の平和は千年保たれた。住まうはひと家族だけ。

いっそ終わらせてほしいものを……。

残酷な家族の引き換えは、千年続いたのだ。

誰も知らない、その家族の慟哭は輪廻《りんね》のように続いた。

神らしき存在は、よくも悪くもない者だった。

絶対的な存在でありながら、いたずらに人の願いを叶え、人の命を運ぶことができるからこそ、命というものを弄《もてあそ》んだ。そういう存在だった。

月の家族は、崇拝せし神らしき存在を心から恨んだ。

やがて、些細な変化が月の千年王国に訪れた。

長男は残酷な輪廻を覆し、神らしき存在に刃を向けたのだ。

鋭利なもので突けば、その存在は人と同じように朽ち果てる。

しかし、鋭利なものは長男の心くらい。月にはなかった。

長男は腕から無駄なものを削ぎ、その骨を鋭利に磨いた。

そして、月の裏側に住まう神らしき存在の胸に突き刺した。

恨みを込めて、その血を飲んだ。父と妹の土。次男の水。それらを合わせて混ぜた、泥水のようなまどろみ。母がもたらした夜のような色。妹が生みし緑の青臭さと、犬が捧げしその身の味。

そのすべての代わりに、その血を飲んだ。

彼は人であることを辞めたのだ。

こうして変化が訪れた。

長男はその神らしき存在と、同等の力を持つようになった。

ただし、その存在は餓鬼畜生と紙一重。

そういう存在となった長男は、家族に神秘の奇跡を超える、救いを起こした。

彼以外の家族が、ついに安らかな死を迎えたのだ。

彼らは家族の再会を誓って死んでいった。

そして家族は最後に、長男のことを霊王と呼んだ。命を運べる王だから。

彼はその地に残り、静かに、月の向こう側にある地球を傍観《ぼうかん》した。

それからしばらくして、天災とも錯覚する暗黒色の髪が月を覆った——。

天を突きし怒髪

——黄金の魔女王率いる船が、ついに月に上陸した。

しかし五人は、月の景色に絶句した。

「黒い海……しかない」

赤土の魔女のつぶやきの通り、月面は辺り一帯が風に揺れる海のようにうねっていた。浅瀬にもかかわらず、その色は深海を思わせる暗黒だ。魔呪王は、一行の行く手を阻むように、月面の一部を支配していた。息吹き姫は、黄金の肩の後ろで言った。

「一歩、足を踏み入れただけで、もう帰ってこれないような景色……ですね」

天を見上げれば、視界を埋め尽くすほどの星が見える。今にも吸い込まれそうで、恐怖を抱く心も、汗をかく身体も消えてしまいそうになる。

黄金の魔女王は、次に赤土の魔女を見つめた。

「硬い岩と砂を敷き詰め、道を造れるか？」

赤土の魔女は、緑葉の魔女を見た。

「だったら、緑の力も使うといい。あたいの土を敷き、種を撒けば、あるいは」

緑葉の魔女は頷いたかと思うと、首を横に振った。

「育つけど、短い時間だけになるよ。それより協力するのかい、赤土？　黄金の嘘吐きに」

「したくはないさ。やばくなったら、脇の毛も生やして見逃してもらうよ」

「どうしよう。うちはもう、降伏するにも、抜く毛がないさ」

冗談交じりの二人のやりとりに、魔女王は真剣な様子で割って入った。

「わらわたちに、負けは許されない。暗黒の魔呪王は、月を侵略したのち、この髪の海を地球にまで伸ばす。どこへ逃げてもいつかは殺される。なら、戦って生きろ」

黄金の魔女王の言葉に、落ちこぼれの魔女の二人は奮い立つような気持ちを抱いていた。

魔女王は、鼻から息を吸い込むと、乱雑にうねる髪の海を睨む。

「臭い髪だ。手入れを怠っているな。そんな不精者《ぶしようもの》に、美しい髪を持つわらわが、負けるはずもない」

次に、息吹き姫のほうを見た。

「走りながら、歌えるか？」

息吹き姫は靴を脱ぎ、裸足になって頷いた。

白銀の魔女も、氷の靴を脱ぎ捨てていた。

「魔女王は、この月の、霊王なる王に用があるそうだが、もう死んでるんじゃないのかい？」

赤土の魔女の皮肉に、魔女王はこう返した。

「霊王は神秘の奇跡を超える、運ぶ命の力を持つという。そう易々《やすやす》とやられる者とは考えにくい。何よりこの月の裏に行けば真偽《しんぎ》がわかる」

魔女たちが話す間にも、竜巻のような螺旋を描いて、闇の海から次々と大蛇が現れていた。

赤土の魔女が大蛇を睨む。

「月の裏まで、あの大蛇をどう切り抜ける」

魔女王もまた大蛇を睨みつつ言った。

「まずは、暗黒の魔呪王の本体を叩く。息吹き姫」

「はい」

「歌い続けろ。あの振動を中和してくれ」

黄金の魔女王は、確認するように息吹き姫に言うと、彼女は嬉々とした様子で膝を下げた。

「はい。この喉が枯れるまで」

次に魔女王は、赤土の魔女と緑葉の魔女のほうを見た。

「向かってくる敵は、わらわが裁く。貴様らはとにかくわらわが立つ足場を造れ」

赤土の魔女の手のひらから土がこぼれ、緑葉の魔女の手からこぼれるほどの種が湧く。

そして黄金の魔女王の目前に、無数の髪の集合である大蛇が現れた。

するとブ、ボンという音と同時に、大蛇の下からマグマが爆ぜた。

「月の石は、よく燃える」

ブボン、バブン。

黄金の魔女王は、小さな声で感謝した。

「……紅き大帝よ。貴様の奇跡で、この忌々しい髪を溶かすぞ」

辺りの気温は上昇し、次々とマグマが爆ぜる。辺りが溶岩地帯となり、黒い海を溶かした。

髪が焦げる臭気《しゅうき》とともに、そこかしこで大蛇がうねり、見たことのない地獄絵図が始まった。

赤土の魔女は、鼻腔に髭を詰めて、地獄の模様を見回した。

「暗黒の魔呪王も恐ろしいが、黄金も黄金」

緑葉の魔女が言葉を継《つ》いだ。

「ええ。なんという力だろうさね。神秘の奇跡を真似する、神秘の奇跡。月の形を変えるよ、この戦いは」

黄金の魔女王が臭気を吸い込む。そして、嫌悪とともに叫んだ。

「行くぞ！」

魔女王が駆ける。髪とマグマの地面に足がつく瞬間、土が敷かれ、それを蔦が形作り、道ができた。彼女に続き、息吹き姫、赤土の魔女、緑葉の魔女、そして白銀の魔女も駆ける。

彼女たちが通り抜けた瞬間、土と蔦によってできた道は、マグマに飲み込まれた。

前方から、巨大な大蛇が現れた。

黄金の魔女王の脚が光り輝く。次の瞬間、彼女は飛翔し、星空を背負った。

「どっ、けええ！」

彼女の脚から放たれた特大の稲妻で、大蛇の髪が粉々の灰となる。

白銀の魔女が、黄金の魔女王の着地点のマグマを冷やし、赤土の魔女と緑葉の魔女もそこに土と種を撒いた。冷却された場所を土が覆い、せっかちな種は一瞬にして芽吹くと、魔女王の足場となった。同様に道を造った。それは一行の裸足を柔らかく受け止め、そしてすぐに朽ちた。幾度となくそれを繰り返して、彼女たちは月の裏を目指して全力で駆けた。

赤土の魔女が叫んだ。

「怖い、怖いよ！　それに暑い、熱い！」

緑葉の魔女も悲鳴を上げる。

「帰りたい、帰って酒を飲みたい！　悩みなく眠りたい！」

息吹き姫は恐怖を押し殺すように歌った。

「いかれる暗黒に打ち勝つ黄金の光！　守るは白銀、創るは赤土と緑！　歌うは息吹き！　目指すは月の裏におわす偉大なる霊王！」

滝が地を叩くような音が聞こえる。黄金の魔女王によるマグマの一帯から、火花を散らして、十四の大蛇をさらに束ねた昇り龍が現れた。

魔呪王の怒髪《どはつ》が天を突いたのだ。

地を穿つ呪いの髪

「ハッハ！　わらわたちに勝機が見えた！　暗黒が本気を出したぞ！」

黄金の魔女王は、腿に暴力的な力を込め、跳んだ。

そして巨大な龍に稲妻を浴びせながら、三人の魔女に叫んだ。

「土俵を造れ！　丈夫なやつだ！」

魔女王の指示に、白銀の魔女が円形の氷の土台を造った。

そこに、赤土の魔女は多くの土をばら撒く。

「下敷きはあんたのマグマと、暗黒の髪だ！　そんなには、もたないよ！」

緑葉の魔女の言葉とともに、土台に蔦と草が生え渡り、瞬く間に見事な闘技場ができ上がった。

黄金の魔女王は、闘技場の中心に着地すると、両手を広げた。

「髪の一本一本が太くなっている、もうじき毛根だ、奴は近い！　決着はすぐにつける！」

周囲は暗黒の海と、それを焦がすマグマ。その臭いは地獄を思わせる不快さだ。龍は、その身をぐるぐるとうねらせ、禍々《まがまが》しさをさらなるものにして見せた。そして弓形を描いて緊張したかと思うと、その身を黄金の魔女王へ叩きつけた。彼女は飛翔してそれを回避する。

「うちゅうをにくむのろいのことば」

そのとき、辺りに不気味な声が響き渡った。

「ひいい！」

赤土の魔女と緑葉の魔女が頭を抱え、その場にしゃがみ込んだ。心から震えおののいている。黄金の魔女王は星空を睨んだ。

「見えているのか、暗黒の魔呪王よ！　なら話は早い、姿を見せねば月ごと絶やすぞ！」

「やってみろ、おうごんんん‼」

いじらしく甲高い声が恐怖をさらなるものにした。同時に、辺りから龍が現れる。一本一本、丹念に恨みを込め、見る者の心を怯えさせ、生き者の肌に突き刺さることを望んでやまない呪いの髪だ。その集まりが蛇となり、そんな蛇を乱雑に折り重ねて束ねて大蛇となる。さらに複数の大蛇が螺旋を描くことによって、一匹の尾長《おなが》な龍となった。龍となれば火を通さず、凍えもしなければ稲妻も跳ね除ける。ただひたすらに怒り、破壊を求める存在。そんな龍が、月を頭蓋骨に見立て、毛髪のように生まれては蠢いているのだ。再び、月面全土に響き渡る幼い声がした。

「つぶれろぉ！」

二匹の龍が、黄金の魔女王と白銀の魔女を襲った。龍が闘技場を砕くと、マグマが弾け、辺りに火花を散らす。二人が空へ跳び上がると、その背後に巨大な物体が出現した。

「落とせぇ！」

黄金の魔女王の合図とともに、白銀の魔女が手を振り下ろす。それは巨大な氷瀑だった。古代に落としたものよりやや小さいが、人が登れば一日は費やすほどの、逆さの氷山ほどの規模だ。

氷瀑の根では、魔女王が呼んだ隕石を押し込めるようにして、落下の速度を手伝っていた。

轟音とともに、龍のいる月面に、剣山状の氷瀑が激突した。

「じゅ、じゅじゅじゅ！　じゅおおお！」

同時に、魔呪王の嗚咽が聞こえた。

――黄金の魔女王と白銀の魔女は、氷山の頂に立つと、辺りを見回した。

煌々とした溶岩の明かりに照らされて、辺り一帯の髪のうねりが落ち着いたように見える。

「魔女王様ぁ、無茶しないでくださいよ！」

氷山の麓《ふもと》では息吹き姫と落ちこぼれの魔女たちがいた。白銀の魔女の綿密な配慮によって、三人には被害がないよう、微妙に落下位置を調整していたのだ。

黄金の魔女王は、氷山の天辺で両拳を握り、星空に吠えた。

「わらわたちはしぶといぞぉ！」

その瞬間、氷山が割れた。振動が黄金の魔女王と白銀の魔女の全身を震わせる。微細な振動を無数に起こすことによって、巨大な氷を砕いたのだ。

「わぁのかみはむてきぞぉ！」

卵から蛇がかえるように、氷山から龍が湧き出て、目前にいる者を喰わんとする。

「こ、の、おお！」

黄金の魔女王は腕を広げ、龍の頭突きを、真っ向から受けて立った。

白銀の魔女も、もう一匹の龍の鼻先を摑み、魔女王の背中を守った。

直後、黄金の魔女王の背中に、白銀の魔女の背が付いた。

二匹の龍が、小さく美しい障害を砕き、混ざらんとしている。巨大な龍に比べれば、蟻《あり》ほどしかない双子の魔女だ。幾重にも巻いた鋼線《こうせん》の塊と塊で摩《す》り潰すような圧迫で、普通の人間が受ければ、その身一つで湖の敷地ほど薄っぺらくなるほどの仕打ちだった。

黄金の魔女王は、全身の筋力を金剛の域まで膨張《ぼうちょう》させ、さらには帯電させることによって抗った。

白銀の魔女は、肩から指先にかけて固い氷のつっかえを添えさせて、暗黒の牙に抗った。

一瞬の油断が、死よりも重い永劫の闇を呼ぶ。その双肩には仲間の命と人類の存亡をも担っていた。一秒を一分にも感じる極限状態を共有するなかで、黄金の魔女王と白銀の魔女の絆は、異体同心の域まで達し、姉妹がいないはずの魔女王にある言葉を言わせた。

「耐えられるか、妹よ！」

魔女王が、白銀の魔女を妹と呼んだのだ。

白銀の妹は肩と頬を触れさせて、それに応えた。

同時に、龍が振動を起こす。白銀の魔女が纏う氷に亀裂が走った。

このままでは、白銀の魔女のほうが先に龍に潰されてしまう。黄金の魔女王の脳内で、そんな警鐘が鳴ったとき。白銀色の髪が、黄金の魔女王の放電に踊った。

「なんだ、白銀、何が言いたい？」

魔女王は妹の無言の訴求を注意深く観察した。

白銀の魔女の髪にまとわりついた氷が、稲妻を求めた。それはわかる。

「……氷に稲妻をまとわせて何になる？」

違う、と白銀の魔女は首を横に振った。

すると彼女の髪が数本、抜け落ちた。同時に消えた。すぐに現れた。稲妻を求めた。

妹の謎の合図に、姉だけが気付いた。

「……なるほど、そういうことか」

にやりと笑った魔女王。直後、その表情が歪む。

巨大な龍から、小さな無数の蛇が生えて、二人の四肢に噛み付いたのだ。

「こ、ざかしい真似を！」

霜降りのように白く輝く腕と脚を、枝分かれした蛇が踊り喰う。衣服とともに、肉を削られ、血が垂れては凍った。蛇は、小鳥が樹木を突くように、二人の乳房をついばんでいる。美しき二人の魔女の姿は、見る見るうちに傷つき汚されていった。男ならば、彼女たちの身体の匂いを嗅いだだけで、桃源《とうげん》を妄想《もうそう》する。二人の肢体は、それほどの代物だったが、いやしき蛇は、贅沢《ぜいたく》に、いい部分からそれを傷つけ、台無しにしていった。

「いけるか、妹！」

黄金の魔女王の声に、白銀の魔女は血を垂らしたあごで強く頷いた。

「この黒い蛇は、腹が減っておるらしい。責任は親にあるよなぁ！」

黄金の魔女王は、深紅に染めた爪を掲げ、蛇の親玉である龍に向けた。

そして、手のひらへ力を込めた。瞬間、龍の頭部に氷の塊が〝生えた〟。

「ひぃいいい！　なにをしたぁぁ！」

魔呪王が悲鳴を上げる間にも、次々と、花が咲くようにして、龍の全身に氷の塊が出現する。

「氷を稲妻の速さで飛ばす！　そうであろう賢き妹よ！」

黄金の姉の快活な声に、白銀の妹もはじめて笑った。

その現象は、あまりにも速い速度で氷を飛ばすことによって、激突した場所から氷が生えるように見えたのだ。速度と重さは甚大な威力を生んだ。巨大な氷の弾の激突が続き、巨大な龍の姿が無数の氷に埋もれていく。

「喰え、喰らえ！　いくらでもあるぞ！」

さらには、二人を中心に、氷の惑星が爆発するような勢いで、氷の弾丸が全方向に放たれていった。壮絶な衝撃の連続は、呪いの髪がはらみきれぬほど、いつまでも続いた。

やがて、すべての龍が崩れ落ちた。

魔呪王と霊王

「あそこか」

黄金の魔女王が跳んだ。白銀の魔女もそれに続いた。

龍は氷の塊に埋もれ、地面から湧き上がるマグマにぐつぐつと溶かされている。

腐肉を好む獣すら嘔吐《えず》くような、不快な臭いが、辺りに漂っていた。

黄金の魔女王は、白銀の魔女の傷を癒してやると、月面の地平線を眺めた。

「向こうのほうに何かいる。呪いの髪の根元は、この先にいる」

赤土の魔女と、緑葉の魔女、そして息吹き姫を呼び戻し、黄金の魔女王と白銀の魔女は、地球から見て月の裏の土地へ向かった。

デコボコとした月面の僻地が目立つなか、地面から生えた髪の束がそこかしこに確認できる。

「月の裏から髪を伸ばして、月そのものを貫き、こちらにけしかけていたのか」

息吹き姫は、黄金の魔女王に抱えられながら、彼女の美しい顔を見上げた。

「こ、この先に呪いの魔女様がいらっしゃるのですね？」

「恐らくな」

「けど、先ほどから黒髪の奇跡も、振動の奇跡も起きていませんね」

魔女王は、前方に広がる月世界を睨んだ。

「何を企んでいるかわからないが、油断するな」

今思うと、月に酸素はないはずだったが、どうしてか呼吸には困らない。それは魔呪王ではなく、霊王の力を思わせた。一方で、辺りは段々と暗くなり、太陽の光が届かない、月の裏に近付いているのは間違いなかった。気温が低く、山脈の頂のような気候を感じさせた。

「……寒い」

と息吹き姫に抱きつかれるなか、黄金の魔女王の体温は上昇する。

「見えた」

魔女王の視線の先に、一人の少女が立っていた。

「こ、ども？　まさか……」

と息吹き姫が驚く。

少女は一行に背中を見せ、目前には巨大な門があった。巨人が積木遊びしたような、切り出した石をそのまま繋げて並べた重く無骨な両開きの門だが、門を囲むように円を描いて石が並び、どこか儀式的な配置意図を感じさせる。

少女の長い髪は蛇のようにうねり、彼女はそのやせ細った腕で、何度も門を叩いていた。

「じゅ、じゅ、じゅううう！」

黄金の魔女王は、どこか哀れんだ様子で、少女の背中を指差した。

「間違いない。あれが暗黒の魔呪王だ」

背後に黄金の魔女王が立っても、魔呪王は構わず、門を叩いている。

「あけろぉおお、れいぉおお！」

「暗黒の魔呪王よ、逃げるつもりか、その門の先へ」

「うるさい、だまれ、おうごんん！」

魔女王の言葉には応えたものの、暗黒の魔呪王は門を叩くことをやめなかった。

赤土の魔女は、恐る恐る、手のひらを砂で満たしていた。

「背中を見せているじゃないか。い、今なら土に埋めて、殺せるんじゃないかい？」

「あ、ああ」と緑葉の魔女も、手のひらに種を出現させて、縄状の植物で首を絞める準備をした。

黄金の魔女王が、手を伸ばして二人の魔女を制した。

「待て。様子がおかしい」

「あけろおおぉ、れいおおぉ!!」

息吹き姫が首を傾げた。

「開けろ、霊王？　あの先に、霊王様がいらっしゃるのでしょうか？」

黄金の魔女王は、息吹き姫をその場に下ろすと、注意深く観察した。

「……恐らくな。だが、妙だ。あやつも、霊王に用があるのか？」

四人の魔女と、一人の姫は、さらに一歩、暗黒の魔呪王に近付く。

「おのれぇ、れいぉおお！　でてこぃいい！」

暗黒の魔呪王は、ただただ門を叩いていたが、突然、門を叩くのをやめた。

「……そうかぁ、そういうことかぁ」

「え？　え？」

息吹き姫が戸惑うなか、暗黒の魔呪王が、はじめて黄金の魔女王に振り向いた。

「れいおうがいった。ひきかえをよこせと」

「引き換え？　霊王様のお告げを……聞いたの？」

息吹き姫と白銀の魔女が身構えるなか、黄金の魔女王は魔呪王に向かって手のひらを見せた。

「よせ、暗黒の魔呪王。疲れ切った今の貴様では、もうわらわたちに勝てぬ」

腰まであった髪の毛が、月面に届くまでぐんぐんと伸びていく。砂浜で潮が満ちるように、魔呪王の腹や胸を髪が這い、包んでいった。

「わぁはあんこく、わぁはうちゅう」

「やめろ！」

次の瞬間、魔呪王の顔面に、氷の塊が花開くように咲いた。

黄金の魔女王と白銀の魔女による、稲妻の速さで飛ぶ氷の弾丸だ。人間の少女だったら頭蓋骨ごと吹き飛ばすほどの威力だが、魔呪王は顔面に氷をめり込ませたまま進み続けた。

「止まれ、魔呪王！　そうまでして、何がしたいのだ貴様は！」

魔呪王の身体の至るところから氷が咲き乱れる。にもかかわらず、彼女は進んだ。

「うちゅうをにくむ、のろいのことばあ！」

その言葉とともに、呪いの髪が一気に伸びた。

「キャッ！」

息吹き姫の目前に氷壁が立ちふさがる。そこに髪が突き刺さった。

直後、髪から振動が起きて氷の壁が粉々に砕ける。

「歌い続けろ！」

魔女王の指示に、息吹き姫が息を吸い込む。辺りに柔らかな歌声が響き渡った。

「いつまで繰り返すつもりだ！　髪も、振動も、もうわらわたちには効かぬぞ！」

黄金の魔女王は魔呪王にそう叫ぶと、同時に稲妻を浴びせた。

「だまれえええ！」

対して魔呪王は、髪で全身を包んで稲妻を防ぎ、口から炎を吹いた。火炎は螺旋を描いている。

「爆炎の魔女の奇跡だ！　気をつけろ、あの炎は曲がる！」

赤土の魔女の言う通り、魔女王が身をひるがえして避けても、螺旋状の炎は宙で方向転換して、彼女を追った。左肩に炎が迫る。その肌がちりちりと焦げたそのとき。

炎そのものが凍った。白銀の魔女の吐息が、灼熱すら凍らせたのだ。

「じゅ、じゅ、じゅぅぅう！」

今度は、暗黒の魔呪王の髪がぐるぐると螺旋を描き、彼女の頭上で銀河のようにうねる。

そして、髪が天を突いたと思いきや、地を砕かんと、天から降り注いだ。

「毒だ！　紫毒の魔女の毒を降らせる気だ！」

緑葉の魔女の忠告と同時に、髪の先からびゅっと毒液が噴き出して、辺りに降り注いだ。毒は強力な酸のように地面を溶かし、ツンとした刺激臭を漂わせた。

白銀の魔女が氷の傘を作って、毒の雨から魔女たちを守る。

「じゅぁあ、くちろよぉお！　あっ」

魔呪王の憤りの直後、稲妻を込めた拳が、無防備になった少女の腹に食い込んだ。

「三流の神秘の奇跡を放っても、一流のわらわには無駄だと言っておろうがぁ！」

一連の流れのなかで、黄金の魔女王は毒に構わず駆け、魔呪王の懐に飛び込んでいたのだ。

「あ、がぁ！」

質量と速度を掛け合わせた重い一撃に、少女の身体は宙に浮き、そして背中を地面に叩きつけた。

しかし彼女は頭を上げて、大きく口を開く。

「ならばぁ！」

魔呪王の口から、凍える息が噴出する。

「こぉれぇええ!!」

黄金の魔女王は全身でそれを浴び、微小な六角の結晶が頬に降りて白い霜が覆った。彼女はきゅっと唇を閉ざして、身体を加熱させ、凍えに抗う。間もなく、魔呪王のほうが息を切らし、根負けした。魔女王は前髪からぽたぽたと水滴を垂らし、全身から湯気を放っていた。

「白銀の魔女の氷の奇跡も、喰っていたか……いつの間に？」

白銀の魔女は首を横に振っている。だが魔女王はそれに気付かないまま、言葉を継いだ。

「氷の奇跡は何度も受けている。息さえ止めれば耐えられる。だからもう無駄だ。さあ決着だ。暗黒の魔呪王、貴様にはもう、わらわは倒せぬ。貴様がしてきた悪行は水に流してやる。赦《ゆる》すのも愛だ。大人しく、森かどこかで暮らすがいい」

「うちゅうをにくむ、のろいのことばぁ！」

魔呪王の髪が急激に伸びたかと思うと、地面を弾き、彼女の身体を起き上がらせた。

途端、強い光が辺りを照らし、轟音が響き渡る。魔呪王に稲妻が落ちたのだ。

「諦めろ！」

「いやだ!!」

それでも魔呪王は髪をうねらせるが、再び雷光が彼女を襲った。

「きさまにも、わぁはころせぬぞ、おうごん！」

何度、稲妻を受けても、魔呪王は満腹を知らない狼のように、繰り返し反抗した。

すると放屁《ほうひ》にも似た音ともに、魔呪王のいる地面が融解し、溶岩の池ができた。ぶくぶくと魔呪王の身体が沈んでいく。

「まぐまもきかぬぁ！」

ところが魔呪王の髪が、黄金の魔女王の背後から伸びた。彼女はモグラのように地中を進み、仇《きゅう》敵《てき》の背後を取ったのだ。しかし、髪はすぐに凍りつき、枯れ枝のようにぽきりと折られた。白銀の魔女が、黄金の魔女王の背中を完璧に守っている。

「そんなに、死にたいか」

それを機に、同情の念を浮かべていた瞳が残酷な冷たさを帯びた。魔女王は一歩、魔呪王に歩み寄る。彼女の肩に、ぶすりと、槍となった鋼の髪が突き刺さる。しかし彼女は構わず進んだ。

「魔女を喰らい、神秘の奇跡を奪っては不幸をもたらす。貴様が一体どういう存在かは、わらわにもわからぬ」

「ひ、ひぃ、いいぃ!!」

魔呪王は、黄金の魔女王を恐れるように後ずさりし、鋼の髪を伸ばしては彼女の身体に赤い花を咲かせた。だがその歩みは決して止められなかった。目の前に立つと、魔女王は暗い空を仰いだ。

「少女の形をした、呪いの魔女……もう夜だ」

「ちかづくなぁ、ちかづくな！　わぁはあんこく！　わぁこそはあんこく！」

黄金の魔女王は、暗黒の魔呪王の頭をそっとやさしく撫でた。

「眠れ」

「わ、わぁは、うちゅうをぉおお!!」

人を癒す、神秘の奇跡。そのとき黄金の魔女王は、暗黒の魔呪王に、癒しの奇跡を施した。

「わぁは、わぁはぁああ!!」

すると魔呪王の顔面の皮がただれ落ち、唇が歪む。目元が老人のように皺くちゃに窪み、まぶたが落ちた。全身の肌が泥水のように崩れ落ち、黒かった髪の色が抜けて白光していく。

「貴様は負の存在だ。傷や病、呪いそのものに近い。だから恐れていたのだろう? 癒しの尊が持つ、再生と治癒の奇跡を」

「にくむ、のろいのぉ!」

魔呪王は、黄金の魔女王の腕を、骨があらわになった指で摑もうとした。だが滑って、ぼたぼたと崩れる。黄金の魔女王は、彼女の頭をよしよしと撫でるようにして、癒しの奇跡を続けた。

「眠れよ、かわいそうな子。わらわが子守唄を歌ってやる」

「あいぞう、えんどぉ、あいぞうえんど!!」

しかし魔呪王は、子守歌を遮るように謎の言葉を残す。そしてみるみる萎《しぼ》み——その姿は完全に消えた。黄金の魔女王は、月面に残された銀色の髪の束を見下ろして、こう断言した。

「光で照らされぬ、闇はなし」

月の裏の巨門

こうして、暗黒の魔呪王は、癒しの奇跡によって滅んだ。黄金の魔女王の手には、いまだ少女の冷えた身体の名残りがある。彼女は手を握り締めて温めた。

「すまない、癒しの尊よ。貴様の奇跡で、かわいそうな子を一人、葬った」

息吹き姫が、地面に残る枯れた銀髪を覗き込む。

「あのう、これで、暗黒の魔女様はいなくなったんですか？」

「ああ、恐らくな。奴との戦争は終わった」

どこか拭《ぬぐ》いきれない思いを秘めて、魔女王は赤土の魔女と緑葉の魔女に、静かにこう言った。

「約束だ、住み処まで送ろう」

「あたいらは、ここに残る」

魔女王は不可解な気持ちで首を傾げた。

「月に風はないのに、どういう風の吹き回しだ？」

「それが、あるのさ」

そう言って、緑葉の魔女は、今来た向こうのほうを見つめた。何かが揺れている。

「見てくれ、あんたたちと、髪の龍が戦った、あの辺り」

黄金の魔女王が戦いの跡地を睨む。ぐつぐつと煮えたぎった地面で陽炎《かげろう》が立ち昇った一帯や、溶けた氷が水蒸気を放つ一帯が見える。多くの健康な土と、悪天候にも耐えられる種も植えていた。

「随分とまあ、恵みのある戦いだった。あの調子だと、やがて、この月も緑に覆われる」

「うちらはここで、土でも耕し、その成長を眺めながら、酒を飲みたい」

と緑葉の魔女の言葉を赤土の魔女が継いだ。二人の魔女の貴族は、月に留まることを選んだのだ。

「そうか。貴様らには丁度いい場所かもな」

二人が頷くのを確認すると、黄金の魔女王は息吹き姫のほうを見て、華奢《きゃしゃ》な肩に触れた。

「婚礼を中断させて悪かった。役目は終わりだ、故郷に送ろう」

「黄金の魔女王様は？」

彼女は、石の巨門を睨んだ。

「この門の向こうに霊王がいる。わらわは魔王を人間にする。これから、その願いを叶えに行く」

息吹き姫は目を伏せて、魔王という青年を思い返した。

「魔王……あの子はとっても優しい子。いい子です」

「そうか、そういえば、会ったことがあるのか」

「はい。菓子屋で働いているときに、一度だけ。言ったことをきちんと守る、いい子でした」

息吹き姫は、つま先立ちすると、黄金の魔女王の紅潮した頰に口付けをした。

「おまじないです。どうか、あの子を人間にしてあげてください」

四人の魔女が同時に瞬く。すると、可憐《かれん》な息吹き姫の姿が、月面から消えていた。

「ああ……まかせろ」

黄金の魔女王は強い眼差しで振り返ると、腿があらわになるまで着衣の裾を上げた。

ぼろぼろになった裾を破り去り、また新しい形のドレスを仕立てたのだ。

白銀の魔女も、氷のドレスの形を変え、正装を思わせる出で立ちにした。

そして二人は、月の裏の巨大な門の前に立った。

赤土の魔女が、門の向こう側を覗き込む。

「不思議な門だね。向こう側には、何もないのに」

緑葉の魔女が、指の上で種を転がしながら巨門を正面から見上げる。

「あの暗黒の髪でも、びくともしなかった門か。本当に、この門の先に、霊王がいるのかい？」

黄金の魔女王は、大きく息を吸い込んだ。

「わらわは暴君の娘にして、太陽の王妃に愛されし、黄金の魔女王！」

太陽の輝きを放ち、彼女はさらに門に吠えた。

「偉大なる霊王よ、暗黒の魔呪王は滅ぼした！　門を開ける条件は整ったか！」

魔女王がそう言った途端、砂を引きずる音とともに、門が開いた。

0　夢と感情の墓場の国

——言葉が違う意味でも。ありがとうが、ありがとうじゃなくても。

その気持ちは伝わるのでしょうか。

世に数多くの、国ごとの言語はありますが、その感謝は伝わるのでしょうか。

いいえむしろ、仮に言語がなくても、伝わるのでしょうか——。


むかし、むかし。暴君が治めし、北の大国がありました。

「ぼほう」と鳴く彼は、とっても乱暴な君主でした。彼がどんな我がままを言っても、誰も逆らえません。

そんな暴君には、可愛らしい娘がいました。凶暴な暴君も、娘にだけは優しい顔を見せました。

娘は国の皆から、愚か姫と呼ばれる、幸せを知らないお姫様です。

お姫様はある日、願いました。

「幸せを知りたい。幸せとはなんだ?」

「あはあ」

するとそこに、よだれを垂らしたおかしな青年が現れました。

彼は魔王。人の願いを叶える、道化師のような存在。

魔王は愚か姫に言いました。

「お前の願いを叶えてやる」

こうして、愚か姫の幸せを探す旅が始まりました――。
――果たしきれなかった約束。
叶わなかった夢。
愛しきれず死んだ感情。それらはどこにいくのでしょうか？
誰にでもあるでしょう。つかの間で交わした、嘘のような約束が。
そんなつもりはなくても、果たしきれなかった夢が。
思い出せる夜の恋模様もあれば、一生思い出せない朝にした愛の囁きもあるでしょう。
思い出せば、歯がゆさで胸がしめつけられる昔好きだった人の泣き顔。
その思いも、やがて忘れて、街ですれ違っても気づかない。
果たしきれなかった約束。
叶わなかった夢。
愛しきれず死んだ感情。それらはどこにいくのでしょうか？
……それはここでした。ここにくるのです。
それこそ、月の裏に築きし、夢と感情の墓場の国。

魔女の選択

――可能です。

「何のことだ？」

宇宙に等しき虚空へようこそ。

魔女とは、絶望を知った女がなるもの。

美しく、気高く、そして金剛のごとく輝く精神を持つ、比類なき黄金の魔女王よ。

それに、美しき複製、冷徹で正確な輝き、白銀の魔女も。

怯えなくて大丈夫。余は霊王です。

「貴様が霊王……この絶え間ない闇の中で、姿を見せないで、わらわの頭に直接語る、そういう王なのか？」

そうです。そして可能です。

「何のことだ？」

魔王を人間にすることです。

「なんだと？」

さあ選んでください、魔女の王よ。

王の定義とは、選択です。選択の責任を担うことが統治者の定義です。

王を冠するのなら、選ぶのです。魔王を人間にするか否かを。

「あれは……？」

鏡の向こうに見える胎児こそ魔王の雛《ひな》です。

「この小さく輝く胎児が……」

彼を人間の子として、元通りにしたいのでしょう。それには引き換えを用意するのです。

「何をだ」

命です。

魔女の命と引き換えです。神秘の奇跡も、時代の流れを変える方法も、そこに代償が必要です。

「ああ。そんなものでいいのか」

そう思うならそれもいいでしょう。

「だが、疑問がある。なぜ、魔王を選んだ？」

選んだのは母親です。美しき女性が身ごもった、生まれそこなった子。

彼女は、心から、強く、とても強く、子の誕生を望みました。

だからその願いを聞き届け、存在だけさせたのです。それが魔王でした。

「霊王。貴様はいたずらに人の命を運ぶのか」

余はよくも悪くもない王です。

「そうか貴様は……わかった。魔王を、わらわの命で救えるならば……」


「あたちをつかって」


鈴の音かと思いました……白銀の魔女。はじめて言葉を発したと思えば、余に言うのですか。

「なんだと？」

「おねあい、あたちのいのちをつかって」

「白銀、貴様、喋れたのか……!?」

対話の中でこそ、人は人間になれる。

対話こそ、全生命の中で人類にのみ与えられた神秘の奇跡。

「あたちはちと（人）じゃないから、たいあ（対話）をしゃけた。けど、ちとをのぞんだから、いま、あたちのねがいをゆうわ」

「白銀？」

「おねあい、おうごん、あたちのぶんまで、いきて」

「やめろ、白銀！　人を望んだのだろう、ならば生きろ！」

「ひととしていきてみたい。でもあたちがいきても、このこのたいおんをまもることはできない」

余にはいつからか抱く疑問がありました。

――ありがとうが、ありがとうじゃなかったとしても、感謝は伝わるのでしょうか。

仮に言語がなくても、伝わるのでしょうか――。

その答えは、白銀の魔女が、その行動をもって教えてくれるでしょう。

「れいおう、ありあとう」

どうしてです？

「ふくせいのえだであるあたちが、まじょであるあたちが、ひとのこをうめゆ。きっとこれは、いいことなんでちょう？」

「貴様、何を言っている！」

「だって、このこは、あたちのこでもあるんですもの」

美しい女性が、産むことができなかった魔王。

美しい女性の髪から造られた、もう一人の美しい女性。

白銀の魔女よ、その輝く白銀の瞳に、黄金の魔女王を映すのですね。

「いままで、ありあとう。あなたとちたたびは、とてもくるちかった。だから、ちとになることをのぞめた」

「白銀！　わらわにこれ以上の悲しみを教えないでおくれ！」

「ちゅいめん（水面）にうかぶあわは、ちゅかもうとしてもちゅかめない、ちゅかもうとおもえばにげてしまう。やがてきえる。それがあわ。けれど、ちた（下）からやさしくしゅくいあげればいい。そうしゅれば、しゅくえる」

「白銀、お前は何を言っている、お前は！」

「おうごん、あたちは、このこのままになるの」

「するな！　わらわがなる！」

「それはいけないこと。ああたは、みりゃい（未来）をすくうちと。とめないで、あたちのたいちえつなあねよ。あたちたちはちまい（姉妹）よ、ねえ、そうでちょ、おねえちゃん？」

「ああ、貴様はわらわの妹だ！　だから止める！」

「いもうとのあたちがのぞんだ、しゃいしょでしゃいごのしぇんたくなの」

諦めてください、黄金の魔女王。これが、新たな流れなのでしょう。

これは、しゃっくりぐらい、仕方のないことです。

「流れ!?　何だこれは！　何なのだ、この選択は！」

引き換えです。超然を現実にするには、新しい道を切り開くには、引き換えが必要なのです。

かつて、この月面で生きた家族たちのように。

そういえば、あの髭の魔女と体毛のない魔女、それに息吹きの姫。

貴女たち五人は、かつて余の……。

「うるさい！　頭のなかでごちゃごちゃと訳のわからないことを！」

「なかないで、おねえちゃん」

「……白銀！　ああ、白銀！　わらわは約束する！　果たしきれぬ約束の、この墓場で！」

拭いきれぬ感情が行き着く、この波止場で。

「何度心が折れようとも、何度絶望の道筋が訪れようとも、わらわは世界を晴れにする！」

舞い散る粉雪のように、白銀の魔女の姿が散っていきます。

幼き意思は、さらに幼き生命を救ったのです——。

さあ、黄金の魔女王。そう叫ばなくても、泣かなくてもいいでしょう。

喜ぶべきです。魔女王の悲願は叶いました。

白銀の魔女の生命が、魔王の雛となり、あの美しき女性に再び身ごもりました。

あっさりと、あっけなく。この霊王の力と、ある魔女の犠牲で——魔王は人間になったのです。

妹の名前

「貴様を殺す」

余もかつてそうしました。そしてまた貴女が霊王となり繰り返すのです。

白銀が戻ってきても、魔王はまた元の迷子に戻ります。

白銀の妹は、その身を犠牲にしてまで、黄金の姉と魔王を助けました。

なのに、それを無駄にすればいいでしょう。

「う、う、ぁああ！」

そう泣かないでください、黄金の魔女王よ。

心が折れようとも、明日はやってくるのです。

「おい……この地面に落ちている小さい光は何だ？」

白銀の魔女の名残り……名前です。

「名前？」

貴女が忘れた名前もここにやってくるのです。

この夢と感情の墓場の国に置いて、さあ、行きましょう、黄金の魔女王よ。

「……いいや、これは持っていく」

名前を忘れる身なのにですか？

「忘れぬ。白銀が生きた証だ。こんな墓場に置き去りにして、なるものか」

そういう決意も、果たせなければ、この墓場にやってきます。

人の脳と、その心は不憫《ふびん》なものです。記憶は残るのに、感情は忘れるようにできているのですもの。

ここは、そういう感情の残骸《ざんがい》が行き着く波止場です。だから少し暑いでしょう。

「持って行く。わらわはこの名前を忘れない」

どうぞ、好きにしてください。

黄金の魔女王の働きにより、暗黒の魔呪王が導くはずだった、暗雲と冬の未来は避けることになりました。ですが、ほら、賢者が言っていたでしょう。どのみち、あの星はあらゆる脅威の可能性で破滅に向かいます。時空を超えし、万能の魔女の王であっても、激流の如き時代の流れは、そこで生きる、ただ光るだけの魚と同じで、破滅を止めることはできません。

「その魚が滝を登れば、雷を放つ龍になるかも知れぬぞ」

その執念や智慧が実体化した力が、神秘の奇跡なのでしょう。

「ああ、もういい。わらわは……それでも、世界を晴れにする」

余はここで見ています。

「貴様はそこで変わらぬ身と、心のまま傍観し、語り部となるがいい。星の宿命を覆す、魔女の王の革命を」

余はずっとここにいます。変わらずに。

「つまらぬ存在が――」

さようなら、美しき黄金の人。

魔女の執念

――巨門から出てきたのは、黄金の魔女王ただ一人だった。

赤土の魔女と緑葉の魔女は、巨門の前に草木で作った卓と、土の杯を用意し、早速、果実酒を作って戦友の帰りを待っていた。杯は四つあった。だが、黄金の魔女王は酒に手をつけず、二人が瞬きをした次の瞬間、音もなく消えていた。赤土の魔女と緑葉の魔女は、決意と悲しみを秘めた金色の瞳を最後に、魔女の王と再び会うことはなかった。

魔女王は、無限に等しく繰り返される絶望から、未来世界を〝救い続ける〟旅に出たのだ。


――また別の未来の曇天に、魔女王が訪れる。

その未来では、地を揺らす大震動が起きていた。

このままなら、海底は裂け、五大陸を濁った海が覆ってしまう。

「やってやる」

彼女は天空よりその光景を見下ろすと、落下の勢いで海を突き刺し、その身を海底まで潜らせた。暗い暗い穴ぐら、モグラも辿り着けないその場所へ、回転し、土を掘り、岩を砕き、その身を螺旋にして、彼女は地中深くに潜っていく。

「妹は幼き命で、もっと幼き命を救ったのだ！」

そして、泣き叫びながら、夢中で大地の震動に抗った。

「わらわは、わらわの命が枯れ果てるまで、世界を救い続ける！」

彼女は神秘の奇跡を数多く持った超然である。その強大な力を使い、まずは大自然と戦った。

だがその心の発育は、純真にして優しい、年ごろの乙女と変わりなかった。

「罪を償うたびにまた罪が増える！　もう嫌だ、もう嫌だよぉ！」

地面と地面の狭間、誰も見ていない、誰も見ることのできない、誰かが髪形を変えたことと同じくらい、誰も気にしない。悲しくて残酷な時空の狭間で。

「うぁあああぁ!!」

魔女の王は、厄災との戦いを決意して戦い続けた。

ある未来では未曾有の天災。

ある未来では禁断の化学兵器。

また、ある未来では民衆の魂を惑わす歪んだ教え。

魔女王は、無限にも等しき絶望の連鎖から、世界を救い続けた。

時間に置き去りにされたはずの、その身が老いを知るほどまでに。

何度も、何度も、何度でも。忘れても、何度も思い出した。

「この星の宿命が諦めるまで、わらわはやめるぞ、悲劇を、悲劇を、悲劇をぉおぉ!!」

——魔女王は老婆の姿になるまで、あらゆる可能性の、世界の滅亡と戦い続けた。

車輪のごとく繰り返される、限りなく無限に近い、絶望の地獄の中で、たった一点、光り輝く者は、何千、何万、この世のすべての名前を忘れても、神秘の奇跡を使い続けた。

幼き決意の、名残りを抱いて。

少年と老婆

やがて、地球の宿命が諦めたころ。

億を超える脅威に挑み、老婆の姿になった黄金の魔女王は、残り僅かな力で、とある未来にやってくる。彼女は小さな町に家を買い、最後の罪を償おうとしていた。

もう間もなく、老婆の家に子犬のような少年が訪れる。それが最後の償いの始まりだった。

老婆は、庭園で緑に囲まれ、赤土をいじりながら、遠い日の記憶も掘り起こしていた。


——愚か姫が訊いた。

「芽が出ぬのに、なぜ植える？」

瞑王《めいおう》は、雨が遠ざかって枯いた土に、それでも種を植えていた。

「何かを植えれば、必ず収穫できる」

「はは、愚かだろ」

笑う義理の娘に、瞑王はこう返した。

「植えなければ、収穫もできないだろう」


——老婆は庭園の手入れを終えて、家の中に入った。

白髪に、無数の皺を刻んだ白い肌。枯れた手には血管が浮かんでいる。

彼女はお湯を沸かし、お茶の準備をしていた。

トン、ゴトン。木の鳴る音に振り返ると、老婆はわたあめのように柔らかい笑みを浮かべた。

「おはよう。あなたね」

「うちゅうを、にくむ、のろいの、ことば、あっ」

のどかな部屋の隅に、窓から陽光が差して、木製の家具の影を伸ばす。

その暗がりに、腰まで髪を伸ばした少女の姿があった。暗黒の魔呪王だ。

枝分かれした一つの未来では、月と地球、二つの星すら真っ暗に染めた脅威の存在も、今はほつれた髪で足を支え、蛇の抜け殻のように脆い様子だった。

「あいぞうえんど、あいぞうえんどぉ」

老婆は前掛けを握ると、落ち着いた様子で、魔呪王の前に立った。

「私の力の片鱗を食し、最後の力で幻を見せ、あの月の戦いから数歩未来の、この地に来たのね」

「わぁはふめつ、わぁはしなない。だれも、あんこくのわぁをころせない」

ことことと湯が沸騰している。老婆をそれを見つめた。

「そう。あなたを滅することは、この黄金の魔女王にもできなかった。けど、それは若りしころの話」

魔呪王は、老婆を指差してけらけらと笑う。

「みにくく、としおいし、おうごんのまじょ。いまなら、ころす。おうごんをころせる、かれきのように、ぽきりと……う、あ!?」

突然、老婆は少女を抱き締めた。

「はなせ、はなせぇぇ!!」

少女の髪がうねり、紙に染み込む水のように、部屋を埋め尽くす。

「むかし、むかし……白銀の魔女という、無垢なる魔女がいた」

構わず、老婆は突然、孫に語るように物語を紡いだ。

「英知の人によって造られし、美しき女性の複製。三歳くらいかしら、ご飯のおいしさとか、滑り台を滑る楽しみとか、母親に抱っこしてもらうぬくもりも知らないのよ？　幼き心でありながら、黄金の魔女王の背中を一途に守り続け、やがて彼女は、別の身で産んだ我が子を救うため、その身を捧げたの」

「はなせえ、おいがうつるぅ！」

老婆はさらに強く少女を抱きしめた。

「新たな命と引き換えに、白銀の魔女は消えた。けど霊王はいたずらに、彼女の願いを聞き届けてしまった。彼はよくも悪くもないけれど、先が見えるわけでもなく、殺されても相手を同じ存在にする負の秘法を持ち、その場の情緒で人の命を運んでしまう不幸を呼ぶ存在だった」

老婆はふと自身の手の甲を見つめた。血管が浮かび、萎むように枯れた手だ。とても、温かい。

「数多《あまた》の星霜を経て、皺くちゃな、こんな存在になったからこそわかる。神に悲願を伝えても、叶わない者はたくさんいる」

不幸をなくしてください。

死者を生き返らせてください。

心から悲しみを引き剝がして。

失敗のない道を歩みたい。

期限のない人生にして。

わらわだけを幸せにしてください。

「もしも、世界中の皆の願いが、神に届き、叶ってしまったら……あるいは、きっと、それを教えるのが霊王の存在理由なの。霊王は、歪んだ願いを聞き届ける、間違った神というものであり、その結果は生命に不幸しかもたらさなかった」

老婆は優しく、そして強い声で継いだ。

「けれど人は、不幸を知らないと、幸せがわからない。自分を幸せにできるのは、自分の判断だけなの」

魔呪王は、老婆の胸で暴れた。

「なにをいっている、はなせ！」

「そうして白銀の魔女は、人間として、新たな人生を歩むことになった。とある小さな村の、農民の子として」

老婆の体に呪いの髪がまとわりつく。それでも彼女は少女を離さなかった。

「不幸が起きた。好色な伯爵が、そのいじらしい少女に恋をし、妻にしてしまった」

「やめろ、やめろぉ！」

「少女にとって、宇宙すら憎む地獄の日々が始まった…………壊れた少女の心は、村の娘をさらうほどに至ったの。寂しかったのでしょうね」

すべては不幸だった。

「彼女は絶望を覚えて魔女になっていた。呼び名は、そう、黒髪の魔女。けど、そうなってしまったのは、彼女がした地獄のような体験だけが理由ではなかった。もともと、生命に刻まれた魔女の素質があった」

「やめろぉお!!」

「その国に、紅い髪の男がやってきた。男は亡国の王子、悪を取り込む奇跡を持っていた。男は伯爵の悪を取り除き、伯爵は罪深き、そして不幸な幼妻を斬首の刑に処した」

老婆の枯れた瞳から、ぽろぽろと、涙が落ちる。

「幼き妻の髪は、死してなおも伸び続けた。彼女の心は泥水でできた氷のように冷え、暗黒に染まった」

「うぁ、ぅぁあ！」

老婆は合掌するように、少女の頬を撫でた。生まれたばかりの赤ん坊に向けるような笑顔で、それはもう愛しそうに、労をねぎらうように、何度も何度も優しく、優しく撫でた。

「暗黒の魔呪王となった彼女は、自分をそんなふうにした霊王に復讐を始めた。それこそが、彼女の本能であるかのように。だから、月に向かった」

「ちがう、ちあう！」

「宇宙を憎んでも、自分を呪わないで。自分を愛して」

「はなして、はなせ、おうごん、お……ねぇ、ちゃん、おねえちゃん、うぁあ、ちあう!!」

「魔と呪いの子、白銀の魔女よ。もういいのよ。安心して。あなたは何も悪くない」

「そ、そ、そうだとしてもぉ！　あ、あいぞうえんどをはくぎんはきいた、だから、あいぞうえんどはぐるぐるまわる。うまれかわって、わぁになる。このことばはそういうことば！」

「そのたびに、ここへ来ればいい。ここで、あなたのすべてが光になるから」

魔呪王の身体が、風に吹かれるようにして、塵となっていく。

「あ、あぁ！　あぁあ！」

「哀憎怨怒《あいぞうえんど》の子よ、赦すだけが愛じゃない。けど、赦せないと愛じゃない」

樹齢を重ねた樹の根のような細い首に、髪が絡まる。一本一本が弱々しく、ミミズのようにうねる髪だった。

「私が、あなたを愛しているから」

「あいはおまえを、あいしていないいぃいぃ！」

そのとき、老婆はそっと、少女の耳に、五つの音を囁いた。

「…………………。これが、あなたの名前。忘れていった多くの名前の中で、この名前だけは守った。これが、私にできる唯一の愛の証明」

髪の動きが止まった。かと思うと、少女は狂ったように絶叫した。

「いぁあああぁ!!　わぁは、あたちはぁ、いぁあああ!!」

「水面に浮かぶ泡は、掴もうとしても掴めない。掴もうと思えば逃げてしまう。やがて消える。それが泡。けれど、下から優しく掬《すく》えばいいい」

老婆はそういうふうに、優しく、そっと、包み込むように、少女を抱いていた。

「世界はあなたを中心に、大丈夫、いるわ。私はいる。いつだって一緒、私はそばにいる、ありがとう、ありがとう、産まれてくれて。あなたは父の誇りよ、母の宝なのよ。宝なの」

双子の魔女は泣いた。

愛を知った妹の魔女は、朝日に照らされ消えていく。

魔女王の老いた瞳から、すーっと涙がこぼれていく。

「どうか安らかに眠って。どうか、こころ安らかに眠って」

老婆は祈るように、両手で妹の小さな手を包み込んだ。

瞬くほどの時間のなかで、妹の姿は消え去り、小さな、とても小さな星の形をした氷が残った。

その星は、握ると、僅かな痛みとともに、水となった。

トントン、と木でできた扉が、老婆を呼んだ。

「はあい、ちょっと待ってね」

老婆は急いで涙を拭き、湯を沸かした火を消した。

そしてカップに、楽園で採れた茶葉を重ね、お湯を注ぐ。

老婆が扉を開ける。扉の向こうには、先ほど消えた少女と同じ歳ほどの、少年が立っていた。

老婆は赤い目を隠すように、満面の笑みを向けた。

「おはよう、あなたね」

——罪深き朝から、償いの夕暮れへ。

少年と老婆。二人の出会いから、黄金の魔女王にとって、最後の償いが始まった——。

結末の向こうへ

「——これで老婆が少年に語った、美しい女性が旅した五つの国と六人の王様のお話は終わり」

花が咲き乱れる草原で、僕は子どもに語り継ぐ。

「終わり？」「やぁ」

僕の魂に刻まれた、母なる旅のお話を。

「ああ、五人の子どもたち。家にお帰り」

「やだー」「次のお話は？」

「もうないよ。お帰り」

「ないってー」「なーんだ」

「ああ。だからお帰り」

「はーい」

「石や草で転ぶなよ。花は踏まないように」

「はーい」

あいさつを忘れないで。

朝は太陽のような笑顔でおはようと言って。

夜は月のように、おだやかにおやすみと言って。

「おはよー」「おやすみー」

遠くに消える子どもたちを見送り、僕は空を仰いだ。

夕暮れだ。やがて夜を経て、また朝が訪れる。

「……君たちが大人になったら、話してやるよ」

今夜はこの花に囲まれて寝ようか。

「黄金の魔女王が新たな力を求めて旅した、地獄と禁句と月の国、そんなさらなる国々と」

いや、母さんが怒るかな。

「魔女の貴族たちの悲しくて残酷な秘密のお話を……」

……いつの日か。

「あはあ」と大きなあくびをして、僕はここで眠っているから。

〝世界はあなたを中心に、大丈夫、いるわ。私はいる。いつだって一緒、私はそばにいる、ありがとう、ありがとう、産まれてくれて。あなたは父の誇りよ、母の宝なのよ。宝なの。〟

……産んでくれてありがとう、三人の母よ。

「魔女と魔王」おわり。
「女の国、男の国、獣の森」につづく。

女の国、男の国、獣の森

父と母、世にも美しき病、余命六十日

これはおばあさまから聞いた、魔女にまつわる物語です。

——むかしむかし、ある国の小さな港町に仲の良い家族が住んでいました。

年ごろの息子を持つ父親は国の建造物の建築をまかされる優秀な職人で、母親は算数の教師。三人の家族は幸せに暮らしていました。

ところがある日突然、両親は奇病を患《わずら》います。

それは全身から汗が噴き出して、嘔吐《おうと》を繰り返していたかと思えば身体中の関節が焼きごてを当てられたように熱を帯び、熱が落ち着いたかと思うと今度は内臓が徐々に石に変わっていくという病で、末期の患者が咳《せき》をしたとき、吐き出されるのは柘榴《ざくろ》のように艶《つや》めく宝石でした。

頼みの綱である町医者もお手上げで、青年に向かって何度も首を横に振り、自分の靴を見つめてこう言いました。

「ここまでの病の進行からみて残り二カ月。余命六十日もないかと」

息子を優しく撫《な》でた母の指は、それまでつけていた結婚指輪もはまらなくなり、細いつま先は象の足のように膨《ふく》れあがります。父の広い背中は咳をするためだけに抑揚《よくよう》し、その咳は近所中に響き渡りました。両親の苦しむ姿に我慢できなくなった青年は、燃える砲弾のような勢いで家を飛び出します。

都会の名医、あるいは大自然がもたらす薬、もしかしたら外国の儀式でもいい、世にも美しき病を治す方法を探しに、旅に出たのです。

——夫婦の間に生まれたその子は、少しだけ特別な才能がありました。

彼は一歳で舌足らずながら会話を覚えて、二歳のころには難解な文章を読むことができました。両親は彼を心から愛するとともに、くだらない嘘《うそ》を吐《つ》く愚《おろ》かさや、作物の尊さを教え、その結果、真実のみを語る青年に成長します。

つまり彼には渡航中の船の中で行き先の国の言葉をまんべんなく覚える賢さと、いまだ世を知らない純粋さがありました。それは勇気と、向こう見ずな無謀《むぼう》さが同居しているということでした。

真実の青年、涙屋の老人

いつの時代も、青年世代の心には人生の疑問が生まれます。その後の人格を決める疑問のときもあれば、答えを知らぬまま大人になって忘れていく疑問もあるでしょう。真実の青年も例外なくこんな疑問を抱いていました。

「この世に信じ続けられる〝絶対〟は存在するのだろうか?」

心の隅に置かれたその小さな疑問は、彼の両親の一大事に直面して、今では頭の中を満たす大きな疑問となりました——。

青年は常にその疑問を問い続けながら、九日間汽車をいくつか乗り継ぎ、十日目に海原《うなばら》を渡る貨物船に乗りました。それは青年の故郷の国を経由して、諸外国に茶葉や香辛料などの積荷を運ぶ、鯨《くじら》よりも巨大な船でした。船内の上階には客室もあります。彼はその区画で一人の老人と会話するようになりました。

海原を映す窓がある廊下で、その老人は青年に声をかけたのです。

「早まっちゃいけない。青春の一日こそ、金で買えない秘法だと気付く日が必ずくる」

青年は戸惑《とまど》いながらこう返します。

「僕が、死を背負った人間に見えましたか？」

「うん、ええ、まあ、随分《ずいぶん》思い詰めた顔をしていたから。違うの？」

と老人が気まずそうに頷《うなず》きます。青年は少し笑ってから、こう言いました。

「実は両親が奇病にかかり死にそうなのです」

「本当の話かい？」

「はい、僕は真実しか語れない性分です」

「ほう、真実の青年か」

それから青年が抱えている事情を聞くと、老人は白雲のような髭《ひげ》をさすり、同情した様子でこう言いました。

「人の内臓を宝石に変える病か。昔聞いたことがある。女の国に治療法があるとか、ないとか」

「本当ですか!?」と青年は老人に詰め寄って早口で続けました。

「それに女の国というのは？」

「あ、ああ。その国は女だけが住む不思議な国でね、かつてその国の妃《きさき》が妊娠中に似たような病にかかり、これを治療したとか。子は助からず七色の宝石になってしまったそうだが。もともと医療が大変に発達した国だったのは間違いない」

「その国はどこに？」

「この船の行き先の国から、さらに北に向った孤島にあると聞いた」

「それで治療法とは？　薬ですか、名医ですか、それとも儀式ですか？」

「あたしにもわからないけれど、そもそも男は入れないはずだ」

「そ、そんな」

青年がうなだれると、老人は干した果実を渡して「元気を出せ」と励ましました。

老人はボロを纏《まと》っていましたが、喋《しゃべ》ってみるとどこか高潔で知性を感じさせます。彼の故郷は砂漠の国で、実はもともと船医をしていたそうで、いくつもの海を渡り、たくさんの船に乗った経験がありました。長い船旅に身体が耐えられなくなり、隠居《いんきょ》したそうです。けれどどうしても海が好きなので、時々芸術品の輸入をしながら少しのお金を稼いでいました。

「それでは、あなたは商人ですね」

老人の客室で青年がそう言うと、彼は首を横に振りました。

「いいえ、あたしゃね、実は〝涙屋《なみだや》〟でね。商売は日銭を稼ぐためなんですよ」

「なみだや？　それはどういった職業ですか？」

「人の心を震《ふる》わせて、ぽろぽろと涙を流させるんですよ」

「なぜ涙を流させる必要があるのですか？」

「あたしを詐欺師《さぎし》みたいな目で見ないでください。涙はね、心の中にあるいらない感情を洗い流す役目があるんですよ」

「いらない感情？」

「例えば、ぶつけようのない悲しみや怒りです」

「怒りや悲しみは必要のない感情なのですか？」

「前に進む者にはいらない感情でしょうね。あたしゃね、人に思う存分、泣いてもらうことによって怒りや悲しみを反省に変えてもらいたいんです」

「反省？　それは人に必要なものなのですか？」

「あたしゃそう思いますよ。反省がないと人はただのんびり歩くばかりで、休むことも走ることもできない。反省があるから目的地により確実に辿《たど》り着ける。そう思うんです」

青年は、胸の奥に火照《ほて》るような熱を覚え、小汚い老人の次の言葉を求めました。

「では、どうやって涙を流させるのですか？」

涙屋は鞄《かばん》から多くの紙を取り出しました。青年が覗《のぞ》き込むと、彼は「おっと、内容は見ないでください」と紙の束を引っ込めました。

「それは？」

「これは、涙を流してもらう秘訣です」

「一体、それを使って、どうやって？」

そのとき――地震のような揺れが船を襲い、甲板のほうから野太い怒声《どせい》と、耳をつんざくほどの甲高い悲鳴が聞こえました。青年には何が起きたのかわかりませんでしたが、涙屋はこう言いました。

「海賊だ、船が海賊に襲われた」

彼はこの海域の海賊は大変に野蛮で、真っ先に金銀や宝石、そして若い者なら男女関係なくさらうことを知っていました。

涙屋は青年に「これを顔につけなさい」と言って、ある物を渡します。

それは錠《じょう》がついた罪人の仮面でした。

見るための横穴と、食べるための大穴だけが開いていて、甲虫《こうちゅう》の背中を思わせる作りです。もともとは白い石を彫ってできているようですが、長い年月から灰色に汚れていました。持ってみると軽くて硬い代物です。

「今から来る海賊に、あたしは君のことを患者だと言う。皮膚の病で顔がただれた患者だと」

そうすれば、海賊が青年をさらうことはしないと考えたのです。

ですが、青年の身体は華奢《きゃしゃ》で、もしかしたら女性と間違われるかもしれません。

そこで涙屋はさらに、熊の毛皮を渡しました。

「それを肌身に巻いて、毛深い男に変装するのです」

こうして青年は毛深い罪人になりました。

間もなく、客室に鉄の臭いをまとった海賊が侵入してきました。海賊が持つ剣には重い血液が付いていたのです。

海賊は変装した青年をまじまじと見つめ、こう言いました。

「その仮面からすると、こいつはどうやら俺たちの仲間のようだ。おい、お前どうだ、俺たちと一緒に行かねえか？」

青年には海賊が扱う言葉はわかりませんでしたが、涙屋が通訳してくれました。

後に知ることですが、その海賊の一団はもともと平凡な漁師でした。

彼らが生まれた国はとても貧しく、漁だけでは食っていけないからと、代々伝わる航海の知識を使って、国の海域を通る貨物船や客船を襲う海賊になってしまったのです。やがて噂《うわさ》を聞いた別の国の罪人たちも海賊に仲間入りし、皆が皆、自分たちの姿を見た者を殺すほど、凶悪な海賊になってしまったのです。

そしてその海賊は重い仮面を被《かぶ》った青年を自分と同じ罪人だと思い込み、仲間に誘いました。誘いに乗りさえすれば青年も涙屋も助かるかもしれません。

しかし、涙屋は死を覚悟しました。

なぜなら青年は、真実しか語ることができない性分だったからです。

案の定、彼は、

「いいえ、僕は罪人なんかじゃない」

と正直に答えてしまいます。

「おい、この仮面の男は何と言っている？　訳せ」

涙屋は震えながらも、こう訳しました。

「仮面の彼は『我こそは故郷の村民をすべて殺した凶悪な殺人鬼だ。仲間になってやる』と言っております」

「な、何だと？　それはなかなか恐ろしい奴だな、うーむ、心強いぜ」

涙屋はそれから、自分は元船医で、今は仮面の彼に娘を人質にされて無理やりお抱えの医者をさせられていること、そしてあらゆる言語を話せる便利な存在であることを説明しました。これを理解したその海賊は、金目の物を手に入れたときと同じ満足そうな顔をして、二人を海賊船に乗せました。

その海賊の一団には船長が存在しませんでした。帆《ほ》を張ったり水平線を見張ったり、舵《かじ》を取ったり海図を確認したり、それぞれの役割はあるものの、皆をまとめたり号令をかけたりする存在はいなかったのです。代わりに一人ひとりの海賊に船長と同じ権限があるようで、青年と涙屋はあっさりと迎え入れられました。

加えて海賊船と言っても、奴らは襲った船を乗っ取り、それを自分たちの船としているようです。青年と涙屋が乗っていた貨物船も乗っ取られ、今では海賊船が先導して家来のように付いて来ています。二人が乗り込んだその海賊船も元は中型の貨物船でしたが、前回の海賊行為の最中、敵船の砲撃を受けたために、甲板に大きな穴が空いていました。

照り付ける太陽の下、青年と涙屋は甲板の修繕《しゅうぜん》を命じられ、大人しく従事していました。風穴の底のほうから、酒に酔った海賊たちの笑い声が聞こえます。青年はその声を聞くのが嫌になり、早く穴を塞《ふさ》いでしまいたいと思いました。

彼は板と金槌《かなづち》を手にして隣にいる涙屋に言います。

「あの、ありがとうございます」

涙屋は器用に板と板を嚙《か》み合わせ、それを見つめています。

「何のことです？」

「嘘が吐けない僕の代わりに、嘘を吐いてくれたことです」

「どうして嘘を吐けないので？」

青年は頭上で輝く太陽を睨《にら》んで、幼き日のことを語りました。

「小さいころ、家の隣には太陽のように橙《だいだい》色に輝く果実の生える木がありました。あまりにも美味しそうなのである日、盗み食いをしたのです。けれど、後ろめたい気持ちを抱くようになり、結局は自分で謝りに行きました。すると、その婦人が果実をいくつか渡してくれました。『正直でいることを大事にして生きることね』って。その晩、僕は、その出来事をありのまま母に報告し、父にとても叱られました。次の日、父と母は隣の婦人に何度も頭を下げてくれました」

「両親をはじめとする、君を取り巻く大人たちが、君に正直者でいてほしいと願い、教えたのだね」

と涙屋。

「嘘を吐こうとするとどうにも気持ちが悪くなります」

「悪いことじゃない」

「けれどお陰で死にかけました」

「心配はいらない。代わりにあたしとかね、周りにいる誰かが嘘を吐けばいいんですよ」

青年は少し微笑《ほほえ》むと、今度は暗い顔で大きくため息を吐き、床を金槌《かなづち》で殴りました。

涙屋は、這《は》いつくばって板と板を合わせながら彼に言います。

「心配しなくても大丈夫。この一団は間もなく壊滅《かいめつ》するでしょう」

「どうしてわかるのですか？」

「船長がいないからです。そんな船は聞いたことがない」

涙屋が海賊から聞いた話では、少し前に船長が事故で波にさらわれ、次の船長を決める過程で争いが起きたそうです。何人もの海賊が船長候補に名乗り出たため、それは大きな抗争となり、多くの死者を出した挙句《あげく》、誰かが言い出した〝皆が船長〟が採り入れられたのです。

「一見平等に見えて良い気がしますが」

と青年。涙屋は首を横に振りました。

「王がいなくても国は動くかもしれない。けれど船長がいない船ほど脆《もろ》いものはない」

その日から間もなく、涙屋の予言は的中します。

二人を乗せた海賊船は、一度とある港に泊まり、そこで乗っ取った貨物船と別れ、何か取り引きを行ったかと思うと、すぐに出航して別の海賊船と合流しました。次の日にはさらに別の船と合流し、三日もすると数十隻もの船団となって、とある孤島を目指すようになります。彼らは共通の密《みっ》命《めい》を受けていました。

それは、孤島に位置する小国を襲うことでした。彼らは小国にこっそり上陸できる秘密の海路と、高価な金銀財宝の報酬《ほうしゅう》を約束されていたのです。

やがて冷たい空に覆《おお》われた海域に辿りつき、その孤島が見えたころ。

一人の海賊が青年と涙屋に向かって自慢げに言います。

「お前らが乗っていた船は、香辛料や茶葉を運んでいると聞かされていたろう」

「はい」と涙屋が頷くと、海賊はこう続けました。

「あれは嘘だ」

「嘘？」

「ああ。本当はあの船は、大量の石油を運んでいた。違法な石油だ。石油そのものも必要だったが、俺様たちは武器や人を集めるための、まとまった金が必要だった。なぜかわかるか？」

「小さいとはいえ、一国を襲うと聞いていますが、そのためですか？」と涙屋。

「そう、そうだ。さらなる報酬を受け取るためさ。で、これからどの国を襲うか知りたいか？」

青年が頷くと、海賊は鼻息を荒げて言いました。

「女の国さ。げへへ、女しかいない、あの女の国を襲うのさ！」

青年の首が真っ赤になり、いち早く涙屋がそれに気付きました。

涙屋は青年の肩を強く抱き寄せ、低く小さな声で諭《さと》します。

「落ち着いて、穏やかにしていなさい」

「けど、けど、このままでは女の国が！」

「彼《か》の国は、数十年変わらずにいると聞くんだから、海賊如きに揺らぎはしないでしょう」

涙屋のその予見も的中します。

曇天《どんてん》の下、海賊の船団が肩を寄せ合うように島に近付くと——頭上になんと火の雨が降ったのです。

「熱い、熱い！　早く火を消せ！」

「お、女の国は、天気を操るのか！」

「魔女だ、魔女の国だ！」

船団に流星のような火が降り注ぐ少し前、涙屋はいち早く事態を察知して叫びました。

「逃げろ、逃げろ！　逃げなければ沈むぞ！」

こうして青年のいる海賊船は一目散に逃げることになります。

しかしその直後、船は突然の嵐に襲われて難破《なんぱ》したのです。海に慣れた船乗りの集団なら乗り越えられる規模でしたが、船長不在の海賊船では、皆が蜘蛛《くも》の子を散らすように逃げまわり、さらに押し合ったり、殴り合ったりして呆気《あっけ》なく波に呑まれてしまいました。

仮面の青年は涙屋とともに海に飛び込もうとしました。

しかし涙屋は「あたしの体力では、この嵐では助からない」と、今度は生きることを諦めた様子で動かなくなりました。そして青年に仮面の鍵を渡しました。

吹き荒れる嵐のなか、巨人があやすゆりかごのように船は揺れます。

青年はそれでも涙屋を背負って海に飛び込みました。すぐに大きな木の板に身体を預けることができたものの、牙のような波浪《はろう》が何度も二人を襲いました。

「離せ、離していい、若く美しい命を年寄りのために無駄にするな！」

波音で途切れ途切れでしたが、涙屋は何度もそう言いました。

そして青年も同じ言葉を何度も叫びました。

「あなたこそ、命ある限りそれを粗末《そまつ》にしないでください！」

波が二人をさらいますが、青年は涙屋の手を決して離しませんでした。

——青年が次に目覚めたそこは暗くて四角い場所でした。

彼にはそこがどんな場所かわかりません。けれど涙屋もいました。無事のようです。ところが足首にずっしりとした重みがあります。二人は鎖に繋《つな》がれていたのです。

「ここは、どこでしょうか？」

目が覚めた涙屋に青年はそう訊《き》きました。

涙屋は周囲を少し確認しただけで、こう答えます。

「ここは牢獄、異国の牢獄です」

闇《やみ》の向こうでは聞き覚えのない言葉が飛び交い、敷《し》き詰《つ》められた石の一つひとつが赤子の頭蓋骨《ずがいこつ》のようで、濡《ぬ》れて苔《こけ》が生えていました。湯気の中にいるように暑く、電気も灯火《ともしび》もなく、友達は蜘《く》蛛《も》だけ。故郷に取り残してきた両親は青年の夢を見て死ぬでしょう。

ここはそんな絶望を抱かせる牢獄でした。

Ⅰ　男の国

その国はやや暑い気候が特徴でした。

物造りが盛んに行われ、例えば一人の陶芸家が「くつろぎやすい椅子がほしい」と言えば、その友人である木こりが木を切って座り心地の良い椅子を用意して贈ってくれました。椅子を贈られた陶芸家は、次の休日に新鮮な魚を釣って椅子を造った木こりに贈ります。魚を贈られた木こりは、その晩に魚に濃い味付けをして調理し、酒を持って椅子を贈った友人の家を訪ねました。友情を重んじる国でもあったのです。

通貨は存在しません。ほしい物は物々交換や奉仕によって手に入れ、数字を数えることを皆嫌いました。生まれ故郷や肌の色による差別、貧富の格差は存在しませんでしたが、ここでは先天的な能力によって決まる身分が価値のすべてでした。調理がうまいものは料理人となり、魚を獲ることがうまい者は漁師に、植物に詳しい者は学者になるのが道理でした。しかし何の才能も見いだせない者もいました。そういった男は皆、持つか、砕くか、運ぶか、単純な力仕事をさせられ、それがこの国でもっとも見返りの少ない仕事でした。

この国の王は、もっとも友達の多い人物で、良き友の王と国民に慕《した》われていました。

城は、島の南に鎮座《ちんざ》し、王の威厳《いげん》を表すように巨大で重厚感がある大きな建造物でした。城の地下には罪人を閉じ込めるための広大な牢獄が存在していて、多くの罪人がいました。そして今日、そこに二人の外国人が加わります。

一人は自分を涙屋と名乗る老人、もう一人は罪人の仮面を被った青年でした。

青年と涙屋がいる牢屋は、地下と地上を繋ぐ階段から比較的近い一角にありました。硬い石床《いしどこ》に、隅《すみ》にはぽっかりと空いた穴が一つ。不潔《ふけつ》で、異臭《いしゅう》がします。本来は二十人ほどの罪人を隔離するための牢屋ですが、今は青年と涙屋しかいません。目を瞑《つむ》り耳を澄《す》ますと、床下から女性たちのすすり泣く声が幽《かす》かに聞こえます。この地下のさらに地下にも牢屋があるようです。

青年が気が付いて間もなく、鉄格子《てつごうし》の向こう側に数名の男が現れました。小奇麗《こぎれい》な格好をした一団で、集団の中央には恐ろしく目つきの鋭い小男が立っています。色鮮やかな鳥の羽や金銀をあしらった装飾品や、三日月のように鋭く美しい靴を履《は》いていて派手な格好をしていました。

それから小男が何かを話し始めました。まるで打楽器のように断続的な発音の言語で、青年にはわからない言葉でしたが、涙屋が通訳してくれました。

「わたしは代弁者。わたしの言葉は王の言葉。代わりを果たすのが、わたしの役目だ」

それから彼は、青年と涙屋を睨みつけてこう続けました。

「君たちは女の国の密偵《みってい》ではないのか？」

涙屋は膝《ひざ》を突いて、ゆっくりとした、万人に伝わる誠意を込めた口調で答えました。

「いいえ、違います、高貴な御方。あたしたちは海賊に連れられ、難破した旅行者です。ここが一体どこかもわかりません」

「嘘を吐くな。悲劇を装《よそお》った密偵か、あるいは我が国の〝秘法の片割れ〟を狙った海賊だろう」

涙屋から説明を聞いた青年は、「違います！」と大きな声を上げました。

「僕は両親の病を治すためにきました。臓腑《ぞうふ》が七色の石になる病です。女の国に治療法があると聞きました、どうかここから出してください、両親の余命は残り五十日もないはずです、一刻も早く女の国に行きたいのです！」

「この仮面の罪人は何を言っている？」

と代弁者が涙屋に訊くと、涙屋はこう答えました。

「彼はその、若いせいで日ごろから少し興奮気味な性分でして、貴方様があまりにもこの国を案じ、雄弁に語るものですから、ぜひこの国に奉仕したいと」

代弁者は「ふん」と鼻で笑ってから、青年に向かって何かを言おうとしました。が、鼻息を出した拍子に、鼻から血が垂れました。

代弁者は「ああ、いけない」と、おもむろに壁に顔を向けたかと思うと、ゴツゴツと自ら額《ひたい》を壁に打ち付けました。

「彼は何をしているのですか？」と青年。

「わからない」と涙屋も呆気にとられた様子で、代弁者の奇妙な行動を見つめました。

おかしな行動が終わると、代弁者が額に布を当てて言いました。

「我が国と女の国は、秘法の奇跡によって永遠の命を手に入れた」

「永遠の命ですと？」と涙屋は一瞬呼吸を止めました。

「秘法とは、永遠の命を生み出すもの」

と側近の男が歌うようにつけ加えます。彼らは口ぐちに歌い始めました。

「我が国と女の国は永遠の命を得たが、それに伴い、皆記憶することが苦痛になってしまった」

「長く生きていると、記憶が満杯になる」

「お前らを覚えたせいで、別の何か、過去のことを忘れなければいけなくなった」

最後に代弁者が言います。

「だから自らの頭を叩いて、それを忘れるのだ」

青年も涙屋も、男の国の住人が恐ろしくなりました。

それから涙屋の説得で、どうにか侵略者や密偵である疑いは晴れましたが、代弁者は、外国人だから牢獄から出すにはしばらく時間がかかる、と言って二人を閉じ込めたままにしました。

涙屋は青年を気遣《きづか》ってか「せめて本か何か、退屈を凌《しの》ぐものを」と願い出ました。代弁者はそれに応じて、この国の代表的な文学を何冊か差し入れるよう看守に言いました。差し入れられた本はほとんどがこの国の歴史を記したもので、涙屋にも読むことができました。

それからの数日間、涙屋はその本を用いて、青年にこの国の言語を教えてやります。この国の人物をはじめとしたあらゆる名詞は覚えにくく、また青年にとって発音がしにくいものばかりでした。そのため「看守」とか「見張り」とか、肩書で人を呼ぶようにしました。

二人が行ったのは牢獄で行う勉強会で、男の国と女の国に長年つきまとう諸問題についても理解する時間となりました。

捕虜の選択、死か棄教

「この世に、信じ続けられる〝絶対〟は存在するのでしょうか？」

青年による唐突《とうとつ》な質問にも、涙屋は眉《まゆ》一つ動かさないでいました。

「結果から言うと存在するでしょうね」

そう言って、彼は青年の胸をつんと突きます。しかし青年はやや訝《いぶか》し気《げ》です。

「僕は何も、神や信仰の話を求めてる訳じゃありません」

「ええ、そうでしょうね。何をもってそんな疑問を？」

「僕の両親は、実は本当の両親ではありません。本当の母は僕を捨てたのです。母ですら子を捨てる世だから、僕は常にこんな疑問を抱いていました。『この世に信じ続けられる絶対は存在するのか？』という疑問がそれです」

青年が話し終えると、涙屋はハッキリとした口調でこう言いました。

「若い子に、答えから言うのはあまりよくないからなぁ」

「なぜです？」

「失敗したり成功したりして、体験からはじめて悟《さと》る答えもあるから」

青年が「それでも」と言うと、涙屋はこう答えました。

「君が求めている本質は、絶対的な存在じゃない。疑問に答えてくれる人間だ。だからあたしなりの答えを伝えよう。過去は変えられない。けど自分自身と未来は変えられる」

「そんな綺麗ごと」と青年が少し馬鹿にした態度を取ろうとすると、涙屋はこう続けました。

「それによって、過去の意味を変えることができる」

青年は涙屋の言葉を咀嚼《そしやく》するように、少しの間黙《だま》りました。

「過去の意味？　僕が本当の母親に捨てられた意味ですか？　それがあって今の両親に出会えたと

言いたいのですか？」

涙屋は再び青年の胸をつんと突きます。

「人生の納得は対話の先にある。時間はあるから置いておけばいい」

牢獄の勉強会で、涙屋が青年にはじめて教えたことがそれでした。

それから涙屋は話題を変え、代弁者との一件についてこう注意しました。

「ああいうときは絶対に怒っちゃいけません」

青年は少しムッとします。

「どうしてですか。彼らは、とても理不尽じゃないですか」

「対面した人と人ってね、合わせ鏡のように互いの感情を映し出すものなんですよ。自分が怒れば相手も怒るし、自分が怯《おび》えれば相手も怯えるでしょう。相手がどんなに理不尽だって、ああいうときに怒ってしまうと事態は余計に良くない方向にいきますって」

「じゃあどんな理不尽なことにもニコニコと従って、負け犬のようにしていればいいのですか？」

「いいえ、戦うときは戦うべきです。でもそれは今じゃありません。嘘を吐くのは苦手なままでい い、けどまずは穏やかな心と知恵を持ちなさい」

「知恵？」

「ええ、知恵です。知恵とは今得た知識をその後に経験として活かすことであり、獣《けもの》ですらそれを持っています」

涙屋の言葉は一つひとつ、まるで愛する子を諭《さと》す父親のように丁寧《ていねい》でしたが、青年は納得できない様子で黙り込みました。

涙屋は青年の肩に手を置いて、真っ直ぐに目と目を合わせます。

「ご両親の未来は君の双肩にかかっています」

それから涙屋は、青年に、女の国と男の国について教えました。

――この国は元々一つの国で、王と王妃は大変に仲の良い夫婦でした。

数十年前、この国に砂漠の大国の使者が訪れます。使者は永遠の命を紡《つむ》ぐ秘法を、王に献上しました。しかし王はそれを封印します。そのとき王妃は妊娠していて、二人は幸せの絶頂《ぜっちょう》にいたのです。世継《よつ》ぎが約束された彼らには、永遠の命は不要でした。

しかし使者が帰った直後にその国で宝石病が流行してしまいます。優れた医術で間もなく食い止めることには成功しますが、王妃が産んだのは宝石の子でした。王は怒り、妻を軽蔑《けいべつ》するようになります。王妃はそれこそ石のように冷たい目をするようになりました。

二人はその怒りと悲しみから秘法の封を開け、それを機にこの国の男女は互いを必要としなくなり、二つに分かれてしまったのです。

女の国と男の国には共通して五つの問題があり、それもまた仲違《なかたが》いの要因になりました。

まず宗教について、この地域には二つの教えが存在しました。

男の国は〝曇《くも》りを崇拝《すうはい》する教え〟で女の国は〝雨を崇拝する教え〟。

教えの違いは、性別の隔《へだ》たりと併せて、心の奥底で互いを軽蔑する大きな要因となりました。

また、政治においてはもっとも重大な議題が海禁制度、いわゆる鎖国についてでした。鎖国は国が二つに分かれたときから始まっているので、もう数十年になります。

原因は、過去に砂漠の大国の使者を招き入れたことをきっかけに、あの奇病が流行《はや》ったからでした。国を閉じるときから鎖国に対する反対意見は存在し、それから数十年間、国を開くか否かについて、二つの国それぞれに賛成党と反対党が現れ議論を続けているのです。それがまたさらに、もとは一つの国民の立場を細分化させました。

――青年と涙屋は二つの国の問題と、自分たちが抱える問題をまとめました。

人の内臓を七色の宝石にする、奇病問題。

男女が互いを必要としない、秘法問題。

雨と曇りのそれぞれを崇拝する、宗教問題。

国を開くか否かの、鎖国問題。

そして五つ目は捕虜の問題で、二人はまだ知るよしもありませんが、この問題は他の問題と密接に関わっていました。

女の国と男の国は、互いの国に密偵を送り込んでいました。

そして両国において、隣国の密偵が捕まると、捕虜となります。

男の国の捕虜には選択肢が与えられます。

それは「死か棄教《ききよう》」というものでした。

女の国の国民にとっては雨の日は大切で、男の国の国民にとっては曇りの日が大切です。二つの宗教の大きな違いは、利己的か利他的かにありました。

「雨の教え」は雨の日に独りで瞑想《めいそう》し、自己の精神を高めることが祖先や家族の幸せに繋がるというのが主《おも》な教えでした。

「曇りの教え」では、近所の皆と喜びや楽しいことを共有し、困っている友人には財産を擲《なげう》ってでも手を差し伸べる奉仕の教えでした。

曇りの教えでは、雨は灰色の雲より出るので、雨よりも雲のほうが偉いと言われ、雨の教えでは、雲は蒸発した雨からできるので、雲よりも雨のほうが偉いと言われています。

国が分かつ前から存在する教えでしたが、当時から、それぞれの教えを信じる者は互いの意見について対話すらしませんでした。

ところが、この男の国において、牢獄に入れられた捕虜は真っ先に窓のない独房に入れられます。外の天気がぐずついても地下の牢獄に雨は一滴も入ってこないし、曇天を見ることもできません。

そこで捕虜は選択を迫られます。

一つは罪を認めて自ら処刑を望むこと。その処刑はとても凄惨《せいさん》で、大量の黒い砂を食してから自ら掘った穴に埋まることでした。実はその黒い砂の正体は胞子《ほうし》で、遺体からはやがて新たな毒茸《どくきのこ》が生え、それはまた黒い砂状の粒となって同胞の捕虜に与えられるのです。友を殺す存在となる処刑がそれでした。

そしてもう一つは自らが信じる教えを捨てることでした。それはこの地域に住まう者にとって、とても苦しい選択でした。看守の話では、今まで一人も処刑のほうを選んだ者はいないそうです。二つの国には秘法があり、国民もすべて永遠の命を持っています。それは刃物で心臓を刺されたり、水や食べ物を絶たれたりしない限り続く命でした。人の死という事象は伝説化し、この地域に住まう人々により一層の、未知の恐怖を与え、生に対する執着《しゅうちゃく》をさらに強くさせました。

こうして捕虜となった全員が雨の教えの棄教を選びました。

涙屋は書物や看守との会話から、捕虜と棄教の話を聞き、それらを青年に伝えました。青年は少し考えてから、涙屋に尋ねました。

「死か、教えに背くことか、そんなの教えに背くほうが楽に思えます。彼らはどうして葛藤《かっとう》するほど苦しむのでしょうか？」

すると涙屋は少し考えてから、こう言います。

「お母様が作ってくれた料理で好きな物は？」

「え？　えっと、焼いた牛肉に、よく煮た玉ねぎとたっぷりの胡椒《こしょう》、ふかふかのじゃが芋、それに甘く茹《ゆ》でた人参を添えた料理が好きです」

「美味しそうな、ごちそうだね」

「美味しいですよ。貴方にも、そういう味はありますか？」

青年の質問に、涙屋は少し驚いた顔をしてから遠い目をしました。

「うん、あるよ」

「どんな料理ですか？」

「ああ、母は料理を作らない人だったが、一度だけ、あたしが風邪を引いたとき、美味しい飲み物を作ってくれた。恐らく生姜《しょうが》と蜂蜜《はちみつ》が入った、温かく、甘い飲み物で、飲むとスーッと、喉《のど》の痛みが引いていったのをよく覚えている」

涙屋は「もう一度飲みたいなあ」と大きく唾《つば》を飲み込んでから続けます。

「そんな母なる味のように、国の数だけ言語があり、宗教や語り、教えがある。それはその国で生まれた者にとって人格の根幹となり、時には選択するときの道しるべ、さらに後世に引き継ぐべき味が多い。味が思い出せなくなったら、それは人にとって身体の一部を奪われたかのような虚《むな》しさを生むでしょう」

聞いているうちに、青年の口の中に唾液《だえき》が湧いてきます。

次にギュッと胃を握られたような気持ちを抱きました。

「なんだか、やっと怖くなってきました」

「何が怖いので？」

「愛する家族が悲しむ姿を、見るみたいで」

すると、涙屋は突然いじわるな質問をしました。

「もし君が雨か曇りか、いずれかの教えを持ち、死か棄教の選択を迫られたらどうする？ 教えは、母の味や、今まで信じてきたすべてだと思えばいい。それと、自分の命を天秤《てんびん》にかけてみて、どちらかを選べと迫るものでね」

青年は再び「うーん」と頭を抱えます。

「とても、とても難しいけれど、僕は棄教を選ばないと思います」

「では死を選ぶので？」

「いいえ、自ら死を選ぶこともしたくありません。両親を助けられなくなる。でも、まるで親を裏切るみたいなこともしたくありません」

「理由は？」

「言葉にするのは難しいのですが、だって僕が教えっていうのを持つそのときは、自分自身の命や心がそれだと強く叫び、信じて選んだ道のときだと思います。だから少なくとも、易々《やすやす》と捨てていいものではなく、最後まで信じるべきでしょう」

涙屋は少し呆《あき》れた様子でこう返します。

「死んだら自ら毒となり、他の人に迷惑をかけるのだから、元も子もないでしょう」

「もしも話は苦手です」

涙屋は、今度は上機嫌な様子で青年の肩を叩きます。

「けれど君は決して嘘を吐かない。こういう質問をする甲斐《かい》がある。そう言ったからには君は、信じた道を簡単には裏切らない。うん、そういうところを大事にするといい」

「僕をからかっているのですか？」

「いいえ」と涙屋は得意気な顔をして唇の端《はし》を上げます。

「最後まで信じる者が尊い、とあたしゃ思います」

涙屋は遠い目をして続けます。

「身近な話さ。これは上司に仕えることや、妻に誠実でいるのと同じことだと、あたしは思うんです。どんな状況でも他所《よそ》のせいにせず、最後まで裏切らず信じ切ることが、仕事でも家の中においても最高の正解だと思うんです」

青年は少し考えてから国の歴史書をめくります。

「この国や女の国の誰かが、伴侶《はんりょ》や主君を裏切ったという意味ですか？」

「さあ、それはあたしにもわからない。でも一度信じたものを最後まで信じ切る勇気、そして易々と寝返ることが、どれだけ愚かで死より一歩手前くらい悲しいことか忘れないほうがいい」

「最後まで信じる、勇気ですか」

すると涙屋の表情が、いつもの穏やかなものに戻りました。

「まあ、あたしたちはこの国にとって外国人で、捨てるべき教えはない。だから大丈夫でしょうね」

青年が安堵《あんど》した直後、周囲が騒がしくなります。

涙屋が看守に何事か尋ねると、こう返ってきました。

「沿岸で海賊が暴れて、人手が不足しているんだ」

どうやら青年と涙屋を連れたあの海賊たちも男の国に漂着《ひょうちゃく》したようです。

すると涙屋がやや高い声で、牢の内側からこう言いました。

「それだったら、この国にうさぎはいますか？」

「うさぎ？　うさぎならたくさんいるけど」

首を傾げる看守に、涙屋は続けます。

「奴らの周りにうさぎを放《はな》ちなさい」

涙屋の奇妙な提案に、看守は「どういうことだ？」と聞き返します。

「いいから、事態は一刻を争うのでしょう。急いで代弁者に伝えるといい」

青年にも、涙屋の提案の意味がわかりませんでした。


数時間後、多くの海賊が地下の牢獄に連れられてきました。

沿岸で暴れていたという海賊は漏《も》れなく捕まったようです。皆しかめっ面で牢獄の奥に連れられて行きました。

突然、看守が「注目！」と言って、涙屋と青年がいる牢屋の格子を叩きました。

牢が開けられたかと思うと、鋭い目つきの代弁者が現れ、涙屋に問います。

「貴様か、海賊にうさぎを放てと言ったのは」

「ええ、そうです」

代弁者は一度海賊たちのほうを睨んでから、再び涙屋を睨みました。

そして声を小さくして言います。

「おい、教えろ。海賊はなぜうさぎを怖がった？」

涙屋はもったいぶった様子で何も答えません。

代弁者は涙屋に向かってこう続けました。

「奴らは我々に食料や価値ある財宝を要求してきた。我が国の漁師を何人も人質に取ってな。こちらが一歩近付くたびに、人質の首に刃を押しつけていったのだ」

代弁者は、それはもうくやしそうに「為《な》す術《すべ》がなかった」と小さくつぶやき、さらにこう続けます。

「すると看守の一人が『うさぎを放ちましょう』と言い出した。外国人の老人に言われたと」

代弁者も看守も馬鹿馬鹿しいとは思いましたが、奴らは外国から来た海賊です。外国の知識を持つ老人の知恵なら、何か変化が起こるかもしれない、と近隣の木こりの力を借りて森に犬を放ち、うさぎを狩りました。数十羽のうさぎをすぐに捕まえることができ、これを海賊を包囲するようにして放ちます。

すると不思議なことが起きました。残忍で屈強《くっきょう》な海賊たちが赤子のように泣き出して、その場から動けなくなったり、うさぎから逃げ出したりするのです。

「ひゃあ、うさぎだ、不吉なうさぎがこんなにたくさん！」

その隙《すき》に軍隊が到着して海賊たちを見事に捕まえました。

「――彼らの国の船乗りは、陸にいてもうさぎの話をしないほど、うさぎの存在を嫌うのですよ」

そう答える涙屋に、代弁者は眉間《みけん》に皺《しわ》を寄せます。

「どうしてなのだ？」

「食用で乗せたうさぎが船にある大切な縄を食い千切るなんてこともあって、船乗りにとってうさぎは縁起の悪い動物です。ねずみなら船に何か不吉なことがあれば逃げ出してくれますが、うさぎは何があっても構わず縄を食《は》むでしょう。だから、海賊たちはうさぎを嫌ったのです」

屈強な海賊も、もとは平凡な漁師であり、船乗りであることに変わりはないことを涙屋は知っていました。青年もはじめて聞く話でしたがこれには納得しました。

「それで彼らはうさぎが苦手なのですね」

すると代弁者は「ほう」と、今度は青年のほうを見ました。

「そう言えば仮面のそいつは、いつの間にこの国の言葉を覚えた？」

青年は誇らしげに胸を張ります。

「ここ数日で、本を基に教えてもらいました」

「それでは獣の民の言葉もわかるか？」

「獣の民？」と青年が首を傾げたそのとき、涙屋が突然、倒れました。

「な、何事だ!?」

「しっかりしてください！」

青年が涙屋の額や首に触れると、熱した石のような高熱を帯びています。

涙屋は「ゴホゴホ」と嗚咽《おえつ》と咳を混ぜたような声で苦しみ始めました。

青年は、涙屋を担いで代弁者を真っ直ぐに睨みました。

「僕たちは本当に漂流しただけの旅人なんです。どうか、もっと清潔《せいけつ》な場所で休ませてやってください」

代弁者は少し考えた後にこう返します。

「条件がいくつかある。まず部屋を移すのはその老人だけだ。お前はここにいろ」

青年は快諾《かいだく》します。こうして代弁者は温かい寝床と栄養のある食事を与えることを約束して、涙屋は城内にある使用人の部屋に運ばれました。


次の日のお昼ごろ、短い時間だけ青年は牢獄から出ることを許されます。

見張りの看守に連れられて、涙屋との面会を許されたのです。

見張りの看守はまんまるとした大男で、少し変わった性格をしていましたが、青年と同じくらいの年齢で、牢屋にいるときもよく会話をしていました。

その若い看守はいつも鼻水を垂らしていて、それを袖《そで》で拭《ふ》いていることから、周りから「鼻たれ」と馬鹿にされ、自分でも自分のことを「鼻たれ」と呼んでいました。彼は青年を連れて、城内の回廊を歩きながら「ずっ」と鼻をすすります。

「鼻たれ、嬉《うれ》しいよ」

「何が嬉しいの?」と青年が訊きました。

「仮面の君がこうやって、牢屋の外を歩いていることさ」

「どうして？」

「だって君は良い奴だもの。仕事仲間も罪人も鼻たれのことを馬鹿にするけど、君とあの老人は馬鹿にしないで、なんていうか、一人の男として敬意を持って鼻たれに接してくれるんだもの」

鼻たれは「ずっ」と鼻をすすると、さらに続けました。

「特にあの老人は、いつも鼻たれをまるで教師を見るような眼差《まなざ》しと、尊敬した言い方で、この国のことを訊いてきて、鼻たれは何だか嬉しかったなぁ。だから倒れたとき、とても心配したよ」

「彼を運んでくれたこと、感謝してるよ」

「気にしないで。鼻たれは鼻たれだけど、体力はこの国の誰よりもあるんだ。それに、君の国の言葉を少し覚えたよ。いつもあの老人とこの国の言葉を勉強していたね。実はこっそり聞いていて、何だか鼻たれも頭が良くなった気がしたんだ」

鼻たれは他の看守と違いとても人懐《ひとなつ》っこく、青年にとっては涙屋以外で唯一、心を許せる存在でした。

「ありがとう、えっと」

「鼻たれでいいよ。みんなそう呼ぶ」

二人は握手をしました。そして間もなく、鼻たれは涙屋がいる部屋に青年を案内しました。

そこは城に住み込んで働く使用人の中でも、比較的有能な使用人のために用意された一室で、大きな窓が特徴的な一人用の部屋でした。地下牢より遥かに居心地が良くて、陽の光も涼しい風も入ってきて、清潔な寝床《ねどこ》が用意されています。

「お加減はいかがですか？」

心配する青年に、涙屋はにっこり笑いました。

「幸い、疲労が原因だ。休めば良くなる」

涙屋の様子は、頬《ほお》に影が差し、長い白髪は解けて死んだ海月《くらげ》のようになっています。けれど陽光を反射させた瞳は少年のように生き生きとしていました。

「海賊が牢獄に入ってきたと聞いた。大丈夫かい？」

「少し騒々《そうぞう》しくなりました。そのほうが寂しくありません」

それから青年は、兼ねてより気になっていたことについて話しました。

「お話ししたいことが二つあります。一つ目は、どうやら海賊を招いたのは代弁者のようです。海賊たちの囁《ささや》きでわかりました。奴は女の国に海賊を差し向け、失敗し、逆に海賊を自分の国に招いたのです。そこで二つ目ですが、実は今朝、代弁者が牢にやって来ました」

「ほう、そんなことだろうと思った。それで？」

「奴が言うには、女の国に〝男の国の要人〟が捕まり、捕虜となっているそうです。そしてこの国にも〝女の国の要人〟が捕虜となって、国の端にある特別な牢屋に入れられているそうです」

涙屋は割れた眼鏡を一度外すと、目頭《めがしら》を押さえました。

「あたしが思うに、代弁者は、その女の国の要人を捕らえつつ、自国の要人を助けたいと願っている。それで海賊を差し向けたんでしょうね」

そこで青年は肩を沈めました。涙屋が青年の顔を覗きこみます。

「代弁者に、その件についての助けを頼まれたのかね？」

「はい、実はそうです。この問題を解決すれば、特別な法に則《のっと》り、僕たちを自由にしてやる、と言われました」

代弁者はこう考えていました。海賊が使えなくなった今、青年を利用して老人から知恵を拝借《はいしゃく》できないものか。ここまでは涙屋にもわかっていました。

青年は椅子の端を握って、涙屋に訊きました。

「どうしたら良いでしょうか？」

「どうしたら良いと思う？」

「あなたほどの知恵の持ち主なら、答えは決まっているのでは？」

「決まっていませんよ。向こう側にいるのが人間なら、答えはこちらにありますもの」

涙屋の不思議な言葉に、青年は少し考えてから言いました。

「あの合わせ鏡の話ですか？」

「そうそう。今、君の目の前に大きく立ちふさがっている問題は？」

「要人の、捕虜の問題です」

「それには何を変える必要がありますか？」

「何をって。両国の捕虜を素直に交換できればいいのですが、代弁者は相手を出し抜くことばかり考えています」

「そう、交換できればいいだけのことです。簡単でしょう」

「簡単じゃありません、何だか、もう苛々《いらいら》してきます」

自分の腿《もも》を殴る青年に、涙屋は厳しい剣幕《けんまく》で言います。

「君はまず、自分を変えなさい」

「どうしてですか？　変えるべきはこの国の状況でしょう」

「難しい状況を変えたいのなら、まず自分が変わる必要があります。改めて腹を決めなさい。自分が変われば、環境も必ず変わっていきます」

「なぜ、そんなにも確信を持って言えるのですか？」

「君の、故郷を飛び出した覚悟と、命を燃やす情熱を知ったからです。それはご両親どころか、二つの国を救うきっかけになる。あたしはそう確信した」

涙屋と話していると、青年は不思議と心の中にあった乱れのようなものが収まります。それから涙屋は「もう寝る」と言って毛布にもぐり、青年は鼻たれに連れられて牢獄に戻ることになります。さまざまな国の言語が怒声や悲鳴として飛び交い、うるさくなった牢獄で、青年はボロを纏って今まで聞いた涙屋の言葉を何度も何度も考え、やがて眠りに就《つ》きました。


その日の早朝、青年は牢屋から出されて代弁者の書斎《しょさい》に通されました。代弁者は読んでもいない厚い本を右手に持ち、左手で筆を走らせて忙しそうな素振りを見せています。

「それで捕虜問題について、あの老人の知恵を借りることができたか？」

青年が黙っていると、代弁者は鼻たれから棒を奪い、「言え」と彼の肩を柄《え》の部分で突きます。

青年は両親の姿を心に浮かべていました。

今この瞬間も苦しみ、石へと変わりつつある両親です。

温かな母の手も、広く大きな父の背中も、すべてが冷たい石へと凝固《ぎょうこ》していくのです。青年は泣き出しそうになる気持ちを、ぐっと硬い仮面の奥にしまい込みました。それらを「よしっ」と勇気に変えて拳《こぶし》を固めると、代弁者に進言します。

「こちらから先に、女の国の要人を差し出してみませんか？」

代弁者は舌打ちをします。

「何を言っている、馬鹿か貴様は。いや、馬鹿だ貴様」

「歩み寄るんです、こちらから。そしたら状況が大きく変わるかもしれない」

代弁者は机を殴りつけて言います。

「お前は女という生き物を知らない。女はな、嘘を吐くのだ、相手の目を見て真実かのように思わせ、嘘を吐く。それに自分にも嘘を吐く。さらに、甘いお菓子が好きなくせに痛みに強いと聞く。まるで化け物だ」

「僕の母はそのような存在じゃありません」

代弁者は、今度は自分の額を自ら殴りました。

「知らない、あぁ知らない。ハハオヤなんて存在、とうに忘れた。とにかく、こちらから捕虜を差し出すだと？　出し抜かれるに決まっているだろう！」

代弁者は「くだらない奴め」と言って再び筆を持って机に向かいます。

青年も苛々して自分の腿を殴りつけようと思いました。

けれど、昨晩、涙屋に止められたことを思い出して拳を握るだけにします。

そしてもう一度怒りを勇気に変えて、代弁者にさらに言いました。

「あ、貴方は、何をそう殺気立っているのですか？　何を抱えているのですか？」

代弁者は「何だと？」と上目遣いで青年を睨みます。

「貴方は何か苦しんでいる。まるで毎日処刑を控えているみたいに、何かに強く怯えている」

青年は自分の言葉から「そうか、そうだ」と、心に光が照らされて明るくなるような感情を抱きます。

「だから僕は、貴方を見るととても怖くなって、怯えていたんだ。今やっとわかった」

代弁者は筆を放り投げると、今度は立ち上がって青年を強く睨みました。

「か、仮面を被った罪人のくせに、何を言っている！」

「お願いします、教えてください。貴方は何に怯えているのですか!?」

「うるさい黙れ、適当なことを言って牢屋に入れたわたしに仕返しがしたいのだろう！」

「違います、僕だって両親の命が懸《か》かってるんです、どうか話してください、あなたの恐怖がこの国の問題を解決するのに、とても重要な気がするのです！　教えてください、なぜ海賊を雇《やと》ってまで、女の国を敵視したのですか！」

「か、海賊など、や、雇っていない！」

「嘘を吐かないでください、財宝と秘密の海路を約束したのに、彼らを捨て駒《ごま》にしたでしょう！」

真実を前に、代弁者の顔は真っ赤に膨れて拳は震えていました。

「お、愚かな、愚かな外国人、だから戻れ、牢屋に戻れ！」

「お願いです、お願いだ、どうか、僕の話を聞いてください！」

代弁者の命令で、青年は二人の看守に取り押さえられてしまいます。

それでも青年は代弁者に叫びました。

「あなたはこの国を心から憂《うれ》いている、本気で守ろうとしている、だから彼の、涙屋の言うことも聞いたし、彼を丁重《ていちょう》に扱った。あなたは嫌な奴だけど、悪人じゃないはずだ！」

するど代弁者は、鼻息を荒げて青年の目を睨むだけになります。

青年は悲痛な声色《こわいろ》で続けました。

「ほら、わかるでしょう。怒りだけの会話じゃ何も進まない、相手をほんの一歩、言うよりも難しいけどほんの一歩認めるだけで何かが進むのです。人と人は合わせ鏡なのです、相手が怯えれば自分が怯え、こちらが微笑めば、微笑むのです。今僕は心からの誠意を以って貴方に語りかけています、だから貴方も、お願いです、どうか真実を！」

「わ、わかるものか、貴様とわたしは違う、同じなんかじゃない、貴様はくだらなくて、わたしは偉く、崇高《すうこう》な存在なのだ！」

代弁者が青年に背中を向けると、青年は扉の向こうへ連れられていきます。

鼻たれもまた、辛《つら》そうにして青年を取り押さえていました。

「人も国も同じです、あちら側にいるのは敵でもないし、異性とかそういうくりでもない、同じ人間だ、あなたも僕も、ねえ、そうでしょう！」

その言葉を最後に、大きな音をたてて両扉が閉まりました。

——深夜、真っ暗な牢屋で青年が眠れずにいると、「起きろ」と青年を小突《こづ》く看守の棒が。

「なんでしょうか」と起き上がると、火に照らされた代弁者の顔が暗闇《くらやみ》に浮かんでいました。

「し、失敗をすればお前がすべての責任をかぶり、この国の歴史に大罪人として残るよう処刑される。それで構《かま》わないな？」

代弁者は真っ先にそう言いました。その表情は強張《こわば》っていて、声は震え、緊張していることが伺えます。

「どういう意味ですか？」

「これから獣の森にて、煤《すす》まみれをあちらの国に渡すよう段取りを行った」

「すすまみれ？」

代弁者は青年に「ともに、森へ来い」と言って牢屋から出しました。

仮面の青年、獣の森

真実の青年が男の国に降り立つより数十年も前のこと、王と王妃の離婚により、民衆における男女も離別《りべつ》し、そして大陸も分裂しました。

すると分裂した島と島の間で、海底火山が噴火して小さな島が生まれたのです。皮肉なことに、それはまるで二つの島から生まれた赤子のようでした。

成長の早い特殊な植物の種が海鳥《うみどり》によって運ばれ、その島に小さな植物が芽吹《めぶ》きます。それは数年も待たずに若々しい一本の木となり、さらに数年で、まるでその地の秘密を覆い隠すように、うっそうとした森が広がりました。

こうして森の島は誕生したのです。

その島には植物学者が驚くような、独自の生態系が存在しました。

微細《びさい》な生物を多くはらみ、あらゆる植物の種をどんな寒さや暑さでも成長させる栄養たっぷりの土に、建材に使えば千年はもつ硬くてしなやか、それでいて虫に強い木々が茂る森。蒸せば果実のように甘くなる野菜に、一つひとつの味が違う卵を産む鳥など、豊かな資源が約束された不思議な土地でした。

国を頑《かたく》なに閉ざした女の国と男の国は、すぐに兵をやり、その島を領土として欲します。ところがその森には先住民がいたのです。

彼らは小さな身体でわけのわからない言葉を使い、男の兵の駐屯地《ちゅうとんち》に火をつけたり、女の兵たちに野鳥の大軍を放って撤退《てったい》させたりしました。

小競り合いは何度も起こり、やがて女の国も男の国も森の島の征服を諦《あきら》めることにします。先住民は女の国や男の国が何もしなければ森で大人しくしているだけでした。

それからその島は、獣の民が住まう〝獣の森〟と呼ばれるようになります。その森は両国にとって、手の出せない中立の場所でした——。

仮面を付けた青年は、代弁者と十数名の兵とともに、煤まみれという女の国の要人が幽閉《ゆうへい》された灯台を訪れました。

青年は背の高い灯台を見上げて代弁者に訊きました。

「それで、これからどうするのですか?」

「煤まみれを連れ、獣の森へ向かうのだ」

その灯台は、もともと塩の結晶のように白く輝く立派な造りでしたが、長年潮風《しおかぜ》に当たっていたためかところどころの石が欠けたり、ヒビが走ったりして、老いた大樹のような印象を青年に与えます。

岬《みさき》から海のほうを見ると、水平線の向こうに拳骨《げんこつ》のような影が見えました。

兵の一人が「あれが獣の森がある島だ」と言いました。

灯台の中に入り、螺旋状《らせんじょう》の階段を地下に向かって降りていくと、鉄の格子に阻《はば》まれた一角がありました。格子の手前には二人の見張りがいて、格子の向こうには木製の扉があります。

「開けろ」

代弁者の命令に、見張りの一人が鍵を開けると、こぢんまりした一室が広がっていました。牢屋と言うより安宿《やすやど》の一室のような小部屋です。家具のすべてが小さめで、健康的な木の香りが青年に清潔な印象を与えました。小部屋の中央には丸い机と丸い椅子があり、椅子には一人の女性が座っています。

青年にとって、久しぶりに見る異性の姿でしたが、彼女は頭から布を被り、顔を隠していました。布の間から切れ長な目を覗かせて男の一団を睨んでいます。

よく見ると、黒い煤を目の周りに塗《ぬ》りたくっていました。

彼女こそ煤まみれに間違いありません。

「もう随分、我々とは口を利いてくれない」

代弁者は彼女を立たせて部屋から連れ出しました。

すると、煤まみれが青年の前で立ち止まります。

「お前、そこの、仮面の」

「はい？」と青年が彼女の目を見つめます。

しかし彼女は何も言いません。青年はもちろん周囲にいた代弁者も兵も、不思議そうに二人を見守ります。二人は七秒間、互いの目を見つめました。

「ここは違う国から？」

そう言ったのは煤まみれでした。青年は大きく呼吸をして答えます。

「はい。僕の故郷は海を越えた、小さな港町です」

煤まみれはやや目を細めました。

「その仮面の奥には何がある？」

代弁者や他の兵士も青年の仮面を覗き込みます。

青年は思わず自分の仮面に触れました。海賊を欺《あざむ》くために付けた見知らぬ仮面でしたが、今では青年の顔に吸い付くようで、寝るときも付けたままでした。

故郷から遠い異国の、しかも牢獄で、この硬く質素な仮面は、未発達で純粋な彼の心を守るように、あるいはその孤独を癒《いや》すように、常に共にありました。今では外すことのほうが落ち着かないのです。

青年は、煤まみれの問いに何も答えないことにしました。「何もない」と正直に答えれば背後の代弁者に、仮面を外すように言われると思ったからです。

青年は旅のなかでほんの一歩、大人になっていました。嘘が吐けないので、余計なことを言うより黙ってやりすごしたほうが面倒《めんどう》を避《さ》けられる、と考えるようになったのです。

そして青年は、心が火照るような気持ちを抱いていました。

煤まみれの瞳は、まるで漆黒《しっこく》の夜空を駆けるほうき星のようでした。その輝きを引き寄せ、近くで見てみたい――そんな小さくも確かな欲望が、青年を貫きました。彼は思わずあの質問をします。

「この世に、信じ続けられる絶対は存在すると思う？」

すると勘違《かんちが》いした代弁者が、間に入って得意げに答えます。

「信じ続けられる絶対か、あるぞ。王だ。我が国の王の存在こそ絶対だ」

青年が何も言わずにいると、煤まみれが口を開きました。

「ある。亡くなった母への誓いがそう」

「母への誓いとは？」

「時間の無駄だ。行くぞ」

と代弁者が再び二人の間に入り、一行は灯台を出て行くことになります。彼女の「この世界を晴れにすること」という小声は、青年の耳だけに届いていました。


それから「立て」とか「歩け」とか「乗れ」とか、代弁者の命令に素直に従う煤まみれの姿がありました。やがて「降りろ」という言葉とともに、一行は、獣の森がある島に辿り着きます。

その日は曇天が空を覆い、静かな小雨が降る肌寒い天候でした。砂浜から歩いて間もなくのところから森がはじまり、亜熱帯に生えるような植物を見かけたかと思えば、数歩先に雪山に生えるような可憐《かれん》な花が咲いていています。

一つの島に四季が混在しているような、噂通りの特別な生態系を感じさせる島でした。当然、青年にとってははじめて見る景色ばかりで、彼は周囲を不思議そうに見渡します。

槍を持つ兵の一人が、青年の背中を叩いて言いました。

「急ぎすぎると疲れるよ」

「そんなつもりはないけど」

「注意して、この森には獣がいるから」

青年が兵の顔を見ると、彼は「ずっ」と鼻をすすって見せました。

「ああ、君は、鼻たれじゃないか。看守の仕事はいいの？」

「あはは、やっと気付いてくれた。もともと兵士が看守の仕事をしているのさ」

鼻たれは眠たそうに目をこすって続けます。

「国を出られる仕事は珍しいから、上司にお願いして同行したんだ」

「そうだったのか。何だか眠たそうだけど、無理をしたの？」

「昨晩はいろいろあって、あまり寝ていないだけさ。大丈夫」

「そうか。ねえ、獣とはどんな存在か知ってる？」

と青年が訊くと、鼻たれは難しい顔をしてこう言いました。

「獣の民については、うーん、獣は獣さ。我々と似たかたちをしているけど、我々より遥かに小さな身体なんだ」

「小さい身体？　猿か何かなの？」

「猿にも出せないような、わけのわからない言葉を叫び、時には排泄物《はいせつぶつ》を投げてきたり、動物を操ったりするみたい。とても汚い身なりで、まさに獣と呼ぶにふさわしい存在と聞くよ」

突然、代弁者の靴に何かが落ちてきました。

ぼとり、ぼとり、とそれは黒い石のような物体で熱を帯びています。

「きゃあ、熱い、熱い、きゃあ！」

代弁者はまるで女のような悲鳴を上げて、踊《おど》るように自慢の靴を抱えました。

「獣だ、獣の民だ！」

ぼとり、ぼとり。

兵たちは剣や槍を構えますが、獣は見えない場所から熱い物体を投げてきます。木に登り、葉っぱの塊の陰に隠れているようです。代弁者の悲鳴に紛《まぎ》れて「しゅっ、しゅっ」という風を切るような声が聞こえました。

すでに、一行の周囲では黒い煙が漂い、蛍《ほたる》のような煤がくるくると円を描いています。兵の中には、煙を吸い込み、咳と涙が止まらず、膝を突く者もいました。

青年はというと、仮面が煙の一部を遮断《しゃだん》してくれて、他の兵よりも活発に動くことができました。彼は膝を突いた兵から槍を借りると、それを逆《さか》さにして、柄のほうで木の枝を突きました。

すると「ギャア！」という悲鳴とともに、小さな影が地面に落ちてきます。

「そんな、どういうことなんだ!?」

青年は故郷の言葉で、思わず口走りました。

「こ、子ども、子どもじゃないか！」

落ちてきたのは、身体の小さな人間の子どもだったのです。その眼光は大変に鋭く、あどけない顔と相まって、青年の心を槍のように突き刺しました。

後ろでは代弁者が叫んでいます。

「獣だ、そいつは獣だ、殺せ、殺してしまえ！」

すると鼻たれが槍を構えました。青年は慌てて鼻たれの前に立ちます。

「やめるんだ！　子どもだ、子どもなんだ！」

「こ、コドモって!?」と鼻たれ。

「いいから殺せ！」という代弁者の叫びが森中に響き渡ります。青年も叫びます。

「赤子が、大人になるまでの間に通る存在です、あなたたちだって、かつては子どもだったはずだ！」

「アカゴ？　コドモ？　いい、いい、やめろ、よせ。お前の余計な知識を頭に入れたくない！　知らん、そんな存在、わたしと獣を一緒にするな！」

鼻たれも混乱しているようです。

彼らの様子から、青年は理解しました。

男と女の国の民は、永遠の命を得ることによって大人だけとなり、その副作用で、子どもの存在を忘れ、子どもを〝獣〟と呼ぶようになってしまったのです。

それが女の国、男の国、獣の森を取り巻く悲劇の一つでした。

他の兵たちが剣を握り、じりじりと獣の子に寄っていきます。周囲の気温は炎が踊るたびに上昇し、さらに肺を痛める黒煙が漂うように。それらは皆の肌を燻《いぶ》り、心を焦《じ》らせました。獣と呼ばれたその子は少年でした。足をくじいたのか、立とうとするたびに顔を引きつらせて甲高い悲鳴を上げます。

「逃げろ、逃げるんだ！」

青年は槍を振って少年にそう叫びました。

すると木々の奥から別の子どもが三人現れて、少年に肩を貸します。

「逃がすな、そいつはわたしの靴を焦《こ》がした、殺せ、殺せ！」

代弁者の命令とともに、兵が動きました。

青年は彼らの前に立ちはだかって、槍を横にします。

「子どもだ、まだ子どもじゃないか！」

「構わない、殺せ、そいつも殺してしまえ！」

兵の一人が青年に切りかかりました。

青年は槍でそれを受け止めますが、槍は真っ二つとなり、尻もちを突いてしまいます。すると大きな壁が青年の前に立ちふさがりました。

「やめよう、なあ、やめよう！」

青年の前に立ったのは鼻たれでした。

すると代弁者が「ああ！」と大声を上げます。

「もういい、獣だ、獣が逃げた、靴を汚した、あっちだ、あっちを追え！」

ちぐはぐな代弁者の命令に、兵たちは混乱しておろおろとしています。その隙に小さな獣たちは逃げ去り、鼻たれが青年に手を貸して立ち上がらせました。

鼻たれが代弁者の側に走って行く一方で、青年はある声を聞きました。

「ほら、雨は女の味方」

雫《しずく》が水面に落ちるような、凛《りん》とした声でした。

同時に、雨足が強まったように思えます。

青年が振り返ると、茂みの向こうに煤まみれが立っていました。

彼女の側には、さらに二人の女性が立っています。その出で立ちは煤まみれと同様、顔を隠し、身体つきがわからないような、儀式めいた服を着ています。けれど見る者に清楚な印象を与え、まるで医者のような佇《たたず》まいでした。

青年には、ひと目で煤まみれに女の国の迎えが来たのだとわかりました。彼女たちが青年からじりじりと離れようとしたとき、青年はこう言って引き留めました。

「どうか、お願いが」

煤まみれが立ち止まります。青年は続けました。

「僕の故郷で両親が宝石の病にかかり、余命あと四十日もないのです。何でもします、どうかあなた方の国に両親を連れて行き、治療する許可を」

しかし、二人の使者は一度、青年を睨んだだけで、森の奥へと消えて行きました。

残った煤まみれは一言、こう言いました。

「素顔を」

青年は躊躇《ためら》いなく仮面を外して煤まみれに素顔を見せました。

すると煤まみれもまた、顔を隠す布を外しました。目の周りには煤が塗られ、見る者に狩人《かりゅうど》のような印象を与えます。けれど鼻のかたちや唇の色味は少女のようにあどけなく、その輪郭《りんかく》は美しいものでした。煤まみれはじっと青年の顔を見つめてから、背中を向けて森の奥に走って行きました。

獣の民の気配もなく、雨のおかげで火事はすでに鎮《しず》まっています。

そうして、向こうにいた代弁者が恐ろしいことに気付きます。

「ああ、そんな、煤の女が!」

彼からしてみると、先ほどまで背後にいたはずの煤まみれの姿が、今ではこつ然と消えているのです。代弁者は青年を指差し、また悲鳴を上げました。

「煤まみれが逃げたではないか！　貴様は死刑だ、罪をすべて背負って死ね、今この瞬間より、歴史に名を残す大罪人だ！」

青年は肩で息をしながら、森の奥のほうを睨みます。

「交渉は、成立したんです」

「そ、そんなわけない、我々は出し抜かれたのだ。女の得意技だ、獣の民を差し向けたのもきっと女どもだ！」

青年は何も返さずに呆然《ぼうぜん》としています。

「な、何か言え、覚えたばかりの我が国の言葉で、醜《みにく》い言い訳をしてみろ！」

と代弁者がいきり立つなか、青年の視線は代弁者の後ろのほうを捉えていました。周囲にいた兵士たちも代弁者の後ろのほうに注目しています。

「ん？」と、ようやく代弁者も振り返ると――そこには一人の男が立っていました。「お、おお！」。

その男は身体が大きく、その身のこなしは堂々としていました。少しほつれているものの綺麗な刺繍《ししゅう》が施された服を着ています。青年にも、彼こそが男の国の要人で、煤まみれと交換が成立し、今まさに解放された瞬間であるとわかりました。

そして代弁者は、信じられない言葉で彼を迎えます。

「おお、良き友よ、王よ、王が解放された！」

青年は呼吸を忘れるほどに驚きました。

捕虜となっていたのは、良き友の王と呼ばれる、男の国の王様だったのです。

鎖国問題、王の帰還

「――なぜ、この国の王が隣国《りんごく》の捕虜に？」

青年にそう訊いたのは涙屋でした。

青年は男の国に戻ってすぐ許しをもらい、鼻たれとともに涙屋のお見舞いに来ていました。

窓の向こうの空は鉛色《なまり》ですが、雨は降っていません。曇りを崇《あが》める鼻たれは、廊下の窓から空を眺めています。

その様子を尻目に、青年は涙屋の様子を確認します。涙屋の頬には血色が戻り、皺の数が減った気すらします。昨晩は鼻たれと城内を散歩したことも聞き、青年は安堵しました。

それから青年は、獣の森での出来事をありのまま涙屋に報告しました。

「王は数カ月前に誘拐《ゆうかい》されたと、代弁者が言っていました。けど僕は、王は自ら女の国に赴《おもむ》いたのだと思います。別れた奥さんにやっぱり会いたくなったとか」

「なぜそう思った？」

「女性が怒ったら、花を持って謝りにいくのが紳士だ、と母に教わりました」

「君のお母様は正しい。この地域に渦巻く大体の問題の解決もそれでできそうなのになぁ」

「それじゃあ、王の誘拐についてどう思いますか？」

涙屋は髭をさすり「さあ？」と首を傾げて見せました。

「あまり重要に思えない。それよりも、獣の民のほうが気になる」

「ええ、まあそちらも気になりますけれど」

涙屋は、今度は目だけを天井へ向け、思い出したようにこんな話を始めました。

「とある国の王は、不老長寿を強く追い求め、医術の心得がある者に薬を処方させ、それを飲み続けた」

青年は興味を引かれた様子でこう訊きます。

「できるものなのですか、そういう薬が？」

「いいや、その薬の正体は水銀だった。水銀は長時間熱《ねつ》したり蒸留《じょうりゅう》したりすると、さまざまな形状に変わる。その性質から不死身の象徴《しょうちょう》とされた。だが当然、水銀など飲めば人の身体に悪い影響を与える。この国はいとも簡単に永遠の命を実現しているが、それは自然の道理に大きく反している。獣の森も、秘法が生んだ歪《ゆが》みに思えてならない」

青年は腕を組み、考えを口にしました。

「秘法は、永遠の命の代わりに大切な記憶を忘れさせます。そのせいでこの国の人たちは、子どもの存在を忘れ、子どもを獣と呼ぶようになったのだと思います」

涙屋は窓の向こうの曇天を見つめます。

「果たして、森にいる子どもたちはどこから来たのだろうか」

「わかりません」

青年は床を見つめ、涙屋は自分のつま先のほうを見つめます。

青年は少し考えた後、こう言いました。

「貴方は永遠の命が嫌いなのですか？」

涙屋は青年の目を見て言います。

「君は好きなのかい？」

「ええ。だって、それがあれば父と母は助かるし、家族はずっと一緒にいられる。そう、そうだ。この国は国民全員に永遠の命を与えているじゃないか。僕の両親にも、僕にも、永遠の命を与えてくれるよう、王にお願いしてみようかと思い付きました」

涙屋は厳しい剣幕で首を横に振り、青年の手に自分の手を重ねます。

「悪いことは言わない、やめなさい」

「じゃあ、貴方は死が怖くないのですか？」

涙屋は手を握ったり開いたりして言います。

「怖いさ。けど普通は避けて通れないのだから、受け入れる考えや覚悟も必要だと思っている」

「考えや覚悟？」

「君が教えてくれたじゃないの」

涙屋はきょとんとした幼い表情で、青年の肩を優しく叩きました。

「両親を死なせまいと一日一日を無駄《むだ》にせず、この国を変えようとする懸命《けんめい》な君のその姿さ」

涙屋は大きく息を吸い込んで続けます。

「人間は、死があるから一日一日を大切にできる、毎日を大事にできるんだ。あたしは君から改めてそれを学んだ。君は両親のために故郷を飛び出し、明日、親が死ぬかもしれない覚悟をもって、今日を生きている。この国で君ほど死と向き合い、戦っている人間はいない。だから王を帰還《きかん》させるという明日を、君が引き寄せた」

青年は胸を熱くさせられるような、くすぐられるような、でも本当は、誇らしい気持ちを抱いていました。

それから涙屋は、昨晩の出来事について語りました。

「実は昨晩、鼻たれ君とこの国の政治を語る場所を見学したよ。だが不毛なやりとりばかりだった」

「例えばどんな？」と青年。

「鎖国について煮詰《につ》まった議論を延々と繰り返し、時々話が変わったかと思えば女の国の悪口を言い合って一時的に同調する。ただそれだけの政治だった」

青年は仮面の表面をコツコツと指で叩きます。仮面を付けてから、考えるときの癖《くせ》がそれでした。

「でも、喧嘩《けんか》するより、仲が良いほうがいいじゃないですか」

涙屋は再び幼い表情を見せて、青年にこう訊きます。

「人と人が仲良くなる方法ってわかる？」

青年は足の先を睨み、それからこう言いました。

「お金や食べ物を分け合うことですか？」

「それも大事ですが、一番手っ取り早いのは、共通の嫌悪《けんお》を持つことです。男の国は、この嫌悪による結束を利用して今に至っています。恐らく女の国も」

「利用？　どういうことですか？」

涙屋は議会の様子を説明して言いました。

「人は嫌悪で結束する。だから男の国の政治は、国民に、女の国が敵だと教え、それによって結束を強くしたり、国内の諸問題を誤魔化《ごまか》したりしているんです」

青年は腕を組みます。

「国民を騙《だま》しているのですか？　何だかとても嫌な気分になります」

「それが政治であり、大人のやり方でしょう。卑怯《ひきょう》だが邪悪とは言い切れない。多くをまとめるうえではそういう仕組みも必要なときがある」

やはり納得のいかない青年に、涙屋は言います。

「それでいい。怒りや我慢はあまりよくないけれど、とにかくよく考えなさい」

「何だか、心に靄《もや》がかかったような気分です。答えはないのですか？」

涙屋は口髭を小さく揺らすと、顔の皺を増やして柔らかい表情で言います。

「人とよく語り、考えることが答えへの近道です」

それから、涙屋は「考え事をしたい」と言って青年を外に出しました。青年にはまだ話したいことがありましたが、鼻たれに声をかけて部屋を後にしました。

その日は、青年にとって息つく暇《ひま》もない大変に忙しい日となります。牢屋に戻されるかと思いきや、鼻たれは青年をとある一室に通します。いつもと違って、鼻たれは鼻水をよくかみ、少し緊張した様子です。そこは城の中でも上階に位置した、太い支柱が四隅で天井を支え、内装のすべてに豪華《ごうか》な装飾が施された寝室でした。青年にもすぐにわかりました。そこは王の寝室だったのです。

「来なさい」

部屋に入った直後、大きな太鼓《たいこ》をドンと鳴らしたような声が奥から聞こえました。涙屋が寝ていたものよりさらに広く大きな寝床に王が座っていて、周囲には数人の大臣らしき男と、代弁者もいました。

王の背たけは青年より高く、筋肉質で、体重は青年の倍はあります。口の周りには熊の毛のような髭をたくわえていました。頬に影が差して白髪も目立ちますが、顔色は豚の肌のように健康的です。さきほどの声と併せて、昨日、見たときよりも元気を取り戻していることがわかります。

「仮面の客人と話がしたい」

それから王は人払いを言い出し、鼻たれも代弁者も、廊下に追いやろうとしました。しかし誘拐騒ぎからのやっとの帰還なので、鼻たれだけ部屋の隅に残ることになりました。

「まったく、ケチだよなぁ」

王の、子どものようなぼやきを、青年だけが聞きました。王の寝床の周囲にはいくつかの椅子が置かれていましたが、王の前で座ることは失礼かと思い、青年は床に膝を突こうとしました。けれど王は想像より遥かに気さくで、「気を使うな」と青年に笑顔を向けました。それから王は、隅に立つ鼻たれにこう言います。

「おい、代弁者にはうまく言ってくれるな？」

青年にはよくわかりませんでしたが、鼻たれは大きなため息を吐き深く頷きました。まるで幼馴《おさなな》染《じみ》同士のようなやりとりです。それから王は、部屋にある大きな窓を開けて「さあ、行こうか」と、青年に振り返ります。

「あの、どこにでしょうか？」

「城下町にだよ」

王の年齢は百を優《ゆう》に超えていますが、そのとき見せた表情は登山家のように健康的で、同時にとても無邪気なものでした。

——島の南の小高い丘の上に男の国の城が鎮座し、そこから北へ向かって伸びる林道を経て、男たちが住む町がありました。

林道の途中、道をそれて林の中を少し行くと、木こり小屋がありました。

王は青年をそこに案内すると、今まで着ていた服を脱いで質素な格好に着替え、さらに、熊の毛皮を羽織《はお》りました。熊の頭部が王の顔の横から現れ、毛皮からはツンと鼻を突く獣臭《けものしゅう》がします。王は「どうだ」と胸を張りました。

「我輩は、今から猟師だ」

青年は首を傾げます。

「どうして、そのような格好を？」

「良き友でいたいからさ」と王は歯を見せました。

次に王は、青年がつけている仮面を指差してニヤリと笑います。

「その仮面も、自分の正体を隠すためにつけているのだろう？」

青年は少し考えてから「いいえ」と答えます。

「では、なぜつけている？」

青年は仮面に触れて、なるべく簡潔な言葉を選びました。

「つけていたほうが安心するもので」

「ふむ。町であまり目立ちたくない。できれば外してくれないか？」

青年は少し悩みましたが、一国の王の頼みなので自ら仮面を外しました。

王は満足そうに言います。

「ほう、なかなか、精悍《せいかん》な顔つきをしているじゃないか」

青年は仮面を小屋に置くと、顔をごしごしと拭いてから町に向かう王に続きました。


その日は曇天で、雨は降っていませんでした。

城下町は道に敷かれた石から建築物に使われている石まで一つひとつがよく磨かれ、小奇麗で、清潔な様子でした。民家から商店まで、大抵の建物は優れた建築法によって頑丈《がんじょう》にできており、質素ながら美しい見た目をしています。

午前中の城下町では、通りに椅子が並べられ、あちらこちらで、男たちが酒を飲んだり、賭け事をしたりしていました。王は彼らに率先して喋りかけます。賭け事をしている男たちには「誰が勝っている？」と皆の肩に手を触れ、酔っ払いから酒を勧められると、それを一気に飲み干して歓声を背にまた歩き始めます。王に声をかけられた男たちは皆嬉しそうでした。

一方でさらに気になる光景がありました。博打《ばくち》する男たちの横で、身ぐるみを剝《は》がされて床に膝を突く若い男や、楽しそうに酒に酔った男たちを遠くからじっと妬《ねた》ましそうに睨む老人。明らかに仲間外れの者がいるのです。

青年は、気さくな王の様子やこの国について、不思議に思います。

「あの、いくつか質問をしても？」

「許そう」

「皆、あなたの正体を知っているのでしょうか？」

「知っている者もいれば、どうでもいい者もいるだろう」

町の中央にある広場には、露店《ろてん》が並んでいました。果物や野菜、椅子や服なども置かれています。

しかし店には誰もいません。

「働いている人がいないのはなぜですか？」

青年の疑問に王は空を見上げます。

「今は曇りだから、曇りを崇拝する者は休息を取る時間だ」

「雨の日に働くのですか？」

「そうだ」

「では、晴れの日はどうするのですか？」

「働くとも。決まっているだろう」

「それでは、あの仲間外れの者たちは？」

王の顔が少し険しくなります。

「ああ、彼らはこれといった才能を見いだせず、簡単な仕事をまかせている者たちだ」

「その何というか、社会的地位が低く感じましたが、皆幸せなのでしょうか？」

王は少し考えてから、誇らしげに胸を張ります。

「皆が男だ、きっと納得している。それにこの国は信用と友情によってできている。今までもこれからも、すべての問題は信用と友情が解決してくれる」

王の堂々とした様子に、青年は「ありがとうございます」と頷くだけでした。

それから王は、広場の中心にある噴水彫刻《ふんすいちょうこく》の縁《ふち》に座り、青年に隣に座るよう言いました。次に王はおもむろに、筆と紙を取り出しました。

「本当は嫌だが、どうしても仕方がないので、溜《た》まった仕事を消化する。会話することに問題はない。気にしないでくれ」

「曇りのときは休むのでは？」

すると王がぴんと指を立てます。青年が空を見上げると、雲の隙間《すきま》から日差しが漏《も》れているのが見えました。

それから王は書類をめくりながら、青年にこう言いました。

「君は針だ。この国にとっての針だ」

「僕は、針のような危険な人間ではありません」

「違う違う。この国も女の国も、多くの問題をはらみ、もう破裂《はれつ》寸前だった。君はきっかけ、きっかけという意味での針だ。いろいろと話は聞いたよ。女の国との交渉を、代弁者に〝反対〟したそうだね」

「は、反対？　あの、何か誤解《ごかい》があるようです」

良き友の王は、筆の先をぺろりと舐《な》めてから紙に斜線《しゃせん》を引きました。

「ほうほう、やっぱりそうか」

「どういうことでしょうか？」

「我輩《わがはい》を助けるため、女の国に歩み寄る交渉を代弁者が発案し、君が反対した、と代弁者が言っていたものでね」

「そんな、それは嘘です。代弁者は嘘を吐いています」

「心配しなくていい。君と会って、それはよくわかった」

王はそう言ってくれましたが、青年の怒りは収まりません。代弁者は、獣の森においても子どもを殺そうとしたり、青年も亡き者にしようとしたりしていました。そして今度は、王が帰還した功績を独り占めしようとしているのです。

青年が不満そうにしていると、王は「ハハハ」と豪快《ごうかい》に笑って、こう言いました。

「許してやってくれ、あいつはあれでも、なかなか使える奴なのだ」

「そうは思えません」と青年は唇を尖《とが》らせます。

「政治には、ああいう卑怯な性根も必要で、厄介な隣国がいるときは特にそうなのだよ。代弁者に交渉の提案をし、状況に進展をもたらしてくれたのは君だ。感謝している。そして、その功績を讃《たた》えて礼を用意しよう」

「お礼、ですか」と青年。大きな期待感を抱きます。

ところが、王のお礼は青年の想像を遥かに超えたものでした。

「君を、我が国の代弁者に任命したい」

その瞬間、青年の脳裏《のうり》に、背の小さな代弁者が履いていたピカピカの尖った靴が浮かびます。それから数秒間、言葉を失いました。やっとの思いで、自分を指差します。

「ぼ、僕が代弁者ですか?」

「うむ。これにはいくつか理由があるが、もっとも大きな理由は、これから国が揺れることにある。この国の存続と繁栄《はんえい》のため、君とあの涙屋殿の知恵が必要なのだ」

それから王は、代弁者になった際の特権を教えました。

この国では、常に三名の代弁者が存在しているのですが、王が帰ってきたときすでに他の二人は解任され、あの小男の代弁者だけが残っていたそうです。

代弁者の主な仕事は、その役職の名の通り、王の意思を国民や国の大臣に代弁することですが、その次に王のご意見番として、王に助言することでした。国の状況を王に教えたり、国の行く末を共に案じたり、王の悩みを訊き、王が誘拐されるなど有事《ゆうじ》の際には王の代わりを務めることも代弁者の仕事です。

代弁者には高価な衣装や、金銀宝石など装飾品も与えられます。住まいは、城の敷地《しきち》の中にお屋敷を新築してもらえます。もちろん、好きな時間に好きな食べ物を好きなだけ食べることができ、休日も自分で決めることができます。

また、百人もの部下が付きます。護衛《ごえい》の兵士が五十人に、荷物持ちや掃除番、料理人、博徒から調べものが得意な学者まで、五十人の召し使いがつきます。

また、代弁者になることによって、国の利益や防衛に関係することに限り、外国との行き来が可能になります。船が貰えるのです。

牢屋住まいからお屋敷を与えられるほどの出世に、青年は困惑します。

「いくつか質問をしてもよろしいでしょうか？」

「許そう」

「どうしてそれほどの役職を僕に？　必要なのは涙屋では？」

王は紙に視線を落としたまま、まずこんな前置きを話しました。

「聞いた話から判断したわけじゃない。人から聞いた話や、見えない者が囁く噂を鵜呑《うの》みにする者は、愚か者だ」

青年が深く頷くと、王はこう続けました。

「君の素顔を見て、二、三の会話を交わして判断したのだ」

「それだけで涙屋のことも信用に足ると？」

「そうだ。君を通して彼を見た」

「僕の振舞い次第で、涙屋の未来も決まっていたのですか」

「言い換えればそうなる」

青年は胸に手を置きました。重い鼓動《こどう》が伝わります。

「何だか重い、責任を感じます」

「それでいい。船乗りであろうと王であろうと、仕事には責任がつきまとう。存分に緊張したまえ。緊張は成長に繋がる」

王は書類をめくり、何かを書き込みながら言います。

「涙屋という老人には知恵が、君には勇気がある。でなければ牢屋に囚われた外国人が、あの頑固な代弁者に意見して、さらに彼を動かすことなどできまい」

王は屈託《くったく》のない笑顔を青年に向けます。

「我輩は、君たち二人ともに、この国の明日に必要だと判断した」

「光栄です。あの、もう一つ質問をしても？」

「許そう」

そして青年は、今抱えている中で、もっとも大きな疑問を訊きました。

「今この国は鎖国状態では？　僕たちを迎え入れるのは平気なのですか？」

すると王は声を低くして熊の頭部に注目します。つられて青年も熊の毛皮に注目しました。

「これは大きな声で言えない。だから、この猟師の姿として言う」

「はあ」

「我輩は、国は開くべきだと思っている」

「どうして開くべきだと？」

王は、視線を落としたまま答えます。

「当然、この国の発展と国民の幸せのためだ」

「では、そうするべきでは？　あなたは王です」

「勘違いするな、あくまで一人の、猟師としての意見だ。王であろうと、我輩の一存では決められない」

青年は子どものように首を傾げます。

「どうしてです？」

「我輩個人の独断で国の一大事を決めれば、国民に独裁者や暴君《ぼうくん》だと思われてしまう。我輩は人に嫌われることを避けなければならない。なぜなら、王だからな。とにかく、そういった国民の心への重圧は、暴動《ぼうどう》に繋がる」

そのとき見せた王の表情は、今まで見せた豪快で無邪気な男の様子と打って変わり、叱られた子のように臆病《おくびよう》な様子でした。

王は筆をすばやく走らせながら続けます。

「その反面、議会には開国を許さない反対党が多くいる。現在、開国に反対する意見のほうが多く、この国全体に『鎖国を守るべきだ』という風潮が続いているのだ」

青年は広場のほうを見ました。天気が良くなったからか、仕事に戻る男たちの姿が見えます。

「国民の、皆さんの考えは？」

「見えない未来への興味が薄い。議会にいる大臣や有識者の意見がもっとも強い」

青年が何も言えなくなると、王は明るい調子でこう続けました。

「話が変わってしまったが、とにかく、君たちがこの国に居続けることにおいては心配するな。君たちは特例とする。この国の発展に従事することを条件に、特権と居住権を与える」

「特権、ですか」

青年は、話の途中から大きな喜びを抱くだけになりました。王と秘密を共有したこと、一国の未来を案ずること、名誉ある役職を与えられたこと、王に強く求められていること。若い心臓に流れ込んできた数々の波は、鼓動を速くさせ、瞬間的に、無上の喜びを抱かせました。男の国の王は青年を求め、その輝く瞳に見つめられた者は王への働きを歓喜とする。この国は信頼と友情によって構築《こうちく》されているとはこのことか、と青年は思います。すると素直すぎる彼は、その心の熱を、あるいは命を、全力でこの国のために使おう、と考えるようになります。

青年は大きく呼吸をすると、王にもう一つの質問をしました。

「あの、もう一つ訊いてもいいでしょうか」

「ああ、許そう」

「あなたが、女の国に誘拐されたというのは本当ですか？」

筆を走らせていた手が止まりました。鋭い眼光《がんこう》が青年を睨みます。

「うむ。誰にも言わないか？」

王の低い声に、青年は固唾《かたず》を呑んで、恐る恐る言います。

「涙屋の老人にだけ、言ってもいいですか？」

「正直な青年だな。うむ、彼にも口止めするならよかろう」

王は女の国がある方角を見つめてから、次に太陽を仰ぎました。

「妃、いや、今は女王を名乗るあの女に会いに行った」

青年は「やっぱり」という一言をぐっと堪《こら》え、さらに訊きます。

「どうして今になって？」

「発端《ほったん》は数カ月前。あちらの国の、召し使いの女が、我が国に来たのだ」

王があご髭を撫でると、ゾリゾリと硬い音がしました。

「あちらの国とこちらの国の法を破り、たった一人で男の国に密入国してきた。苦労したのだろう、煤にまみれて真っ黒な顔をしていた」

「煤って、煤まみれの、あの女性ですか」

「そうだ」

「か、彼女は一介の召し使いだったのですか？」

「いかにも。だが、極光《きよつこう》に月虹《げつこう》、自然界にある光の奇跡をすべて詰め合わせたような瞳をした不思議な女だった」

王はふと、青年の目を見つめました。

「君の目に少し似ている。物腰や喋り方はまったく違うが、知性と誠実さ、そして不屈《ふくつ》の闘志を燃やしたような、その目に」

「光栄です。けれど、一介の召し使いである彼女が、どうしてこの国で要人の捕虜になったのでしようか？」

「その煤まみれは、我輩に直接、あることを伝えるためにこの国に渡って来た。彼女は、我輩と二人きりの、ほんの数秒だけの謁見《えっけん》を目的とし、それに成功した」

「彼女は、なんと言ったのでしょうか？」

「花束を持って女王に会いに行け、というものだった。直後に代弁者が煤まみれを捕らえた。我輩は彼女を丁重に扱うよう、代弁者に言った。よって要人として扱われた」

「つまり、彼女が灯台の、特別に用意した牢にいたのは、王の命令によるものだったのですね」

「そうだ。それから我輩は煤まみれが言ったことが気になり、女の国に自ら赴き、直接、女王に会いに行くことにした」

突然、王は「だが」と大きな舌打ちをして、重いため息を吐きました。

青年が何事かと思うと、王は愚痴《ぐち》を吐くように言います。

「あの女、わざわざ出向いてやった我輩を、こともあろうに軟禁《なんきん》したのだ。さらにあの国は魔女の国と化していた」

「魔女？」

「そうだ。例えや冗談ではない。女の国には本物の、虹色の魔女が存在する」

「虹色の魔女？　あの、魔女とは一体？」

「魔女は『絶望を知った女が成る者』。涙屋殿も知っているだろう、詳しくは彼から聞くといい」

青年は、王の様子から、魔女は実在するのだと思いました。

それから王はこう続けます。

「とにかく、我輩が直接女王に会いに行ったことも、そして捕まったことも、国の恥《はじ》に繋がる、と代弁者が配慮《はいりよ》して、諸々のことを内密《ないみつ》にしたり誤魔化したりしたのだ」

王が「さあ、これで満足か？」と言うと、青年は「はい」と大きく頷きました。

「では、本題だ。代弁者になったあかつきに、とある仕事を頼みたい」

「政治についてですか？」

「君の得意なことだ。城に戻ったら説明しよう」

王はゆっくりと立ち上がると、青年に手を差し伸べて言います。

「それでは、代弁者になる件を涙屋殿にも考えてもらうよう、君の口から彼に報告してくれ。返事は我輩に直接答えに来るよう、言ってほしい」

「あの最後に」と青年がもじもじすると王は笑顔で「許そう」と言いました。

そして青年はあの疑問を王に尋ねます。

「この世に信じ続けられる絶対的な存在は、あると思いますか？」

王は少し黙ってから唇の端を上げて、こう答えました。

「たくさんある。男同士の友情に信頼、秘法の存在もそうだ。これで満足かね？」

「はい、ありがとうございました」

青年は再び大きく頷き、王と固い握手を交わしました。

それから山小屋を経由して城に戻り、青年は王からある仕事の説明を受けます。

それが終わると王は寝室に戻り、青年は再び涙屋の部屋に向かうことに。

回廊《かいろう》を歩く間、青年の心は高揚《こうよう》していました。

緊張していてつい忘れていましたが、話のわかる王なので、秘法を受けて永遠の命を得ることも、お願いすれば叶いそうです。国を開き、秘法の力さえあれば、女の国を目指さなくても両親をきっと助けられます。青年は、家族とともにこの国で暮らすことが幸せなのではないか、と考えるようになりました。


扉を開けると、部屋の向こうの寝床に涙屋の姿がありました。

白い髭を波のように揺らして寝ています。

青年は涙屋を叩き起こすと、真っ先にこう訊きました。

「魔女とは何ですか!?」

涙屋は目をごしごしと拭きながら言います。

「えーと、魔女とは『絶望を知った女がなる者』です」

「魔女になるとどうなるのですか!?」

「魔女になると不思議な力を持つと言われています」

青年は海賊船から見た、女の国を守る火の雨を思い出しました。

「そう言えば、海賊の誰かも、あの国を魔女の国と言っていました。じゃあもしかして、女の国の、あの雨を火に変える力、あれは本当に魔女の仕業《しわざ》ですか？」

「わかりませんが、もしかしたら、船を難破させた嵐を呼んだのも、魔女かもしれませんね」

青年は目を輝かせました。

「貴方は、魔女に会ったことがあるのですか？」

涙屋は大きくあくびをして眼鏡をかけます。そして遠い目をしてこう答えました。

「ええ、黄金色に輝く美しい魔女の王と会ったことがあります」

青年はさらに目を輝かせました。

「黄金色の、しかも魔女の王なのですか。怖い存在ではないのですか？」

「本来は恐ろしい存在だから魔女と言われているのだけれど、彼女は魔女の王を名乗るだけあって太陽のように温かな存在でした」

青年はまだ見ぬ魔女という存在に好奇心を募《つの》らせました。それから早口で王と会った件や、代弁者に抜擢《ばってき》された件、そして代弁者の特権について報告しました。

涙屋ははじめ不機嫌な様子でしたが途中から「うん、うん」と興味津々な様子で話を聞くようになりました。ところが、青年の話が終わりを迎えるころには、再び不機嫌な顔に戻り、まずこう言いました。

「あたしゃ断ろうかな、それ」

「ええ？　代弁者になれるのに、なぜですか？」

「昨日今日来たばかりの外国人がどうして、そんな偉い地位になれる？　この国の政治が破綻《はたん》しているからでしょう」

「他に、まかせられるような人間がいない、ということですか？　でも城の中にお屋敷を貰えるし、家来がたくさんつくんですよ」

興奮気味な青年に、涙屋は言います。

「あたしゃ失うものが少ないからいいけれど、君は注意しないと。君の行動次第で、ご両親の未来が懸かっているんですよ。目的を忘れないで冷静になりなさい」

「僕は冷静です。それに早速、大切な仕事を貰いました。見てください」

青年は二冊のとても厚い本を取り出します。

涙屋が一冊をめくると、この国の国語辞典であることがわかりました。

もう一冊のほうをめくってみるとすべてが白紙でした。

涙屋は首を傾げます。

「こっちは辞典のようだけど、白紙のこちらは？」

「翻訳するんですよ、この国の言葉と、僕の母国語を」

涙屋は眉間に深い皺を刻みます。

「すでに受けたのか、代弁者の任を」

青年は誇らしげに続けました。

「はい。王は一国でも多くの外国との繋がりを求めて、『君の母国と近付く日が来るかもしれない』と言ってくれました。そのいつか来る橋渡しの準備のため、栄誉ある翻訳の仕事を僕にまかせてくれたのです」

涙屋は二冊を両手で持ちます。ずっしりとした重みです。

「けど、この作業量は膨大《ぼうだい》だよ？」

「大丈夫です、言葉は、僕の得意分野です」

涙屋は白紙の辞典をめくると、青年に言います。

「これを今、君がする必要はあるのか？」

「なぜそんなことを言うのですか？」

涙屋は大きなため息を吐くと、窓の外を見つめます。

遥か向こうに、大きな山が見えました。

「そびえ立つ山は風にも嵐にも、一切の揺れを見せない。そんな人間でいたいとあたしは願います」

それから青年を見ました。

「人の心を揺さぶり、目標など、もっとも大切なものを霞《かす》ませてしまうのは何か。知っていますか？」

青年は少し考えました。真っ先に浮かんだのは、怯える代弁者の姿でした。

「脅《おど》しや、恐れですか？」

「報酬や栄誉です。目先の利益、時には特権や役職もまた、大事なものを見失わせます。両親の治療を忘れたでしょう」

「いえ、そんなことは」と青年が続けようとしても、涙屋は許しません。

「君の目的はこの国で栄誉ある仕事をまかされることじゃない。両親の病を治すことだ。でも君は、王から栄誉ある職を与えられ、一瞬でも両親の存在を忘れた」

青年は本を強く握り、何も言わなくなりました。涙屋の言っていることはまさしく図星《ずぼし》でした。数秒か数分か、青年が辞典の背表紙を睨むだけになります。

青年からしてみると、栄誉ある仕事に高揚し、てっきり涙屋が自分を褒《ほ》めてくれると思い込んでいました。ところが実際はケチをつけられ、さらに大切な両親のことを忘れている、などと指摘されてしまいます。青年も、頭のどこかで理解していましたが、それらを素直に認め、反省するには時間が必要でした。やがて青年はこんな言葉を残して部屋を後にします。

「もう少し褒めてくれたって、いいじゃないですか」

バタン、と扉が強く閉まります。

それから涙屋は、ポツリとつぶやきました。

「似ている。でも良くない。心の色をそのまま言葉にするのは」

涙屋、良き友の王

その日の晩、涙屋が王との謁見を望むと王の書斎に通されました。

古ぼけた紙の臭いと、少し、油の臭い。書斎には膨大な冊数の本が壁に置かれ、王の周りにのみ小さな灯火が浮かび、壁には油絵による牡鹿《おじか》の絵画が飾られています。部屋の四隅には地球儀や望遠鏡などが置かれ、宝物庫、あるいは長い歴史を持つ博物館のような印象を涙屋に与えました。

王は涙屋の姿を見ると、両手を広げて古くから知る友人のように迎えました。

「良き友よ、よく来た。本来はこちらから出向くべきだったが、失礼した」

「いいえ。お会いできて光栄です、王よ」

「うむ。それは？」

王が注目したのは、涙屋が担いでいた鞄でした。ずっしりと重たい様子です。涙屋はポンポンとその鞄を叩きます。

「あたしを紹介するための書類です」

「ふむ。そうか」

それから王は涙屋を地面に座らせ、自身もまた地面に座ります。それは王なりの信頼の証《あかし》でした。

「失敗をしない人生を送るにはどうしたらいい？」

王の、突然の質問でした。

涙屋は、水面に落ちた瞬間に弾《はじ》ける雫《しずく》ほどの早さで答えます。

「規則に従い、謙虚《けんきょ》さを忘れないことでしょうね」

「規則と謙虚さ？　まず、その規則とは、国の法律のことか？」

「国の法律に従うのも大切です。それに加え指針と言いますか、自分が選び、信じた、できれば善良な規則です」

王は首を左右に傾げます。

「んん？　んー。詳しく話せ」

涙屋は口の横にえくぼを作り、子を諭すようにゆっくりと喋りました。

「国の法だけに従えば、国が間違ったとき、別の国の人間を安易《あんい》に傷つけたり、人の命に順番をつけたりしかねません」

王が「続けろ」と言うと、涙屋は小さく息を吸い込みます。

「ある国に建築家の執念《しゅうねん》によって造られた巨大な聖堂が存在します。実は国の許可を得ないまま造られました。しかしそれは、後の世で多くの人々を感動させる文化遺産となりました」

「ふむ」と王は低い声で頷きます。その様子を見て涙屋は続けます。

「国の法だけに従っていては生まれない素晴らしいものが存在し、逆に、一定の時代では正しくても、科学の進歩に伴い、長い歴史で見れば間違いや、変えるべき法律も多くあるでしょう」

「うむ。ではなぜ、心に従え、とは言わない。国や法律を軽視《けいし》したり、無視したりする連中は大抵自分の心の自由を盾にするだろう」

涙屋はふと壁に目を移します。壁にはいくつもの絵画が飾られていて、その中に森林を流れる小川を描いたものがありました。

「人間の心は川のように、美しいときもあれば嵐によって泥土《でいど》を流すときもある。例えばですが、食べることが好きで太っている人間が痩《や》せようとしたとき、自分の心に従ったら到底痩せることはできません。賭け事だってそうでしょう。運良く一度勝って、そこでやめればいいものを、二度目三度目と、財産がなくなるまで続けてしまう人が多い。いずれも自分の勘や衝動《しょうどう》、趣向《しゅこう》といった心に従ってのことです」

「だから、自分の心に従うな、と言うのか」

「はい。昼は花を愛《め》で、夜は妻を殴る者もいれば、家族の前では勇者でも、大勢の前では臆病になる者もいます。心は川のように、環境の変化によって穏やかさと激しさを見せます」

王はやや前のめりになって、涙屋に顔を近付けます。

「では一体どうしたらいい？　どうすれば失敗をしない人生を歩める？」

「自身が選び、信じた、善良な規則にまずは従うことです。そして気を抜かず、常に、心の隣に置いておくことです」

「貴殿《きでん》はそうしてきたのか？」

「ええ、可能な限りは」

「では、貴殿は、どんな規則を隣に置いた？」

すると涙屋は、背中から数百枚にも及ぶ紙の束を持ち出しました。

「〝決して何事にも負けない〟という規則です」

王は、涙屋の顔と紙の束を交互に見ます。

「何に対してだ？」

「あらゆる逆境《ぎやつきよう》に対してです」

「負けないことと、この紙の束、何が関係ある？」

「あたしは過去、大きな挫折《ざせつ》を味わい、故郷から逃げ出しました。くやしかった。それはもう、くやしかった。それまで負け知らずでしたから。だからこそ、あたしは〝もう負けない〟と決めた」

涙屋は紙の束をめくりながら言います。

「あたしは文章を書くことが苦手でしたが、そのくやしさをきっかけに、この作業を始めました。瞬間的に自分を変えることはできるし、実はたやすい。〝習慣を変えること〟のほうが過酷《かこく》であり、人生そのものを変えることは困難を極めます。ですが可能です。あたしはあえてそれに挑んだ」

「そう、か」と王は黒い髭をなぞります。

涙屋は紙の束を見つめます。灯火に浮かぶその顔は、決意に満ちたものでした。

「この書類を書き続けることが、負けないと誓った、あたしの証なのです」

ところが、次の瞬間、涙屋は唇をへの字に曲げ、情けない顔を作りました。

「しかし、その決意も、実は、この国に来る直前、忘れかけていました」

涙屋の失敗談に、王も思わず表情を緩《ゆる》めます。

「ほほう。何か理由があったのか？」

「孤独と時間が原因です。長い年月、一人でつぶやくような決意は、遅かれ早かれ必ず揺らぎます」

「ははは。駄目ではないか」

「ええ、その通りです。その矢先に海賊に襲われ、難破したときには心が折れ、易々と死を受け入れるところでした。けれど結果、あたしは生きています。そのときあたしの命と、あたしの心を救ってくれたのが、あの仮面の青年でした」

「彼に恩義《おんぎ》があるのか」

「ええ。大きな恩です。人は人と生きて、はじめて人間になれる。悲願《ひがん》は人のために生きてこそ叶う。この歳でようやく気づきました」

それから涙屋は書類を指差して、もとの書類は難破の際に失ったけれど、内容のすべてを覚えていたので、ここにあるのは再び書き記したものだ、と付け加えました。

「して内容は？」と王は一枚を手に取ります。

「これこそ、あたしがあたしに課した宿題、涙の秘訣です」

王は首を傾げます。

「涙の秘訣？　誰の涙のためにこれを書いている？」

涙屋は大きく溜息を吐きます。脳裏にその人物が浮かぶと、決まって小さな針がチクリと彼の心を刺激《しげき》するのです。

「それは、いずれ、また」

王は、涙の秘訣の一枚をひらひらとさせてから、もとの場所に戻しました。

「そうか。ではこれが貴殿の規則であり、こんなことを続けて、いまに至るのか？」

「ええ。これが、あたしがあたしに課した規則『負けないことの証』です」

「ふうむ」

王の鼻息が書類を少し移動させます。

それから気を取り直した様子で、別のことを涙屋に訊きました。

「それで、先ほど言っていた、謙虚さとは？　どういう意味だ？」

「人の話を素直に聞くことです」

王は少し不機嫌な様子で急《せ》かします。

「そんなことを訊いているのではない。つまり何が言いたい？」

涙屋はハッキリと、そしてゆっくりと語ります。

「人の話を素直に聞けなくなったら、人として終わりで、退化していくだけです」

「だが、世の中は信用できる人間ばかりではないぞ」

「もちろんそうです。けれど人の語ることに感動を抱かなくなると、それは聞いていないのと、会っていないのと、縁《えん》していないのと同じことだと、あたしは思うんです。そして、いくら良かれと思った規則を心の隣に設けても、古い医術では治せない病があるように、哲学もまた、代謝《たいしゃ》しなければいけない時代の潮流《ちょうりゅう》は確かに存在します。多くの人と対話をしていけば、いろんな人が持つ素晴らしい哲学にも出合えるし、また新たな自分にも出会え、さらには善良な規則を設けることが可能になると思います」

王は眉間に皺を浮かべ、また髭をなぞります。

「対話は平和の異名と言う。良く言えば柔軟な考えが良いとして聞こえるが、我輩からしてみれば、利害を争う大人たちと渡り合うには、いささか頼りなく思える考えだな」

「あなたは王です。自分が信じた善良な道を、堂々と歩んでください」

王の目を真っ直ぐに見つめる涙屋。

ところが王は、まるで説教を受ける子どものように目を背《そむ》けます。

「だが規則、規則と言われても、それも窮屈《きゅうくつ》だな」

「理性は教養《きょうよう》から生まれます。理性のある、独自の法や規則を持てるのは、人間だけの特権です」

「ふむ、わかった。では少し話題を変えよう」

「ええ、王のご気分のままに」

それから王は、さらなる質問を涙屋にぶつけます。

「政治でもっとも大切なものは何だと思う？」

涙屋は再び間髪《かんはつ》を入れずに答えました。

「想像力、次に実績です」

「どういう経緯《けいい》でそう思う？」

「想像力とは未来を予測する力です。国民への理解を求める場合です。子どもが言います。『どうして雨が降るの？』と。それに対し親がこう教えると、子どもは納得しやすいのです。『君の喉を潤《うるお》すため』と」

「コドモ？」と王は首を傾げますが、涙屋は続けます。

「子どもは理屈よりも『何のため』で理解するのです。政治もこれが必要だと思います。国民によく理解してもらうためにも、国民一人ひとりが国の未来をよく想像し、安心と信頼が生まれるよう、政治こそ予測的な想像力を養《やしな》う力が必要だと思うのです」

「頭の中の絵空事《えそらごと》で、国を動かせるか？」

「想像の骨子《こつし》の材料は、現実で見たすべてです。現実から遊離《ゆうり》した理想ではなく、経験を基にした知恵のある骨子を持って、理想への階段を構築すべき、と思うのです」

「ふむ。して実績か」

「はい。まあ、詰まるところ、大人の世界では実績のない人間の言葉はゴミです」

「ずいぶん酷《ひど》い言い様だな」

「ええ、悲しいくらいそういう経験をしたもので。政治においてもそうでしょう。もう文明が進んだ今の時代、民衆が政治家を信用する一助は、実績の積み重ねでしかないでしょう」

「うむ、結構だ。良い対話だった」

王は、一度大きくため息を吐きます。

今度はまじまじと涙屋を見つめて、突然「はて」と漏らしました。

「むかーしに、我輩と貴殿は、同じ座り方をして、こうして向き合った気がするなあ。他にも多くの、各国の王族がいたと思うが」

涙屋の見た目は、まさに老人です。知恵の数だけ刻まれた皺に、滝のような白い髭。けれど、その奥にある瞳は子犬のそれのように初心《うぶ》な様子でした。

王は続けます。

「そのときの貴殿は、少年と青年の間くらいの歳で若く猛々《たけだけ》しかった。油を塗ったような筋骨《きんこつ》隆々《りゅうりゅう》の身体で、彫刻家が彫ったかのような男前。多くの美しい妻を従えた、砂漠の国の皇太子だった、ような気がするのだが」

「砂漠の国の出身ではありますが、あたしゃ船医をしておりました。きっと人違いでしょう」

「そうか」と王はつまらなさそうに鼻息《はないき》を漏らします。

涙屋は書類をしまいながら訊きます。

「お話はもうよろしいので？」

「ああ、良い参考になった。不躾《ぶしつけ》なことを言って失礼したが、貴殿の器がよくわかった」

「恐れ入ります。一つ、あたくしからお話をしても？」

王は「許そう」と深く頷きました。

「じつは、今日はご提案を持って参りました」

「提案？」

「はい。選挙です。この国は鎖国について、少し混乱しているとお見受けしたので、ここはどうでしょう、選挙を導入してみませんか？」

王は「ほう」と唇に拳を当てます。考えを巡らせるときの癖がそれであり、涙屋の提案に興味を示している証拠です。

「聞いたことがあるぞ。民衆に票を与え、多数決で、国の未来を民衆の意思に委《ゆだ》ねるものだな」

王はさらに「ふむ、ほう」などとつぶやきながら、次に涙屋の目を見ます。

「それを提案するということは、この国の代弁者になってくれるということか？」

涙屋は穏やかな目をしたまま、固唾を呑みます。いくつもの覚悟を秘めた判断であることは王にもわかりました。間もなく涙屋は頷きます。

「はい。あたしはこの国の代弁者となり、王を助けましょう」

「ほほ、ほう。そうか、そうか！」

王は、それはもう嬉しそうに、満面に笑みを浮かべます。なぜなら、王は海賊にうさぎを放った話を聞いてから、涙屋という老人に対して強い興味を抱いていたからです。実際に会ってみると想像以上に有能な知恵を持っていると感じていました。涙屋という老人さえいれば、この国の領土を何倍にも増やし、良き友の王という存在を世界中の歴史に永遠に刻むことができる——そんな妄想《もうそう》を抱かせるほど、指導者にとって涙屋という存在は知恵の宝庫でした。

王は鼻息を荒くすると、部屋の奥から酒瓶《さかびん》を取り出しました。

「病み上がりと聞くが、どうだ？」

「少しなら」と涙屋が頷くと、王は嬉しそうに酒を注いだ盃を涙屋に渡しました。

それはこの国において、漁師から王まで誰もが好んで飲む地酒《じざけ》でした。

その酒を口に含むと、ツンと舌を刺激して、喉を焼きます。けれど残り香は葡萄《ぶどう》のように芳醇《ほうじゅん》で、ひと口飲むごとに唐きびのしぼり汁のように甘くなっていきます。喉ごしも、美しい山間で汲《く》んだ清水のように軽く、冷たいものでした。そして胃に入るとつま先まで温めます。

「美味しいですね」と涙屋がポツリと言います。

王も盃を見つめ、ぺろりと唇を舐めます。

「ああ。身体も温まる。この国にある多くの自慢の一つだ」

涙屋が絵画の一つに注目します。そこには、城のようにそびえる巨大な図書館の絵が描かれていました。

「そう言えば、この国には、世界最高の図書館が存在したかと」

「ああ。だが、その図書館は女王に奪われ、今では女の国に存在する」

王は涙屋を見て言います。

「しかし、我輩はその図書館に匹敵《ひってき》する知恵を、いま手に入れた」

「恐縮です」

それから、部屋にひとときの沈黙が流れました。どちらかの吐息《といき》の音が聞こえ、灯火が静かに揺れたとき、王がいたずらっぽく微笑んで涙屋に顔を寄せます。

「見るか？」

「何をでしょう？」

「秘法だ」

涙屋は「ぜひ」と答えました。

王は酒瓶を片手に書斎を出ると、涙屋を連れて城の最上階に赴きます。

秘法が保管されている宝物庫の前には、四人の屈強な見張りが立っていました。彼らに重い扉を開けさせると、冷気が涙屋の肩を冷やします。

冷たく堅い、青い色をした煉瓦《れんが》造りの小さな部屋です。奥に銀色の布に包まれた何かがありました。大柄な王よりも背が高い、細長い印象を見る者に与える何かでした。

王は自慢げに言います。

「この布の向こうに秘法がある」

涙屋は目を細めて布のてっぺんを睨みます。

「想像より少し小さいですな」

「不思議なことに、我輩とあの女が離婚したとき二つに分かれた」

「女の国にも秘法の片割《かたわ》れが？」

「いかにも」と王は頷き、こう続けます。

「だが、これ以上の破壊は不可能だ。決してな」

涙屋の眉間に皺が寄ります。その顔をまじまじと見つめ、突然、王はこんな話を始めました。

「さきほどな、ふと思い出したのだ。かつて、この国に秘法と奇病を贈った大王の大国。彼の国には二人の皇子がいた。大王として即位したのは弟である第二皇子だったがな」

涙屋は沈黙したまま布の向こうを睨んでいます。王は続けます。

「第一皇子は粗暴《そぼう》だったものの、語学が堪能《たんのう》で、武芸、魅力、すべてにおいて弟君より優れ、多くの妻がいた。が、子宝には恵まれなかったそうだ。そして兄君は大王となった弟によって、国を追われた」

王は涙屋の顔を覗き込み、彼を試《ため》すように続けます。

「それはもうくやしかっただろうなぁ。弟に裏切られたのだから。『決して何事にも負けない』という規則を側に置くほどにだ」

それでも涙屋は何も言いません。それから王は髭を撫でてこう言いました。

「涙屋殿にとって、仮面の青年は『素直な弟』に思えるか？」

涙屋は穏やかな表情のまま口を開きます。

「才能に溢《あふ》れた青年です。けれどその心は純粋がすぎて危なっかしい。光を映せば反射しますが、闇を映せば闇そのものになりかねません」

「だから、共に代弁者となる道を選んだのだな？」

涙屋は決意を固めた瞳で王を見つめます。

「王よ、お願いがあります」

「言ってみろ」

「彼を代弁者の任から降ろしてやってください」

「却下だ。なぜなら、貴殿を引き留める良い鎹《かすがい》になる」

「それが、目的ですか」

王もまた静かに、涙屋を睨み返します。その瞳は曇り空のように、どんよりと濁《にご》って見えました。

「大国とは砂漠の大国のこと。大王とは、かつてその国の第二皇子だった男だ。つまり、第一皇子は――」

涙屋が遮《さえぎ》ります。

「あたしは船医だ」

「選挙の案をいただこう」

険悪な雰囲気を切り裂くように、王はそう返しました。

睨み合う二人の姿が、蠟燭《ろうそく》の灯によって揺れていました。

「あなたの目的は一体？」

涙屋の質問に、王はハッキリとこう答えました。

「開国だ。開国による我が国の発展、そして国民の幸福以外の何ものでもない。だから選挙の案をいただいた」

「信用してよろしいので？」

さまざまな気持ちを込めて涙屋はそう言いました。

王は胸を張って堂々と、けれど時々調子を変えて、こう語りました。

「仮に、貴殿の弟が大国の大王であろうと私怨《しえん》などない。奇縁《きえん》を感じるものの、我輩もまあ、いま知ったわけで、驚いている。我輩は未来を見つめているからこそ、貴殿の知恵がほしいのだ」

王は酒をぐいっと呑んで、それから、「さてと、とにかく」と言って得意気に続けます。

「秘法の破壊は不可能。現にこの国一番の力持ちである鼻たれが、金槌で思い切り殴っても秘法が砕けることはなかった」

王は、今度は「ふふふ」と笑いました。

「しかし貴殿はもうこの国の代弁者。特別に教えてやろう。唯一、破壊する方法がある」

「真実の矢」

そう言ったのは涙屋でした。

「むっ？」

涙屋は朗々と続けました。

「真実の矢という、限りなく純粋な、真実を帯びた金剛石による矢で射《い》ぬけば、秘法であろうとも破壊される、という伝説が存在します」

「よく知っているな。ふん、まあ当然か」

王は酒をぐいっと呑み、唇を湿《しめ》らせます。

「ならこれも知っているだろう。いくら探しても、真実の矢など、そんな代物、この世に存在しないことをな」

王は布の先を握りました。

「さあ。とくと見よ、これぞ命を紡ぎし秘法よ！」

涙屋が見た秘法とは――。

とある予言、母の執念

――真実の青年が生まれる数年前のこと。

何事にも例外があるように、女の国と男の国においてもある例外が起きた。

女の国の浜辺で、一人の女が男と出会ったのだ。

男は絵描きで、海原を描くために船に乗ったが漂流して隣国の浜辺に辿り着いたのだ。二人ははじめ戸惑ったが、彼が描く彼女の絵をきっかけに恋に落ちた。そして二人は結婚の約束を交わして、それぞれの母国のしがらみを断つために、別の国に亡命することにした。二人は追っ手の目を欺くため別々に移動して、目的の国で落ち合う約束をしたが、先に辿り着いたのは妻のほうだった。

夫は目的の手前の国で体調を崩し、数カ月の間、治療を余儀なくされた。妻は夫を待つ間、港町の造船工場で働くことにした。故郷と外国の文化の違いに多くのことを勉強し直さなければいけなかったが、異国の地の出来事のすべてが楽しかった。彼女は美しくも醜くもなく、派手な化粧をするわけでもなければ歌がうまいわけでもない。ふっくらとした体型で体力があり、気立てが優しい女だった。学がなく、数字が苦手だった。そのため物を運ぶ仕事でも貰えればと思ったが、工場長の奥様のはからいで、夜、近隣の学校で勉強をする機会を得た。彼女は一生懸命まじめに働き、そして学んだ。やがて複雑な計算もできるようになり、びっしりと数字が並んだ書類をまとめて、工場長に渡すのが主な仕事になった。


太陽が工場を照りつける暑い日のこと。男の商人が訪ねてきた。珍しい材木による、新しい建築資材を売る男だった。数分後には、工場長が彼を話も聞かずに工場から追い出してしまう。けれどそれまでの間、彼女は、商人を丁重にもてなし、冷たいお茶を出してやった。すると商人は女の顔の相を見て、こう言った。

「わたしはいくらか、人の未来を視《み》ることができます」

「まあ、本当ですか」と女は世間話のつもりで答えた。

「親切のお礼に、少し視て差し上げよう」

商人は彼女に、まず左手を見せるように言った。言われた通りにすると、商人は目玉が飛び出してしまうのではないかというほど、彼女の手のひらを凝視《ぎょうし》した。

「貴女は、少し特別な国に身を置いていたようだ」

女の背筋が凍《こお》りつく。亡命したことは誰にも言っていなかった。

商人は、次に彼女の右手を見た。

「大丈夫、貴女を脅かす者はもういない。待ち人も無事で、間もなく会える」

彼女がほっとした直後、申し訳なさそうな商人の顔があった。

「けれど、貴女は、少し、子に縁がないかもしれない」

不吉な予言だった。

女は何度か訊き返したが、商人は「子が生まれないか、生まれた子がこの世を去るか」と答えた。

間もなく二人の前に工場長が現れた。

それから半年が過ぎ、彼女はついに夫との再会を果たす。夫は手先が器用な人間だったので、その工場で船の設計をまかされるようになった。

年月はさらにすぎてあの予言を忘れかけたころ、夫はその国の建造物の建築をまかされるほどの優秀な職人となり、妻は小学校で子どもに算数を教える教師となった。

そして妻は、夫の子を身ごもった。

しかし一人目の子は流産してしまう。

二人目も命の芽は成長を拒《こば》んだ。

彼女は冷たくなった腹をさすって、言葉にできぬ喪失感《そうしつかん》と、目に見えない不安に襲《おそ》われていた。

その心は削られるように疲弊《ひへい》し、夫はかける言葉を失っていた。夫婦の間には悲哀《ひあい》しかなく、気遣いが喧嘩の原因となり、互いの不信に繋がることもあった。

——不公平だ。彼女はそう呪《のろ》った。子が冷たくなることについて、たとえその原因が男にあったとしても、苦しみを背負うのは女のほうだったからだ。

——なんであいつらが親なのに、わたしは親になれない。教師として子の親と接することが多かった。そのため、妬みとも言えるそんな思いもよぎった。

自己の境遇《きょうぐう》を呪う気持ちと、他者を妬む気持ち。

彼女の心は地の底でただ彷徨《さまよ》っていた。

だが、それでも彼女は、夫の子を産んでやりたいと思った。

晴れた日の午後。公園で遊ぶ幼児を見て、夫は妻を抱き寄せた。

「あれくらいの子どもになった僕らの子が、未来から会いに来てくれればいいのに。そうすれば、今僕たちが抱える負の感情は、すべて吹き飛ぶのに」

不思議なことを言う夫だが、仕事は真面目にこなすし、妻が辛いとき、怒るとき、一言も言い返さずに聞いてやった。そして自分たちは必ず子を授《さず》かると信じていた。そんな夫の姿を見て、彼女はこう思った。

——女として、生命の連鎖をになう女性として、自分に、子どもを産めないはずがない。

その一念が彼女の心を強く押した。抱いたのは炎のように燃え盛る感情でも、水のように滔々《とうとう》と流れる感情でもない、煮えたぎるマグマの如き執念だった。身体を休ませることなく、彼女は三度目の妊娠を決意する。

その執念と覚悟が実り、三度目の妊娠の末、出産した。

しかしその子は予定より早く産まれてしまう。父の拳ほど。人と言うことすら躊躇《ちゅうちょ》する新生児の姿に、夫婦は絶望しかけた。母は、我が子に声をかけ続けた。

「生きて、生き抜いて。どうか、生きて。星の数ほどの幸福や歓喜があなたを待っているから。すべての逆境からわたしが守るから」どうか生きて、と。

父は、子を包む布を握り締めて目を赤くした。

「頼む。やることがあるから来てくれたんだろう。どうか、生きて、大きくなっておくれ。負けないで、成し遂げておくれ」

二人は出産後、寝る間も惜しんで我が子に声をかけ続けた。

しかし二日目のこと。母が瞬《また》きとも言える仮眠を取って次に目覚めたとき――その子の身体は萎《い》縮《しゅく》して、鉄球のように冷たくなっていた。

母は自分を責めた。夫は自分たちの宿命を呪った。

再び、寒風に身を晒《さら》すような悲哀が二人を襲った。

だが、そんな二人に手を差し伸べる者がいた。

隣の家に住む女性で、夫婦の悩みをよく聞いてくれる人だった。

子ができない夫婦に、彼女は言った。

「ある縁があり、これから不幸な赤ん坊を引き取ります」

はじめ夫婦には訳がわからなかったが、女性はこう続けた。

「あなたたち夫婦は、その子の面倒を責任をもって、見ることはできますか?」

思いも寄らぬ提案だった。二人は慎重に話し合った。与えられた猶予《ゆうよ》はひと晩だけ。実子と同じように愛することができるか、いつ実の親でないことを打ち明けるか、あらゆる懸念を二人は語り合ったが、いずれも引き取ることを前提とした相談だった。

そして次の日の朝。隣の家を訪ねると、疲れた様子の女性が現れた。部屋の奥にその子がいるという。彼女は試すように夫婦に言った。

「長旅で治療が必要な子でした。しかし何より必要なのは親の慈愛《じあい》です」

二人は顔を見合わせて頷くと、夫が、こう返事した。

「その子の親の許しと、我々にその資格とがあり、誰かが不幸になるようなことがないのなら、わたしたちは喜んで、責任をもって、その子を迎えます」

女性はその言葉に納得して、まさに玉のような男の乳児を夫婦に預《あず》けた。

その子のぬくもりに触れた瞬間、母の悲しみは喜びへと変わった。その子の唇から洩《も》れる声とも言えない、けれど歌っているような音を聞いたとき、父は幸福そのものを心に刻んだ。二人の心から、悲哀のすべてが跡形もなく吹き飛んでいた。

あるのは強靭《きようじん》な責任感だった。授かったその乳児の生命を何としてでも存続させ、立派な青年に育てあげる。夫婦の決意は、子を授けた女性にも伝わった。

妻が一度だけ尋ねた。

「この子の親は、一体？」

女性は悲しそうに寒空を仰いだ。

「遥か遠く、西の大国の、血筋を根絶やしにされた家の末裔《まつえい》です。父親はもういない。母親はこの子を守るために、わたしに託しました。もう危険はありませんが、できればこのことは他言しないでください」

女性の様子から、夫婦は多くを察して、言われた通りにした。

それから、その子は健《すこ》やかに成長した。不思議なことに母の乳房は大きく膨らみ、その子に必要な栄養を母乳によって充分に与えることができた。

病気をすることもあったが、治りも早かった。

三度の難を乗り越えた分、両親は三倍の愛情をその子に与えた。こうしてその赤子は充分な二人の慈愛に包まれて、聡明《そうめい》で、真実のみを語る子に育った。

子が青年と呼ばれるようになったころ。

隣の家の女性が、母国へ帰ると言って引っ越していった。

その女性はいつも白い服を着ていて、痩せた背の高い人だった。鼻が高く、若いころはさぞ美しかっただろうと想像させた。あるとき、少年が、彼女の庭の果実を盗むという出来事があったが、彼女は決してそれをとがめなかった。

彼女が母国に帰る日、少年の母と父は彼女に何度も礼を言っては頭を下げた。

近隣の住民から少し変わった女性と思われていたが、その女性は腕の良い医師でもあった――。


――青年はハッと目を覚ましました。夢を見ていました。

いつか、母から聞いた自分が生まれたときの夢です。

ここは男の国。城の上階にある、書斎の一室でした。

青年は自分の母国の言語と、男の国の言語を照らし合わせる仕事をしていました。

文字と向き合うことは得意なことでしたが、彼には職人的な技術はなく、はじめてやる作業は試《し》行錯誤《こうさくご》の連続です。

寝る間も惜しみ、もう何日間もお風呂に入っていません。

毎朝、鼻たれが食事を運んで来てくれました。

身体が重くて腰が痛くなります。

身体の中にある言葉がすべて外に吐き出されたような気分で、もう一文字も読みたくないし、書きたくもない。それでも青年はその仕事を続けていました。

どうしても作業をしたくなくなると、白い余白に〝目〟を描きました。それはあの日に見た煤まみれの瞳でした。彼に絵心はありませんでしたが、夜空を走る流れ星のようなあの瞳は、今でも鮮明に覚えていたのです。

描いた目を人差し指で小さく撫でると、彼女が目を瞑ります。

その様子を最後に、青年もまた目を瞑るのです。

「ごほ、ごほっ」

小さな咳とともに彼の背中に痛みが走りました。手についたそれを見てみると——砂粒《すなつぶ》のように小さく、そして赤く輝く、宝石でした。

男の国の選挙、獣の森の秘密

王と涙屋が対話した次の日の早朝には男の国の選挙管理委員会が発足、国民に『開国するか否かについての選挙』の知らせが伝えられました。

それからたった二日後が投票日でした。

投票日の当日になると、国民の家にはまんべんなく赤い札が届きます。

その札は一度お湯に濡らすと青くなる特殊な紙で、開国に賛成の者はそのまま赤を、反対の者はお湯に浸《ひた》し青くした札を、国の中央広場に設置された投票箱に投じます。投票箱は百個用意され、二百人の選挙管理委員が箱の周囲に立ち、不正な投票がないか見張りをします。また投票率においては、全国民の九割が投票しなければ、選挙は無効となり、後日やり直すことになります。

委員会が発足したその朝から、町のいたるところに開国に賛成党と反対党の党員が立ち、演説を始めました。反対党は、反対に一票を入れた者には、珍しい、とっておきの御馳走《ごちそう》を与えることを宣言します。しかしそれは選挙法に抵触《ていしょく》するので、委員会の厳重注意を受けます。それから反対党は『開国した場合の、暗い未来』を語りました。

開国すれば外国から多くの犯罪者や密偵が来てしまうことや、何かほしい物がある際は金銭《きんせん》を支払うことになり、数字を数えるのは面倒ではないか、ということ。そしてゆくゆくは、経済的な重圧がこの国を襲い、数字に強い諸外国に支配されてしまう。そんな暗い未来を語りました。

賛成党の者は、主に『開国した場合の明るい未来』を演説しました。開国すれば新たな職業が増え、その際に新たな役職を与えることができる。先天的な才能だけでなく、後に学んだことを生かした職業も増えるなど、希望の未来を大きく宣言しました。

多くの国民にとって、突然の選挙は寝耳《ねみみ》に水の様子でしたが、その日の晩には、皆がそれぞれの主張に耳を傾け、友人同士で国の行く末を議論するようになります。投票日の前日になると、反対党率いる多くの有志が、城の前の広場を陣取り「開国反対」と叫ぶ行進を始めました。

その数は数百人に上り、開国に反対する旨が書かれた旗を皆が背負ったり、自分たちの主張を大きく叫んだりして、開国への難色《なんしょく》、果ては選挙や、王や代弁者に対する不満も口々に叫ぶのでした。

一方で涙屋の老人はというと、鼻たれを従えて獣の森に向かっていました。


鼻たれが操縦《そうじゅう》した小舟が、獣の森の島、南の浜辺に辿り着きます。海の間近まで森が迫っていて、暗闇を縫うように木々が伸びています。

涙屋は浜辺に降り立つと、島を覆い尽くす暗い森を睨みました。

「ここが獣の森か」

鼻たれは「よいしょ」と小舟を肩で担ぎます。

「爺さん、あんた選挙管理委員の長になったつーのに、いいのかい？」

涙屋は森を睨んだまま、興味がなさそうに言います。

「大事なことはすべて伝えてある」

「まったく、どうしてそこまでして獣の森なんかに？」

「今のうちに、確認しておきたいことがある」

「何をだい？」と言いながら、鼻たれは小舟を森の手前にずしんと置きました。

涙屋の手には甘い匂いのする小包がありました。彼はそれを掲げて言います。

「獣の正体だ。この目で見極めてみたい」

「それも代弁者としての職務かい？」

「だから船を借りることができた」

それから二人は獣の森に入って行きました。

鼻たれは、涙屋に前を歩かせました。視界にいてくれたほうが守りやすいのが理由です。そして彼は、コココン、コンッ、と二本の木の棒を軽快に鳴らしながら森を進みました。楽しそうな音を出したり、キラキラした装飾品を身に着けていると、獣の民が現れやすいと鼻たれは知っていました。

獣の民との遭遇《そうぐう》は、間もなくのことでした。二十回目のコココン、コンッを鳴らしたとき、鼻たれが立ち止まって木の上を睨みます。

「いるなぁ」

「わかるのか？」と涙屋もその木の上を見ます。

鼻たれはズッと鼻をすすります。

「最近襲われたばっかだから、わかるもんだよ。あいつら、鼻たれにもわかるほど臭いんだ」

言われてみれば、涙屋の鼻にも糞尿《ふんにょう》を放置したような獣臭がします。

鼻たれはあごを小さく振って、涙屋に獣の民がいる位置を伝えました。

すると、涙屋は持っていた小包を広げます。それは甘いお菓子でした。卵と砂糖をふんだんに使ったふわふわのお菓子で、包みを解いた瞬間、芳醇な香りが一帯に漂います。

鼻たれもごくりと唾を飲み込みました。

香りが強い原因の一つに、男の国名産の地酒がありました。その酒をほんの数滴《すうてき》、隠し味として垂らすことで、甘く美味しそうな香りが何倍にも増すのです。

それは隠れている獣の民の鼻にも届きました。

「しゅっ、しゅっ」

そんな声とともに、辺りから七人の獣の民が現れます。

「こ、こんなにいたのか、気付かなかった」

鼻たれが驚くのを他所に、七人の獣の民は槍を構えて涙屋たちを囲うように近づいてきます。獣の民は皆、小さな唇をタコのように尖らせて「しゅっ、しゅっ」と鳴いていました。

「興奮しているのか？」

鼻たれも槍を構え、獣の民の様子を慎重に観察していました。

すると涙屋はその場に座り込み、お菓子を地面に置きます。

「そんな眉間に皺を寄せていたら、みんな怖がるだろう」

そして鼻たれにも座るように言います。鼻たれは渋々《しぶしぶ》地面にあぐらをかきますが、槍は離しませんでした。間もなく獣の民の一人、小さな少年が、お菓子を鷲摑《わしづか》みにします。しかし、涙屋が間髪を入れずにその小さな手首を摑みました。

「しゅっ！」と涙屋の鼻先に槍が迫ります。が、鼻たれの太い槍がそれを防ぎました。槍同士が起こす風が、涙屋の白髭をふわりと浮かせます。しかし彼に動じた様子はなく、真っ直ぐに少年の目を見て地面を指差します。

「あげるから、ここで、食べなさい」

その言葉と手による仕草は、その後、何度も繰り返されました。途中、何度か苛々した少年たちが槍を突きますが、その度に鼻たれが涙屋を守りました。

終わりの見えない攻防に、食いしん坊の鼻たれも弱音を吐きます。

「も、もうやめようよ。お菓子はもったいないけど、くれてやって、船に戻りましょうって」

「もう少し待ってくれ」

涙屋は根気よく、獣の民に気持ちを伝えました。

その粘り強いやりとりは数十分後に実を結びます。

根負けしたのか、あるいは涙屋の穏やかな様子に感化されたのか、一人の少年が涙屋の膝の上でお菓子を食べるようになったのです。

「鼻たれくんも、ほら、一緒に食べよう」

「す、すげえ」と鼻たれも信じられない様子です。

すると他の獣も、大樹で遊ぶ子猿のように涙屋の白髭を引っ張ったり結んだりしながら、お菓子を食べるようになりました。そこに鼻たれも加わり、彼らは涙屋に言われるままお菓子を分け合って食べました。


数時間後には散り散りに森の奥へ帰っていきましたが、一人の、小さな少年は涙屋に懐《なつ》きます。その少年はぼさぼさで重そうな黒髪で、下あごの前歯が欠けていて、お菓子の匂いにぽたぽたとよだれを垂らしていました。

涙屋はその少年を〝よだれ〟と呼ぶことにします。

よだれは涙屋に対して「しゅっしゅっ」としきりに何かを話しかけました。鼻たれは、涙屋の膝に座るよだれの顔を覗き込みます。

「爺さん、この子が言っていることがわかるのかい？」

「いいや、独特な言語だ。だが、表情や仕草から読み取ると、赤ん坊がぐずるのと同じような、感情的な言語に思える」

少年が、お菓子に手を伸ばすと、涙屋は自身の唇をトントンと指差してからお菓子を差し出します。はじめ少年は構わず、お菓子を奪おうとしますが、根気よくその仕草を繰り返すと、やがて少年は自分の唇をトントンと叩くようになったのです。

それが「お菓子がほしい」の合図となりました。

鼻たれは「へえ」と感心した様子でそのやりとりを見つめました。

「言葉が通じない奴とは、そうやって会話するのか」

「うむ。よだれは聡明だな。意思疎通《そつう》に時間はそうかからないと思う」

鼻たれは、涙屋の言動から、あることを察しました。

「爺さん、まさか、もう一度、ここに来る気なのか？」

「いいや」と涙屋は首を横に振ります。

すると小さなよだれも一緒になって首を横に振りました。

ほっと肩を撫で下ろす鼻たれに、涙屋はこう続けます。

「一度ではない。これから時間を見つけて、ここに通うつもりだ」

普段は温厚な鼻たれも、涙屋の提案には仰天《ぎょうてん》しました。

「そ、それってつまり、よだれに言葉を教えるのか？」

「ああ、時には言葉を教えてもらう」

「しゅっ、しゅっ」とよだれは興奮した様子です。

鼻たれは呆れた様子でした。

「いまだかつて獣の民と意思疎通した奴はいないし、そんなことして何の意味があるんだ？」

「彼らは子どもだ。子どもは未来そのもの。男の国と女の国の未来に、深く関わる存在に思えてならない」

それから時間を見つける度に、涙屋は獣の民の子どもたちと交流して鼻たれも同行することになります。


そんな出来事の次の日。その日は、男の国を開くか否かの、大切な投票の日でしたが、数々の異変が起こりました。

早朝のことです。涙屋は、小男の代弁者の呼び出しによって叩き起こされて、城の中庭に来るように言われます。

涙屋が眠たい目をこすって中庭に赴くと、雨が降っていました。

代弁者が腕を組んで激しい口調で言います。

「とんでもないことが起きた。選挙は中止すべきだ」

涙屋は不思議そうに雨を見つめます。

「中止って、ただの雨じゃないですか」

「打たれてみろ」と代弁者。

涙屋は屋根から一歩中庭に出て、曇天を見上げてみました。無数の雨粒が涙屋の顔に当たります。

「なんと、これは!?」

不思議なことに、それは温泉水のように温かい雨だったのです。

涙屋は兵の一人にある物を持ってこさせました。それは投票用紙に使った特殊な赤い紙で、お湯を垂らすと青に変色し、もとには戻らないのが特徴です。涙屋がその紙を雨にさらすと、紙はハッキリと赤から青に変色しました。

「この熱いくらいの雨は、一体？」

代弁者が「ふんっ」と、不機嫌そうに言います。

「女の国の仕業としか考えられない」

「一体、どうやって？」

「彼の国は気象を操る」

大きな太鼓を叩いたような重い声がしました。

涙屋と代弁者の背後から王が現れたのです。

「これはこれは、良き友の王よ、おはようございます」

代弁者が頭を下げると、続いて涙屋も丁寧にお辞儀《じぎ》しました。

「女の国が気象を操るとは、一体？」

良き友の王は、北の空を睨みます。

「我輩はこの目で見たのだ。女の国の女王は、七人の魔女を従えた〝虹色の魔女〟と化していたとな」

「何と！」と代弁者が大げさに声を上げます。

王はどこか得意気な様子で続けました。

「彼の国は、すでに魔女の国と化している。この熱い雨は、あの女が使役《しえき》する魔女の仕業だろう！」

涙屋は改めて温かな雨を観察しました。地面をえぐるほどの大粒で、湯気が漂っています。まるで天から温泉が噴《ふ》き出したような雨でした。

代弁者が言います。

「投票用紙は湯によって変色し、変色すると開国への反対票となる」

ついで涙屋が言います。

「ええ。懐に隠すなどして凌《しの》ぐ手もあるが、湯気ですら色が変わる紙。反対票が激増するのは間違いがないでしょうね」

「奴らめ。男の国の選挙の情報をどこぞから聞き出し、妨害《ぼうがい》する気なのだ」

涙屋は冷めた白髭をさすって代弁者のほうを見ます。

「つまり、女の国は、この国の開国に反対している、とも取れます」

突然、代弁者は王を見て言います。

「王よ。開国について、王のご意思をお聞かせください」

涙屋が間に入って訊きました。

「聞いてどうするのです？」

「選挙は中止だ。王の意思を国民に伝え、それに従わせるまでだ」

「反対です」と涙屋は厳しい目をして言いました。

「なぜだ？」と代弁者が苛々した様子で歯をむき出しにします。

涙屋は代弁者から王に視線を移してこう言いました。

「王の意思は公にしないとします。それで国民を従わせては選挙を提案した意味がない。王は王、国民は国民です。選挙は王を除く全国民が対象であり、開国という大きな節目を、民意で決めることに大きな意味があるのです」

「お、王のご意思を、無視する気か！」

「選挙をすることを決めたのが王のご意思でしょう」

「争うな。白髭の代弁者が言っているのはもっともだ。それでいい」

王は温かな雨を見て言います。

「それより今はこの雨だ。投票まで間もない。このままでは多くの投票用紙が開国反対の色に染まってしまう。それは民意ではないだろう」

代弁者は、背後に控えている兵士たちに合図を送ってこう言います。

「この国に魔女が忍び込んだ恐れがある。わたしはこれより魔女を探しに行きます」

「仮にこの国に魔女が忍び込んでいて、探しても、まあ、無駄でしょうね。まず間に合わない」

代弁者はさらに苛々した様子で、温かな水溜りを蹴ります。

「じゃあどうしろと言うのだ、ああ、またうさぎでも放つか!?」

涙屋は投票用紙を目前に掲げてこう言いました。

「投票用紙の規則を変えます。色ではなく形に」

次に紙の角を小さく折ると、角を切り離して見せました。

「開国に賛成ならそのまま四角い用紙で、反対なら四隅《よすみ》の一角を切った五角形で投票させればいいでしょう」

代弁者の甲高い声が涙屋に言います。

「しかし投票用紙はすでに配り、説明もしてしまったぞ」

「そのための管理委員です。投票箱周辺に二百人います。投票直前に、彼らに説明させます。王よ、いかがでしょうか？」

王は大きく頷きました。

「白髭の代弁者の知恵に、あやかろう」

こうして、涙屋の提案通り、色ではなく形で投票が行われました。

温かい雨が降る男の国。男たちは投票用紙を持って中央広場に集まります。その場で選挙管理委員が大声で説明しました。

「開国に賛成の者は用紙をそのまま投票し、反対の者は四隅のどれかを切り落として投票してください！」

見返りの少ない荷物持ちの仕事を生業《なりわい》とする男は、強い想いで開国を願い、そのままの投票用紙を投票しました。

今のこの国に満足している大臣の一人は、開国などもってのほかだ、という気持ちから、四隅をすべて切り落としてしまい、渋々それを投票します。

強い想いを持って賛否する者もいれば、ただなんとなく、列に並ぶ前の者と同じ票を入れたり、この時間が面倒で早くすぎればとそのまま票を入れたりする者もいました。

無事に投票を終えたその日の晩。

管理委員の見積もりでは、国民のほぼ全員が投票を行っています。

「投票は、まだ間に合うかな？」

ところが、投票所に夜空を背負った一人の大男が現れます。

その場にいた選挙管理委員の男たちは皆驚きました。

「お、王よ、お戯《たわむ》れを！」

その大男は、猟師の格好をした良き友の王本人だったのです。

戸惑う管理委員に、彼は投票用紙を見せました。

「己は王ではない。猟師をしている。国民の多くが、猟師である己の存在を証明できる。何より、我が家にもこの投票用紙が届いた。つまり己はこの国の、国民の一人だ」

委員の一人が確認すると、間違いなく本物の投票用紙でした。

困り果てた管理委員は代弁者を呼びます。

「ああ、えっと、これはこれは」

しかし代弁者も萎縮して、猟師を名乗る王に何も言えません。

結局、王は猟師としての身元を貫き通して一票を投じます。

涙屋の耳にその一件が届いたのは開票後のことでした。

最後の投票が終わり、選挙管理委員によって厳正《げんせい》に票数が数えられました。二百人の選挙管理委員が各々で何度も集計を確認し合い、やがてその結果がわかりました。そして代弁者と、涙屋に集計結果を渡します。

代弁者ははじめその結果を見たとき、目を丸くします。次に震える声で言いました。

「た、たったの一票差――開国に対する賛成票が上回った」

その瞬間、男の国の開国が、決定したのです。

経済に宗教に技術。何より多くの志を持った人々。開国はこの国に新たな風をもたらします。

しかしその結果、七色の魔女をも呼んでしまうことは、まだ誰も知りませんでした。

彼の偉業、王の野望

開国を迎えた男の国。期待に胸を膨らませる者、いつものように仕事に打ち込む者、何が起きたのか、何が起きるのか、理解できない者。皆さまざまでした。

開国を迎えたその日から代弁者をはじめとする城の者にとって、まるで暴風雨に遭遇し、波浪に翻弄《ほんろう》され続ける船のような日々でした。

数えきれないほどの船が男の国の港を埋め尽くし、あらゆる国の、あらゆる職業の者が、男の国に入ってきました。

真っ先に、銀行が男の国にできました。比較的数字に強い人間が集められ、彼らは国の財政を管理する役職と、銀行での勤務を命じられます。

他の国の銀行員を召喚《しょうかん》し、彼らの国のやり方を参考にすると、国が保有する金銀、宝石などから国の資産が計算され、その分だけの通貨が発行されました。紙幣には複製を防止するため、良き友の王の満面の笑みが模写《もしゃ》されることに。

国民には財産に応じて通貨が交換され、仕事に応じて報酬は紙幣となります。同時に物品による年貢制が、税金を納める制度に変わります。

貨幣の存在に困惑し、不安を抱く者が多く、よくわからないまま紙幣、あるいは自分の宝物を引き出しの奥にしまう者もいました。通貨が流通して市井《しせい》にその効果が行き渡るまで、まだ少し時間が掛かりそうです。しばらくは物々交換を継続していました。

また、開国したことにより外国からの宣教師もやってきます。多くの宗教とその宗派が男の国に入ってきますが、なかでも瞬く間に国民の興味を引いたのが「晴れの教え」でした。その教えは、雨と曇りの教えを合わせたような教えで、自分のことも周りのことも愛する教えでした。後に、国民のほとんどがその晴れの教えを信じるようになります。

男の国は多くの宝石（山脈から発掘したもの）を保有していたので、それを使ってあらゆる輸入品を買い入れるようになります。そのすべての検閲《けんえつ》の中心に、白い髭の代弁者である涙屋が関わりました。なぜなら、彼は世界でもっとも多くの国の言語を知る人物だったからです。男の国に入ってくるあらゆる国の宣教師、商人、記者、外交官と会話することができました。こうして涙屋は、人はもちろん、物品や情報の整理に日々追われることになります。

「できました！」

開国から二週間したある日のこと、仮面の青年の嬉しそうな声が、王の間に響きます。そのときはちょうど、涙屋と代弁者と王による会食の時間でした。

背の低い代弁者はムッとしますが、王と涙屋は嬉々として青年を迎えます。

「おお、ついにか」

青年が王に差し出したのは、一冊の本でした。

「はい、僕の母国と、この国の言葉を繋げる翻訳書です。全体で三冊を予定しており、これはまだそのうちの一冊ですが」

「ほうほう」と王は本をめくります。丁寧な手書きの文字が並んでいました。

「苦労しただろう。どんな工夫をした？」

「はい、はじめは部屋に引き籠《こも》って制作していましたが、どうにも悩ましい言葉の選択が出てきて、そのうち外に出て、あらゆる人に相談しました」

「ほう」と王も感心した様子です。青年は続けました。

「そうやって、わからない言葉や難解な表現は、城の人たちに相談して決めていきました」

涙屋に本が回され、彼も本の内容を確認します。

「うむ、多くの人間に相談したのだろう、この短期間でよくできている。これがあれば、君の故郷とこの国において、多くの人が迅速《じんそく》に言葉の壁を超えられる」

それは新たな工夫によって、最低限の暗記で複数の言葉の応用が利くことを教えた機能的な翻訳書でした。王は満足そうに言います。

「よくやった、ご苦労だったな」

「はい、引き続き打ち込んで参ります」

王に褒められると、青年は満足そうな顔をします。

そして会釈《えしやく》して、背中を向けようとしました。

すると「まあ、待て待て」と王が青年を呼び止めます。

「じつは、大事な発表がある」

「大事な発表？」と青年は涙屋を見ます。

しかし涙屋は首を傾げて代弁者を見ます。ところが代弁者もまた首を傾げます。

王は代弁者の横に立つと、彼の両肩に手を置きました。

「今日より、この代弁者を、この国の特別総理大臣とする」

「へ？」と代弁者が間抜けな声を上げました。

涙屋は眉をしかめて王に確認します。

「それは、つまり？」

「開国に伴い、この国の多くの体制が変わる。我輩は王であるが、政治と軍については、この総理大臣にすべてまかせたい。それに伴う権限はすべて与えるつもりだ」

「わ、わ、わた、わたしが、そ、総理大臣ですと!?」

涙屋と青年が唖然《あぜん》とするなか、背の低い代弁者、もとい総理大臣がもっとも驚いていました。

「そうだ。任命式は後回しでいい、君は今、この瞬間からこの国の総理大臣だ」

涙屋が一歩前に出て尋ねます。

「王よ、何をお考えで？」

王は笑顔で答えました。

「さっきも言ったろう。この国はどんどん変わっていく。そのために国を動かす、優れた新しい指導者が必要だ」

王の言葉に総理大臣はもっと気分を良くしています。

青年も率直な疑問をつぶやきました。

「では、これから王は何をするのですか？」

「主に諸外国との外交に意識を集中させようと思うのだ」

「外交、ですか」と青年。

「そうだ。今までの鎖国の期間を取り戻すためにも、君の故郷はもちろん、あらゆる国と絆《きずな》を強めるべきだと思う。王族というこの立場は、特に向いているしな」

青年は目を輝かせましたが、涙屋は顔を曇らせています。二人が何も言わなくなると、王は再び総理大臣の両肩に手を置き、上目遣いで涙屋を見つめます。

「相談しなかったのは悪かったが、至極《しごく》自然な任命だ。それにほら、我輩が外国に出たほうが、開国に反対だった総理大臣君の想いにも報うことができるじゃないか」

何とも言えない雰囲気のなか、ただ料理が冷めていきました。


その日の昼に、青年が涙屋の部屋を訪ねます。二人きりで会うのは久しぶりのことでした。ギイという木が擦《す》れる音とともに「失礼します」と青年。

「ああ、その辺に掛けてくれ」

と、涙屋は机に向かったまま動きません。青年が覗き込んで見ると、机の上には五冊の本が同時に開かれていました。涙屋はさらに六冊目の本に何か書き込んでいます。

「とある国では、雨がやまないそうだ」

涙屋は独り言のようにポツリと、そう言いました。

「雨がやまない？　どのぐらいやまないのですか？」

「すでに数年、やんでいないという」

「何があって、その国はそうなったのです？」

涙屋は小さく髭を揺らすと、筆を走らせながら雨のやまない不思議な国について語りました。

「それまでその国は日照り続きだったが、それが原因で民衆が暴徒化し、その国の王と王妃を襲った。そして王妃の死と引き換えに雨が降るようになったそうだ」

青年は思いついたことを言います。

「もしかして、その王妃は魔女だったのでしょうか？」

「わからない。けれど、それから何をしても雨がやまなくなったそうだ」

青年は再び机の上を覗きます。

「それで、あなたは今、何をしているのですか？」

五冊の本と、六冊目の本。涙屋はそのうちの一冊に手を置きます。

「歴史のうえでは、時々、世界中のあらゆる国で、似たような奇跡が起きている。その多くに、その国の王族や、指導者がかかわっている」

「王族や指導者？」

「多くの者に愛された者、あるいは恐れられた者が時に不思議な力を持つという」

涙屋は本をめくり、一部を青年に読み聞かせました。

太古の昔、灼熱の罪人の島には火の海を呼ぶ鬼の王と、癒しの力を持つ聖人がいたこと。

数年前の、とある国では怪力を持つ兄と正義感の強い弟の双子が生まれたこと。

さらには時代の時々に現れては人をさらう魔王という存在。

涙屋は青年にいくつかそんな話をすると、こう続けました。

「あたしゃ、そういった不思議な力を〝神秘の奇跡〟と名づけようと思う」

「神秘の奇跡？」

「ええ。神秘にして奇跡、奇跡にして神秘。王と呼ばれる存在に発症する不可思議な力です」

青年は机に並んだ本を覗き込みます。

「じゃあ、ここにあるのは、その神秘の奇跡の事例なんですね」

「うん。興味深いので、暇《ひま》な折にでもまとめてみようと思ってね」

そう言いつつ、その日の作業を終え、涙屋は眼鏡を外して青年のほうに顔を向けました。やや疲れた様子ですが、白雲のような髭はふわりとし、目つきは厳しく、その様子は白き老獅子を思わせます。青年は大きく息をすると、こう切り出しました。

「今日、王が言っていた、代弁者を総理大臣にするという話。あれはいったい、何だったのですか？」

涙屋は目頭を強く押さえて「まだわからないが」と前置きして続けます。

「彼は傀儡《くぐつ》だろう。まさに代弁しか能のない男に思う。肩書で人が変わることは確かにある。けれど、少なくともあの二人の関係は、肩書では変わらないでしょうね」

「代弁者が総理大臣になっても王の言いなり、ということですか」

「まあ、そんなところだろうよ」

涙屋は一見、この国に興味がなさそうに見えますが、同時に、すべてを見通しているようにも見えます。彼はおもむろにこう言いました。

「それより、ご両親から手紙の返事は？」

青年は首を横に振ります。この二週間前に、青年は両親に手紙を送っていました。内容は男の国が両親を受け入れてくれる、という内容です。しかし返事はありませんでした。

「宣告された余命も間もなくだろう。一度、帰郷しなさい」

青年は「けど大事な仕事が」と床を見つめます。

涙屋は話題を変えました。

「それじゃあ、久しぶりに素顔を見せてくれないか」

青年は不思議に思いましたが、静かに仮面を外します。

涙屋は青年の頬に手を置きました。

「こんなにやつれて。ちゃんとご飯を食べているのか？」

青年の頬はこけ、目もとは窪《くぼ》んだようにすら見えます。唇はかさかさに割れ、顔は真っ青で血の気がありません。

「僕は大丈夫です」

「若いから無理はできるだろうが、生き急ぐな」

青年がごくりと、固唾を呑むと、喉に痛みが走ります。それが唾なのか赤い宝石なのか、わかりません。彼は真実を飲み込んで別の真実を語りました。

「今しなければいけない気がするのです」

「翻訳の本のことか？　どうしてそう思う？」

「いつか、必ず誰かの役に立つ気がするのです」

「王に、他に何か言われたのか？」

「いいえ、王の指示はきっかけにすぎません。今しなければいけない気がする、僕がしなければ、誰もできない。遥か未来、あの本が誰かの役に立つ気がするのです」

青年の瞳がキラリと光り、強い意志を感じさせました。

奇しくもその決意は、涙屋が行う〝涙の秘訣の執筆〟に似たものでした。

「使命を見つけた若者もまた、神秘の奇跡に匹敵する力を持つのかもしれないなぁ」

涙屋はそんなつぶやきの後に、大きく溜息を吐きました。

「だが仕事は、幸せになるための手段にすぎない。そして家族の無事こそ、君の幸せのはずだ。見誤っちゃいけない」

それは短い言葉でしたが、青年の気持ちを動かしました。彼は小さく頷きます。

「明日中に準備して、明後日の午後には帰郷するようにします」

涙屋は満足そうに頷きます。

「朝一番に出るようにしなさい」

「はい」と答える青年。胸にあった重いものが取れた様子で、晴れ晴れとした気持ちで部屋を後にしました。


明くる日の夕方のこと、涙屋は小さな悪い予感を抱いていました。

この日、彼は、男の国に入ってくるあらゆる物の検閲に追われていました。その忙しい最中、今朝に見た一隻の奇妙な船のことが気になって仕方ありませんでした。

その船は前の晩に船着き場で錨《いかり》を下ろすと、積荷を運ぶわけでもなく、夕方までただ浮かんでいるだけだったのです。船員のほとんどが船から降りていません。見張りらしき船員が、酒を飲んでただじっと港で往来する人々を睨んでいます。貨物船として入国しているのですが、造りがとても頑丈そうで、まるで軍艦のようです。

涙屋は、部下に確認させました。するとその船は、遠い国から香辛料を運んできた船とのことでした。大事な業務を終えた夕方、涙屋はその船の船長を捕まえました。船長は黒々とした毛髪に、褐色《かっしょく》の肌の、ギョロリとした目をした中年の男でしたが、常にどこか怯えているように見えました。しかし奇妙なことに、船長は自ら涙屋にこう言いました。

「あなたが、ダイベンシャという、この国の偉い人でしょうか？」

「はい、そうですよ」

と涙屋はなるべく温和に対応しました。

「女がいると、何が広がる？」

「はい？」

「女がいると、何が広がる？」

船長は突然、不思議な質問を繰り返しました。涙屋はすぐに気づきました。それは秘密の合言葉でした。しかし物知りな涙屋でも、その答えはわかりません。

「一体、どういうことですか？」

「あ、いや、その」

何とも言えない気まずい空気が流れます。船長が一歩後ずさりしました。

涙屋も思わず足に力を込めた、そのときです。

「ややあ、この船はわたしが監査しよう」

総理大臣が現れました。二人には気さくに声をかけてきましたが、はあはあと息を荒げ、慌てた様子でした。船長は彼にあの質問をします。

「あ、あー、女がいると、何が広がる？」

すると総理大臣は「こほん」と咳をしました。

「悪口が広がる」

「ああ、よかった。ホッとした」

総理大臣は涙屋に振り返ると、どこか得意気に言うのでした。

「ここはわたしが仕事してやるから、さあ、行った行った」

涙屋は眉をひそめます。

「積荷の中身は？　一体どうしてそんな合言葉を？」

「中身は砂糖だ。希少で高級なやつだから、入念な確認を必要としているだけだ、と王より聞いている」

そう言って、総理大臣は涙屋を追い払いました。

怪しく思った涙屋は、深夜になって青年を連れて船に忍び込みました。

青年も興味津々といった様子で、翻訳書の作業を切り上げて駆けつけました。

煌めく星をばらまいたような夜空の下、眠気すら誘う一定の拍子で、無数の波が波止場に寄せては返しています。潮の香りが漂い、夜風はひんやりしていて、こんな夜に外でお酒でも飲めれば、一層美味しく感じ、ゆっくり眠ることができるでしょう。しかし青年の目の前には怪しく無骨な貨物船が浮いているのです。お酒を飲むどころか、睡眠とは程遠い好奇心と緊張感で眠るどころではありません。青年は貨物船を見上げます。

「積荷は一体、何でしょうか？」

涙屋は髭を揺らして小さく言います。

「嫌な予感しかしない」

青年と涙屋の二人は、忍び足で船に潜入して船底を目指しました。昼間から酒ばかり飲んでいたためか、船内のそこかしこで、船員のいびきが聞こえます。起きている者は何人かで固まって博打をしていました。

船底にある船倉の扉には鍵がかかっていましたが、涙屋の機転から、青年の硬い仮面を使って無理やり開けることに成功します。重い音をたてて扉を開けると、天地が狭くて薄暗い空間が広がっていました。

「これが積荷？」

目を凝《こ》らしてみると、木製の樽《たる》が数十ありました。青年は、再び硬い仮面を使い、その中の一つを叩き割ります。すると、砂粒のように粗い砂糖が流れ出てきました。青年が砂糖の一部をすくってぺろりと舐めてみます。

「どうして、こんな大量の砂糖が？」

「大事なのは砂糖じゃない」

涙屋は突然、砂糖の中に手を突っ込みます。引っ張ってみると――長身の銃が現れました。

人を殺すために作られた、ズッシリと重い鉄製の銃です。

「武器だ。武器を密輸している」

青年はごくりと固唾を呑みます。

「一体、これは、どういうことなんですか?」

涙屋は声を低くします。

「王だ。武器の密輸は王が行った。そのために代弁者を総理大臣にしたのだ」

「なぜ、代弁者を?」

「王は民衆に嫌われ、歴史に悪人として残ることを恐れている。だから戦争を始める大罪を総理大臣になすりつけるつもりだ」

「戦争って、どうしてそこまで?」

涙屋は友達を想うような気持ちで、舌打ち交じりに言います。

「原因は、王のくせに恐れるものが多いことだよ。揺るがぬ山の逆、まるで大海に落ちた木の葉のように彼の心は臆病だ。そして特に恐れていたのは魔女。魔女がいる女の国を恐れた」

すると青年があることに気づきます。

奥のほうにあるいくつかの樽が、すでに開けられているのです。

青年は開いた樽を数えました。

「すでに七丁の銃が、なくなっています」

「撃つのか、今日」

と涙屋はくやしそうに言って、部屋に背を向けました。二人は急いで船を出て、町を駆け抜けて城に向かいました。青年は涙屋の背中を押しながら言います。

「消えた銃は、どこに行ったのでしょうか？」

「鼻たれがこの国の警護をまかされている、彼を探せ！」

男の国の空が、間もなく夜明けを迎えようとしていました。


鼻たれの部屋を訪ねても彼はいませんでした。彼は寝ることが好きな男でしたが、並外れた体力と特殊な体質から、一週間は寝ないで働くことができる男でした。それから城中を駆け回って、城の回廊《かいろう》で鼻たれを見つけます。

彼はにこにこした様子で二人に手を振りました。

「やあ、久しぶりだね、二人が一緒にいるなんて」

しかし青年は、血相を変えて鼻たれの両肩を摑みます。

「鼻たれ、今日、これから変わった予定はないか？」

涙屋が横からこう訊きました。

「たとえば処刑だ。処刑に関する指示はなかったか？」

鼻たれは大きく口を開けます。

「あ、ああ、処刑があるとは聞いているよ。うんうん、女の国の捕虜の中でも、特に頑固な重罪人を処刑するって」

涙屋と青年は「それだ！」と顔を見合わせます。

「いつやるんだ!?」と青年が叫びました。

「こ、これからだよ。朝一番だと聞いているけど」

「止めないと！」と青年が再び駆け出しました。

涙屋も続き、鼻たれにこう言い残します。

「町を抜けて港に向かってくれ。黒い船に大量の銃がある。いたずらに持ち運ばれないよう、急いで封鎖《ふうさ》してほしい」

鼻たれは、顔色を変えて港を目指して駆けました。


「——うう、う」とすすり泣く女たちの声。

彼女たちはいずれも、麻の袋で顔を隠されていました。城の裏手の広場には、林を背にした七名の女性が膝を突いています。城壁を背に、銃を構える七名の兵士がいました。彼らの横には王が立っています。

王は低く、冷たい声で言いました。

「これより捕虜の処刑を行う」

「あ、あの、王よ」

と総理大臣。彼は王の隣であごを震わせます。

「しょ、処刑は、昔からある、毒茸を用いたやり方でいいのでは？」

「あれは捕虜を脅すための迷信だ。実行したことはないだろう」

「な、なな、何も、命を奪わなくてもいいのでは？」

するとそこに、青年が駆けつけます。

「代弁者の特権で、その処刑、中止をお願いします！」

青年はそう言うと、身を挺《てい》して七人の捕虜の前に立ちふさがりました。

「ならばその特権、剝奪《はくだつ》する」

と王が返します。次に涙屋が王の前に立ちました。

彼は「ぜえ、ぜえ」と大きく息継ぎをしてから王を睨みます。

「王よ、引き金を引けば、女の国との和平への道が閉ざされてしまいますぞ」

「撃てぇ」

二人の必死の阻止などそよ風にも感じない様子で、王は七人の兵にそう命令しました。六人の兵は戸惑い、震え、撃つことを躊躇いましたが、中央に立つもう一人の兵はさらに緊張し、太鼓のような王の声にビクリと身体を震わせます。その拍子《ひょうし》に指が引き金を引き、一発の凶弾が宙を裂きました。銃声は町のほうにまで響き渡り、弾は青年の顔面を直撃します。

涙屋が大声で青年を呼んだ瞬間――大気を震わすほどの破裂音が、空から聞こえました。

「なんだ？」と王が空を睨みます。

いつの間にか、空には重い雨雲がたれこめていました。しかしその雲はやや赤みがかっています。

涙屋は、柘榴色とも言える、その雲の色に見覚えがありました。すると蛍のような灯火が、ゆっくりと落ちてきて、兵たちの肩に落ちました。

「ひ？」「火だ！」

兵は互いの肩を叩き、火を消します。しかし次々と、まるで雪のように、火の玉が空から降ってきたのです。

一方、城にある見張り塔で、二人の兵士が海を睨んでいました。

「お、おい、あれを見ろ」

と兵が指差す海の向こうに、人影。

「な、何と！」

その女は水面の上に立ち、雨乞いをするように、肉色の曇天に両手をかざしています。

女は火の雨を降らせる柘榴色の魔女と呼ばれる存在でした。


鼻たれは、火の雨の中をサイのような勢いで地面を蹴《け》り、男の国の街を駆けていました。しかし彼の目の前で、一軒の頑丈な民家が巨大な足によって踏み潰されます。その足の大きさは踵《かかと》が家一軒ほどもあり、小指は鼻たれの巨躯《きょく》と同じくらい。手品のように、その足だけが宙から突然現れたのです。それは、まさに巨人の足でしたが、爪だけは美しい象牙《ぞうげ》色に彩《いろど》られていました。

鼻たれは、その光景に立ちすくむばかりでした。しかし次の瞬間、その巨大な足が彼を蹴り飛ばしたのです。鼻たれの身体は、二棟の民家の壁を突き抜けてようやく勢いを殺しました。

それは怒り狂う女の足。象牙色の魔女の、膨れ上がった足でした。

「痛たた、火の雨に、大きな足。何が起きてるんだよう」

と、ぼやいて、鼻たれが立ち上がろうとすると、彼の鼻をくすぐる小さな何かが数多くいたのです。目を凝らしてよく見てみると、それは小さな翅《はね》を持つ、「虫？」

琥珀《こはく》色の魔女が操る雌《めす》の蚊でした。

その魔女は、民家の平らな屋根の上に陣取って、鼻たれに微笑みを向けています。

その日、七色七人の魔女が、男の国に攻めてきたのです。

白き老獅子、七人の魔女

「王よ、早く城の中へ！」と総理大臣が叫びます。城の裏で行われようとした捕虜の処刑は中断され、王と総理大臣は城の中に隠れようとしていました。

しかし、涙屋がそれを止めます。

「籠城《ろうじょう》は危険です！　船で、獣の森に行きましょう、あそこは中立地帯です、刺客も不用意に追ってきません！」

涙屋と総理大臣が「王よ！」と同時に叫びます。王は一度涙屋のほうを見ますが――城の中へと入って行きました。総理大臣もそれに続きます。

良き友の王は、ここに来て涙屋を信用しなかったのです。

涙屋は悲しそうに俯《うつむ》きました。

けれど瞬時に頭を切り替え、気絶した青年の様子を確認します。青年は硬い仮面のお陰で銃弾を跳ね返し、息がありました。しかし頬を叩いても目覚めません。

涙屋は、すぐに忠実な三人の兵士を呼びました。そして一人目の兵士に、この国でもっとも大きな弓矢を持ってくるよう命令します。兵士はすぐに城の武器庫へ向かいました。

二人目の兵士に気絶した青年を背負わせると、共に町の港に向かいました。

いつの間にか、七人の捕虜の姿はこつ然と消えていました。混乱に乗じて、女の国の魔女によって逃がされたのでしょう。この騒ぎは、恐らく女の国の女王が同胞の処刑を察知して魔女を使いに出したものだと、涙屋は思いました。

涙屋の一行が町に辿り着きます。

「むごい」と涙屋は町の様子を睨みました。

その光景は怪奇そのもの。多くの男に、国の壊滅《かいめつ》を知らしめました。

火炎が天を舐め、数年かけて建設された建造物は一瞬で破壊されていました。逃げ惑う男や、刃物を持ってうろつく血走った目の男もいました。ある者は虫の毒による突然の発熱にうなされ、ある者は巨大な足によって破壊された建物の下敷きに。またある者は火災に巻き込まれ大火傷を負っていました。七人の魔女が同時に現れ、多くの男たちが応戦しているようです。そこかしこから叫び声や怒声が聞こえました。


涙屋が港に辿り着いたとき。

「涙屋殿！」と弓矢運びの命を受けた、忠実な兵士がやってきました。

兵士は合流早々、「あれを！」と海のほうを指差します。

涙屋が目を凝らして見てみると、港から見える海面に、柘榴色の魔女がいました。彼女はつま先立ちで円を描くようにして、海面でくるくると舞を踊っています。

「あれが、火の雨を降らす魔女か」

涙屋はそう言いながら大弓と一本の矢を受け取ります。彼はあらかじめ、三人目の兵に命令し、港に停泊している船から油が入った袋を持ってこさせていました。

涙屋は矢の先に油袋を括《くく》りつけると、

「歳は食ったけど、一年に一回くらいなら」

とぶつぶつ言って、矢を引きます。そのとき彼の腕は何倍にも膨れ上がり、弓と糸が悲鳴を上げました。最大まで糸が緊張したとき、矢を放ちます。

「おお！」と三人の兵が感嘆の声を上げました。

矢は甲高い音を置き去りにするほどの速度で、海上の宙を裂き、見事に柘榴色の魔女の肩に命中したのです。魔女は転び、大量の油がかかりました。どうやら海面にイカダを敷いていたようです。

彼女が起き上がろうとします。涙屋は大きく息を吸い込んで大声で言いました。

「火の雨を止めなさい！　さもないと、あんた、燃えるよ！」

ところが、彼女はぐるぐると大きく右肩を振り、それから悠々《ゆうゆう》とした様子で、火を降らす舞を再開しました。するとそれまでよりさらに大きな火の玉が空から降ってきました。油は燃え上がり、火炎が柘榴色の魔女を包みます。

黒煙が海上に漂い、魔女が影になっていきました。

その様子を見て、涙屋はあることに気づきます。

「見たぞ、女の国の、魔女の正体！」

間もなく、兵士が一隻の小舟を見つけて涙屋に報告しました。涙屋はその小舟に気絶した青年を置きます。直後、ゴロゴロロ、ゴロゴロロ、という地を鳴らす轟音《ごうおん》とともに、大きくて汚れた球体が転がってきました。

「おお、君は、鼻たれくん！」

その物体から、鼻たれの顔が飛び出します。

「ああ、爺さん、生きてたんだね」

鼻たれは「よいしょ」と起き上がります。男の国でもっとも丈夫な男が、今は傷だらけでした。

涙屋は彼の顔に付いた埃《ほこり》を払ってやります。

「どうしたんだ、こんなに傷ついて？」

鼻たれは、鼻血を拭きながら言います。

「象牙色をした爪の、巨大な足に、町の端から端まで蹴りに蹴られてさ」

涙屋は小舟を見て言います。

「一緒に船に乗ろう。逃げるんだ」

ところが鼻たれは首を横に振り、城があるほうを睨みます。

「嬉しいけどできないよ。王はもちろん、この国を守らないと」

彼はニッコリと笑って、気絶した青年を見つめます。

「仮面の彼を救うんでしょう。獣の森に行くのが一番いい。構わず行って」

涙屋は鼻たれの肩をさすると、苦しそうな顔で言います。

「鼻たれくん、命を、粗末にするなよ」

鼻たれは大きく頷きました。

それから涙屋も小舟に乗ると、鼻たれは船の出航を助けます。

三人の忠実な兵士も、鼻たれとともに男の国に残りました——。


——涙屋と青年を乗せた小舟が、獣の森に辿り着きます。

涙屋が予想したとおり、女の国の魔女も、ここまでは追ってきませんでした。

するとと小さな少年よだれが海岸で二人を迎えました。

「少し手伝ってくれるかね、よだれくん」

よだれは「しゅっ、しゅっ」と返します。涙屋の言葉を理解した様子です。青年の身体を支えて、移動を手伝いました。

森に入る手前で、涙屋は一度、海の向こうを振り返ります。黒い煙を吐く男の国の島が見えました。炎はすべてを焼き、悲しみを人の心に植えつけます。彼はその光景を目に焼きつけて森の中へと進んでいきました。


「よっこいしょ、と」

森のほぼ中央に、よだれの住《す》み処《か》がありました。住み処と言っても、巨大な大樹の根を屋根にした粗末な洞穴です。涙屋は青年をそこに降ろすと、自身もあぐらをかきました。

さらに、背中から書類を取り出します。涙の秘訣です。弓矢を持ってきた兵士が、涙屋のために持ち出してくれたものでした。

青年と、涙の秘訣の無事を確認すると、彼は安堵しました。

その安堵は、彼の意識を朦朧《もうろう》とさせます。熱っぽく、吐き気がしました。「ごほっ、ごほっ」と咳が出ます。首の裏に手を触れさせると、虫に刺された跡がありました。

それは琥珀色の魔女が放った害虫によるもので、健康な成人なら数日間、高熱を与えるだけですが、老人や子どもにおいては著しく体力を奪い、死に至らしめる毒を持っていました。

よだれが「しゅっ？」と、心配そうに涙屋の顔を覗き込みます。

涙屋の脳裏に駆け巡ったさまざまな想いが、ポツリと溢れました。

「叶うなら、我が子を、抱いてみたかったなぁ」

「だが、希望は残した。黒獅子よ」

どこからともなく、甲高い女の声が聞こえました。

その声を聞くと、涙屋の目頭が熱くなりました。

「ああ、お久しぶりですなぁ」

涙屋が顔を上げると、洞穴の出入り口に一人の女が立っていました。

現れたのは、煤まみれです。彼女は老いた獅子に言いました。

「今は白き老獅子か。あれから、お前にとって永い年月が経ったな」

涙屋は白髭をもごもごとさせて、煤まみれの瞳を見つめます。

「あれからとは、貴女を隠れ家まで送ったことですか？　それとも、それからあたしを、弟を恨まないまでに成長させた、勉強会のことですかな？」

涙屋は、一秒でも長い彼女との会話を望んで、思い出を手繰《たぐ》り寄せました。

さらに、にっこり笑うと、こう言いました。

「けれど、貴女は今も変わらない、若い姿なのですなぁ」

煤まみれが自分の顔を撫でます。すると顔についた煤がさっぱりとなくなり――頬にそばかすを浮かばせた女性が現れました。

「今のわらわは、貴様と離れて間もないわらわだ」

「時代を超える力を、取り戻したので？」

そばかすの女は自身の両手を見つめます。

「いいや。今も、あの鏡に魔女としての力を奪われたままだ。人間の女であるこのそばかすの姿が、何よりの証拠だ」

涙屋は首を傾げます。

「では一体、どのようにして、この時代へ？」

「また別の秘法を利用して、この時代に来た」

「他にも、秘法が？」と涙屋が眉をしかめます。

そばかすの女は、女の国があるほうを指差しました。

「ああ。女の国の大図書館の地下にある、ある魔女の遺骸《いがい》だ。死してなお、時を超える力を持つ」

涙屋は苦しそうに、大きく溜息を吐きます。

「よく、わかりませんが、何のためにこの時代に来たので？」

そばかすの女は「世界を晴れにするため」と言って続けます。

「負の秘法を破壊する。それを叶える真実の矢が、この時代、ここにあることが大図書館の本でわかったのだ」

そのとき、そばかすの女は気絶した青年を見つめていました。

「真実の矢じりを手に入れるには、宝石病が鍵とあった。つまり」

彼女の言葉を遮るように、「ごほっ」と涙屋が咳をしました。

「彼は、違いますよ」

涙屋はぬくもりに満ちた、優しい笑顔で青年を見つめました。

「限りなく真実を吐くが、大人になり、嘘も覚えた」

「嘘？」とそばかすの女の顔が曇ります。

涙屋は穏やかに続けました。

「宝石病にかかっているのに、健康を装った。彼はあたしを心配させまいと、優しい嘘を覚えてしまった。旅をして、嘘を覚えてしまったのです」

そばかすの女は一歩、洞穴に入ります。

「だが歴史書のとおりだ。宝石病となったこの青年が、負の秘法を破壊する真実の矢じりそのものとなる」

涙屋は、おもむろに、そばかすの女に、涙の秘訣を差し出します。

「どうか、受け取ってくだされ」

「どうしたのだ？」

そばかすの女は、戸惑った様子で涙の秘訣を受け取ります。

次に涙屋は、守るように真実の青年に身を寄せ、その手を握りました。

「そして、彼を導いてほしい。かつてあたしを導いたように。彼を女の国に運び、治療を受けさせてやってください」

そばかすの女は、その書類と青年を交互に見つめて冷酷《れいこく》な様子で言います。

「では、真実の矢はどうすればいい？　負の秘法を破壊できなければ、この先も多くの人々が虚《むな》しき永遠を歩むぞ」

すると涙屋が再び「ごほっ、ごほ」と咳をしました。

老いた老獅子は、手のひらを彼女に見せました。

「あたしが、その〝真実の矢〟になりましょう」

その手のひらには、赤く輝く無数の宝石がありました――。

黒き獅子、黄金の魔女王

――これは白獅子の若かりしころの物語。

時を遡《さかのぼ》ること、仮面の青年が生まれるよりさらに数十年前。皮膚がめくれるような気温の、白熱した砂漠に位置する大国に、多くの手下を従える悪童《あくどう》がいた。

民の家畜を盗んだり、人妻をからかったりして、逆らう者がいれば、その太い腕で殴り飛ばした。

彼は自分さえ楽しければ、人のことなどどうでもいいと思っていた。筋骨隆々の焼けた体躯《たいく》に、黒々とした毛髪。多くの妻を持つ。

物覚えがよく、あらゆる国の言語に精通し、さらに弓矢の名手だった。

その見た目から、悪童は黒獅子と呼ばれた。

ある日、黒獅子は、国に美しい女の旅人が来たという知らせを手下から聞く。彼はその女を自分のものにしてやろう、と自分のもとに連れてくるよう命令した。

――くたびれた畜舎《ちくしゃ》が黒獅子一味の隠れ家だった。

そこに手下に連れられ、噂の女がやって来る。黒獅子は金銀財宝の山の上であぐらをかき、女を見下げて「どこから来た？」と訊いた。

「遥か未来より」

鳥獣ですらうっとりするような、美しい声だった。

「どうやってだ？」

女は真っ白な手の甲を差し出し、つねる仕草を見せる。

「手のここを少しつねって」

言葉と同じくらい、女の格好は奇妙だった。全身を黒い布で覆い、さらに目もとは黒い煤を塗りたくっている。それでも隠しきれない目の輝きと品位を放ち、男たちの興味をそそった。黒獅子は、問答を払いのけるように立ち上がった。

「おうおう、旅の女。お前の素肌が見たくて仕方がないぞ」

それから手下に命令して女の服を脱がした。女の身体があらわになると、あまりの美しさに皆の視線が釘付けになった。彼女の身体は、まるで名曲を描いた旋律《せんりつ》のような曲線美《きょくせんび》で、叶うなら彼女を中心にして踊りたいと思わせた。普通の女なら泣き叫び、命乞いをする。しかし彼女は動じた様子を見せるどころか、犬を躾《しつ》けるような大声で言った。

「砂漠の国に、始末に負えない迷惑な皇子がいると聞いてきた！」

「俺様を探してきたのか。良い心がけだ」

次に女は、天井に開いた穴を見上げた。

「しかし噂よりつまらん。お前より穴から見える空の形のほうがおもしろい」

黒獅子は勢いよく立ち上がり、女を指差した。

「何おう！　おい、水をかけろ！」

何人かの手下が、同時に、女に泥水をかけた。すると彼女の顔に付いた煤が流れていった。途端、

「おお」「おおお」と手下が次々と歓声を上げげた。

「何と、美しい。まるで星を従えた黄金の三日月だ」

男たちの目に飛び込んできたのは、月色の毛髪だった。長い髪は丁寧に折り重なり、一本一本が絹の如き質感を思わせる。頬、唇、首は、若々しい生命の輝きに溢れ、目や眉の位置は豊かな智慧を感じさせた。手下の中には歓喜のあまり涙を流す者までいた。女の美しさは、宇宙を凝縮《ぎょうしゅく》し、その身に内包させたような奇跡を思わせ、どういうわけか見る者に感謝の念すら抱かせた。

天井の穴から漏れた太陽の光は彼女に反射し、隠れ家にあった金銀財宝を照らしている。さすがの黒獅子も、その美しさに心奪われた様子だ。

彼女は濡れた髪をしぼり、自身の手脚や腰のくびれを撫でた。次の瞬間、さらに奇妙なことが起こった。

「お、親分、寒くないですか？」

手下が、黒獅子にそう漏らした。黒獅子もぶるりと身体を震わせる。暑い国出身の彼らが感じる、生まれてはじめての冷気だった。冷気は彼女の周囲から噴き出し、彼女の身についた水滴は硬い衣服となっていく。

畜舎の気温はどんどん下がっていき、黒獅子は肩を震わせて女を指差した。

「め、めめめ、面妖《めんよう》な女だ。な、な、何者だ、お前!?」

女は麗美《れいび》な微笑みを黒獅子に向けて、こう言った。

「わらわは黄金の魔女王」

「ま、魔女の王だと？　お、俺様を殺しに来たのか？」

「それも悪くないが、この国に負の秘法があると聞いてきた」

「し、し、城の地下にそんな秘法があったかもな。見つけてどうする気だ？」

「破壊する」

黄金の魔女王はそう言って、城があるほうを睨んだ。

「負の秘法は、時代ごと、さまざまなかたちに変化し、宿主を変えてきた。あるときは永遠の命と苦悩を与える本、あるときは宗教を隠れ蓑《みの》に国を戦火に巻き込んだ政治家の服、またあるときは特定の人種を苦しめる法律。いずれもはじめは人が求める姿を取る。だがその本質は多くの人間を絶望の底に落とす〝不幸そのもの〟だ」

黒獅子は「へっ」と鼻で笑った。

「ま、魔女の存在は違うってのかい？」

魔女王は自身の両肘に手を置き、真っ直ぐに黒獅子を見つめた。

「わらわは善玉の魔女だ。恩ある人々の縁に触れ、地獄の心を太陽に入れ替えた。人の心を晴れとするため、時代を超えて旅を続けている」

黒獅子は背筋を伸ばすと、寒さを跳ね退《の》けた様子で、魔女王の目の前に立ち、胸を張った。

「へっ、俺様のことはいいのかい？　俺様だって、人を困らせるのは得意だぜ？」

すると魔女王は、黒獅子のつま先から頭の天辺までじっくりと見つめ、不思議な予言をした。

「貴様は、今はまさに黒き獅子だが、いずれ白き老獅子となる」

「どういう意味だ？」と黒獅子が訊くと、魔女王はこう続けた。

「後の歴史書が語る事実だ。貴様は後の世で、ある国の命運を左右する賢者となる。その類稀《たぐいまれ》な才気を正しいことに使ってな。その種を撒《ま》くためにも、わらわは貴様に会いに来た」

黒獅子には、魔女の王が言っていることがわからない。ただ、近くで見た彼女はやはり恐ろしく綺麗だった。黄金の頭髪に瑞々しい白桃《はくとう》色の肌。漂う香りは赤子の乳臭さを思わせる。そのすべてに心奪われ、黒獅子は己の訴求《そきゆう》を口にする。

「それだったら、俺の女になって、その種とやらを教えてくれよ」

魔女王は愚かな黒獅子の気質に合わせ、こう答えた。

「ああ、いいだろう。弓矢の勝負でわらわに勝ったらな」

黒獅子は「ほほう」と思わず歯を見せた。

「いいぜ。弓矢は得意だ。的は何にする？」

魔女王は天井の穴を真っ直ぐに指差して、こう言った。

「負の秘法だ」

こうして黄金の魔女王は黒獅子を利用し、砂漠の国の城の地下にある秘法の間に案内させた。


——ひんやりとした金庫内。金銀財宝はもちろん、絵画や壺、祖先のミイラに至るまで、あらゆる宝があった。

「あれが負の秘法だ」

黒獅子が指差す金庫の中央に、布に包まれたのっぽな秘法が置かれていた。黄金の魔女王は、真っ直ぐに布の向こうを睨む。

「布を広げるか？」と黒獅子が訊く。

魔女王は首を横に振った。

「対象を不幸にする存在だ。見る前に破壊する」

すると彼女の手に水分の凝固によってできた弓矢が現れる。それから、黄金の髪の毛を数本束ね、弓の両端に括りつけた。さらに彼女は、右手の親指を噛む。すると血玉が浮かび、間もなくそれは高硬度の朱《あか》い矢じりとなった。

黒獅子も、部下が二人がかりで運んできた大弓を構える。矢そのものが赤子の拳ほどに太く、彼の怪力を以て鹿に放てば、角を二本同時にへし折るほどの威力を秘めていた。

「先に破壊したほうが勝ちだ」

金庫の端に立つと、黒獅子と魔女王は同時に弓を構え、ぎりぎりと矢を引いた。

二人とも常軌《じょうき》を逸《いっ》した怪力を見せ、堅い糸が限界まで緊張する。

「放て！」という手下のかけ声で、二人が同時に矢を放った。

朱い矢に続いて、太い矢。二本の矢が秘法の中央に激突《げきとつ》する――しかし、硬い音を立てるだけで、秘法は破壊どころか、倒れることもなかった。

「なんだ、引き分けか」

とのん気な様子の黒獅子に対し、魔女王は焦った様子を見せる。

「わらわの矢でも、射抜《いぬ》けぬだと？」

「お、おい」と黒獅子が声をかけるなか、魔女王が秘法に近づき、布を剝がした。

「これは!?」

そこに置かれていたのは一枚の――大鏡だった。

すると鏡から光が放たれ、魔女王の全身を包んだ。不気味な、重い色の集まりによる光だった。

七色の絵の具をぐるぐる混ぜたような大理石模様《もよう》で、見る者に余命を宣告されたような焦りを与えた。

――不気味な七色はすぐに鏡に戻っていく。その場にいた黒獅子と手下の何人かは、夢から覚めたような顔をした。魔女王は、大鏡の前でじっと立ち尽くしている。

黒獅子が、彼女の背中に声をかけた。

「おい、魔女の王。次の勝負は何にする？」

「勝負は、お預けだ」とだけ彼女が返す。

心なしか、彼女の背たけは縮んで見えた。ゆっくりと、魔女王が振り返る。氷の衣服は水となり、漏らしたように、床を濡らしていた。氷の弓も溶けている。

そして魔女王の姿にも、大きな異変が起きていた。

黒獅子は驚きを隠せずにいた。

「誰だ、お前？」

振り返った彼女の姿は、くるくるの毛髪の少女だった。彼女は自身の両手を見て、力ない声で言った。

「鏡に、力を、吸い取られてしまった」

黒獅子は手下に向かって「脱げ」と命令した。手下の衣服を少女に羽織《はお》らせるためだ。

「それでいつになったら、さっきの美しい姿に戻るんだ？」

少女は首を横に振った。

「わからない。黒獅子、馬を用意してくれ」

「どこに行く気だ？」

「図書館だ。とある国にある、世界最大の図書館。そこに帰る」

すると「ギャア！」という悲鳴とともに、手下の一人が倒れた。

「おい！」と黒獅子が倒れた手下に駆け寄ろうとすると、新たな一団が現れる。

「ほもほもう」という奇妙なため息が聞こえた。一団の先頭にいたのはかっぷくの良い青年だった。

その人物は、この国の第二皇子にして黒獅子の弟。多くの城兵を引き連れて、金庫の出入り口を封鎖したのだ。

彼は黒獅子に「やあ、兄上」と挨拶した。

黒獅子は腹違いの弟を睨む。

「おい、てめえ、俺様の手下を切るとは覚悟できてんのか？」

第二皇子は、細い目をさらに細くして、そばかすの少女を覗く。彼女は黒獅子の背後にいた。

「ほもほもう、兄者、ああ、兄者。朕《ちん》は嬉しい、喜びが隠せません。なぜならあなたがヘマをしたから。いつも朕が比べられる、目障りなあなたを、やーっと罰することができる。魔女に秘法を渡そうとしている、という密告があったものでね。朕は国の秘法を守るため、駆けつけたのですよ」

「ぶっ壊そうとはしたが、盗むなんてことはしてねえぞ」

「同じですよ。重罪を犯したのですよ、兄者は」

「だったらこの第一皇子の俺様に免じて、てめえは引っ込んでろ」

第二皇子は不気味な様子で、「ほもっ」と笑った。

「できませんよ。先ほど父君が言っていました。子のできない兄者に、王を継ぐ資格はない、と。次期王権は、朕にあるんですよ」

「おい待て。子なら授かったぞ」

第二皇子は「あーっ」と天井に目をやり、人差し指を立てた。

「そう言えば、今朝、はらんだ女を一人、国外へ追放しましたなぁ。黒獅子一味のせいですよ。あなた方の犯罪をほう助した重罪人として、追放したのです」

卑怯で無慈悲な第二皇子の言動に、黒獅子は怒った。しかしそばかすの少女にはわかっていた。すべては黒獅子の、日ごろの行いから生じた罰とも言うべき結果だと。

第二皇子は部下にこう命令した。

「捕まえろ。全員、盗人だ」

こうして黒獅子は、多くの妻と、一人の子を失う。だが、その悲しみや戸惑いを抱く間もなく、国を追われる身となってしまった。彼は数人の手下とともに、数百の兵に挑むが、あっさりと敗れ、そばかすの少女を連れて、泣く泣く砂漠の大国を後にした。

II　女の国

とある荒《すさ》んだ小さな港町の、夜の出来事。

場末の酒場で、乱暴者が机に足を乗せると、ドスンと大きな音とともに机が真っ二つに割れた。彼の足には罪人の鉄球が繋がれていたのだ。

皆の注目を浴びると、鉄球の男はこう叫んだ。

「何でも、世界のどこかに、女しかいない女の国があるんだってよ！」

酒場にいた他の男たちは疑いながらも興奮《こうふん》した。

「あるわけねえだろ、馬鹿、そんなの。女だけで、子どもをどうやって産むんだ!?」

男は鉄球を膝の上に載せると、唾を吐き、それを大事そうに磨いた。

「信じられねえかもしれねえが、永遠の命を持つから、子孫はいらないんだとよ」

「どうやって永遠の命を持ったんだ!?」

「何でも、生き物をそうさせる、不思議な秘法があるそうだ」

そこにいるほとんどの男がかつては漁師だったが、稼《かせ》げなくなった挙句《あげく》に罪を犯し、この国に逃げてきた荒くれ者だった。彼らにとって、女しかいないと言われるその国は、夢のような国に思えた。他に楽しいこともないので、彼らは酔った勢いのまま船を盗み、海賊となった。しかもちょうど運良く、女の国の島に攻め入ることができる秘密の海路の情報も得た。女の国の噂はあっという間に広がり、興味を持った他の海賊たちがどんどん集まった。船長のいない海賊団なので、何度か仲間割れが起きた。一割くらいの仲間を海に放り投げたとき、やっと凍える海域に到達した。女の国がある島の近くまでやってきたのだ。

先頭の船に乗る鉄球の男が、海上を指差した。

「お、おい、海の上に女がいるぞ！」

おかしな報告を仲間が確認しようとしたそのとき、空は肉色と化し、火の雨が降った。一方で雹《ひょう》をはらんだ竜巻が起こり、船を次々と巻き込んでいった。

さらに、鉄球に、無数の海鳥が、まるで磁石のようにびたびたとくっついた。どういうわけか鉄球そのものが重さを増して船底を突き破る。男はブクブクと海底に沈んでいった。

こうして海賊の一団は、立て続けに起こった奇妙な現象で壊滅する。

「ま、魔女だ！　女の国は、魔女の国だったんだ！」

誰もがそう叫び、女の国の海域に踏み入ったことを後悔した。

数十年、そんな事件が繰り返されてきた。


男の国の北に位置する女の国の島は、山々が連なった土地が続き、冷たい雨と雪が交互に降り続ける劣悪《れつあく》な環境だった。女の国は谷あいにあり、女王が住まう城は蜂の巣のように崖《がけ》を背後にして建てられていた。

………大変、静かな国だった。

女王は城を開放して、国民のほとんどが城で暮らしていた。

彼女たちはただ静かに、そして質素に、その冷たい国で暮らしていた。

時々外国からの攻撃を受けると、七人の魔女が出向き、この土地を守った。

ただ虚しくそれを繰り返す。

この国は、子を失った母の嘆きでできていた。

美しい青年の旅

「――続きは？　物語の続きは？」

美しい青年が母にそうせがんだ。

そこはとある国の民家。教師をする母と、物を造る父。

二人の間には、美しい容姿をした一人の青年がいた。

夕げを終えると、母と息子は談笑し、そのなかで時々、母は不思議な物語を息子に聞かせた。

息子が小さなころには、老婆が少年に語る、五つの国の物語を伝え、息子が少し成長すると、魔女が旅した危険な三つの国の物語を聞かせた。

そして息子が青年と呼べるほど成長したとき、母はこんな物語を語り始めた。

「これはおばあさまから聞いた、魔女にまつわる物語です」

しかし中途半端なところで、物語は終わりを迎える。

息子の憤《いきどお》りに、母は残念そうに首を横に振った。

「ここから先のお話をする前に、おばあさまはいなくなったわ」

青年は矢継《やつ》ぎ早《ばや》に訊いた。

「仮面の青年や、涙屋、それに良き友の王に、代弁者は一体どうなったの？　女の国は？　獣の森のよだれは？」

再び、母は首を横に振る。

「続きはわからない。おばあさましか知らないから」

「じゃあなぜ、その物語を俺にしたの？」

「わたしの祖父母であり、あなたにとっての曾祖父母の物語。自分を知るいいきっかけになると思って」

母の言葉は矛盾していた。自分を知る手がかりにこそなっても、結末がない。それは何とも寝つきの悪い印象を青年に与えた。

さらに、青年は大きな疑問を抱かざるをえなかった。

仮面の青年である自分の曾祖父は、一体どうやって生き延びたのか？

そして曾祖母は一体誰なのか――？

いつの時代も、青年世代の心には人生の疑問が生まれる。その後の人格を決める疑問のときもあれば、答えを知らぬまま大人になって忘れていく疑問もある。

美しい容姿をした青年も例外なくそんな疑問を抱き、それが彼の旅の始まりを手伝った。学校が長い休みに入ったのを機《き》に、とある国を目指すことにする。

そこは、かつて女の国があったとされる島。

美しい青年は、そこにある大図書館を目指した――。

青年の母は、かつて世界一の美しさを持つ女性だった。知識を楽しんで吸収する気質や、音楽の才能に言語の才能。あらゆる運動に適した筋肉に、その影ですら名画になりそうな体つき。人が欲するすべての価値を、あらかじめ与えられて生まれていた。

しかし彼女はその美しさや才能に甘んじることなく、善良にして謙虚、さらに勤勉だった。やがて彼女は、一人の男性と結婚して長男を授かる。

その息子もまた、母親と同じ奇跡の美しさを持っていた。黒く長い髪に、手入れ要らずの眉。長いまつ毛が影を落とすと、まさに母の若いころの姿と瓜《うり》二つだった。そして母譲りの英知を受け継ぎ、大変に賢く、また学ぶ心もあった。人に自然と優しくでき、両親を尊敬していた。

しかし彼には、一つだけ恐れることがあった。

それは若いころの母の写真を見たことがきっかけだった。

母は世界一の美しさを持っていたが、永遠ではなかった。人並みの美しさは維持していたが、年月とともに彼女は歳をとっていき、若いころと比べれば、そのちがいは一目瞭然《りょうぜん》だった。青年は自分もまた母親と同じように歳をとり、その美しさに陰りが見えることを恐れていた。

だからこそ、彼は女の国と男の国にあると言われた負の秘法に、強い興味を抱いたのだった。

美しい青年は故郷から遥か遠くに位置する、廃墟《はいきょ》の大図書館にいた。

容易な旅ではなかった。空路と海路を旅して五つの国を超え、途中、突然の強盗事件に巻き込まれたり、悪天候によって足止めを食らったりして、やむなく違法な手段で入国することもあった。しかし同じ数だけ、親切な人々との出会いもあった。およそ十日におよぶ旅の末、ようやくその島にもっとも近い港町に辿り着いた。

昔は犯罪者が多く流れ着いた荒んだ町だったが、今では近隣諸国の良い影響を受け、すっかり安全な港町に生まれ変わったという。その町では、女の国の島の話を多く聞くことができた。女の国がある島は、希少《きしょう》な動植物が生息しているわけでも、息をのむような絶景《ぜっけい》があるわけでもない。現在は、どこぞの物好きな大富豪が領海ごと買い取り、管理している、とのことだった。

港町には、島へ直行する大富豪専用の船があるという。誰も見たことのない大富豪であることから、青年はその船の船員に、自分こそ、その大富豪の使いだと嘘を吐き、島まで乗せてもらおうと考えた。

しかし不思議なことに、船の番人は青年の顔を見るなり、しゃがれた声で「おかえりなさいませ」と言って、あっさりと彼を船に乗せた。

そして島の番人もまた「おかえりなさいませ」と青年を出迎えた。青年は、訳のわからないまま、島の奥を目指した。凍てつく海域に存在する雪の島だった。小さな係留所に、性別のわからない老人が番人をしているだけだ。それ以外、女の国の名残りらしき建物や住民の姿はなかった。

係留所から一歩出ると、しんしんと雪が降る雪原が続いた。

そもそも、ここには本当に女の国があったのだろうか？

果たして、ここには今も負の秘法はあるのだろうか？

母が語った物語の続きの向こうには、何があるのか？

やがて青年の抱く疑問が尽きかけ、手と足の指先に感覚がなくなったころ、大きな建物を発見した。巨大にして重厚な造りで、雪を羽織り、どこか偉大な文豪《ぶんごう》を思わせる。そんな大図書館だった。

暗い館内に、ビュウと甲高い風の音が鳴り響き、大きな両扉の片方が開いた。狂ったように舞う白銀とともに、美しい青年が館内に滑《すべ》り込む。天井を見上げると、銀世界から差し込む明かりが、窓を通じてわずかに館内を照らしていた。

そこは男の国と女の国が分かれる前からあった図書館で、彼の国の男たちが優れた職人技術を有していたことがよくわかる造りをしていた。城を思わせる広さで、扉から柱、階段に至るまで、一つひとつが質素だが、悠久《ゆうきゅう》の時を超えてもその頑丈さは維持されていた。

無数の本が青年を出迎えた。壁に埋め込まれた梯子状《はしごじょう》の棚には、厚薄雑多《こうはくざった》な書物が並べられ、いずれも長い時間、人の出入りがない様子で埃《ほこり》をかぶっていた。

奥に進むと左右に階段が見えた。上階への階段と、下階への階段だ。美しい青年は地下に進むことにした。彼が知る物語の財宝は、いつも地下にあったからだ。

地下には小部屋しかなかった。礼拝室のような宗教的意図がうかがえる部屋で、壁には雨を思わせる印《しるし》が描かれていた。美しい青年は、女の国が雨の教えを持っていたことを思い出す。その個室は、上階よりさらに静かだった。風が外壁を叩く音すらしない。目を閉じると自分の鼓動が聞こえた。

靴が床を叩く音すら愛しく、青年は部屋の奥まで歩いた。部屋の奥の壁には窪みがあった。指が四本ほど入る横長の窪みだ。彼はそこに手を入れてみた。

すると岩同士を擦る音とともに、壁の一面が移動し、さらなる隠し部屋が現れた。青年は、隠し部屋の存在よりも、窪みの大きさが青年の指先とぴたりと合うように造られていたことに驚いた。

隠し部屋を進むと、さきほどの個室と同じくらいの部屋がいくつか連なっていることがわかった。

壁に並べられた本は、大図書館の出入り口付近にあったいずれの本よりも遥かに歳をとり、厚く、そして難解な内容だった。小さな机と小さな椅子が点在し、割れた皿が床に転がっていた。人が生活していた形跡《けいせき》だ。一部の本の背表紙をよく見ると、人の手形の跡があった。合わせてみると、青年の手の形とぴたりと合った。

固唾を呑み、青年はもっとも奥の部屋に入った。

その部屋は少し特別な造りで、四つの小さな台座と、部屋の中央に大きな台座があり、博物館の展示物を思わせた。手前の二つの台座にはそれぞれ、青年の親指ほどの大きさの極光色に輝く宝石と罪人の仮面があった。

奥の二つには、無数の手書きの書類と一冊の本があった。しかし青年はそのどれよりも、中央の台座に安置されたその存在に目を見張った。

「母さん？」

〝それ〟は、はじめは生きた人間かと思ったが、間もなく女性の遺骸だと気づく。

新生児のようにうずくまり、安らかな寝顔で頬を台座につけていた。生命感はないが、ついさっき息を引き取ったかのような、一種のぬくもりすら感じさせた。そして、その容姿は恐ろしいほど美しく、青年の母の若かりしころの姿に、よく似ていたのだ。

青年は、それから、奥の台座にあった手書きの書類をめくった。その遺骸について書かれていると思ったのだ。しかし文章は見たことのない文字で書かれ、読めなかった。分厚い本のほうもめくってみる。今度は知っている言葉も並んでいた。読んでいくうちにそれは翻訳書であることがわかった。青年はその場に座り込み、夢中で、翻訳書と、手書きの書類を交互に読んでいった。やがて、まずその本のほうは、曾祖父が書いた故郷の国とこの国を繋ぐ翻訳書であることがわかった。

そして手書きの書類は、涙屋の老人が書いた、涙の秘訣だった。涙の秘訣の内容を読んでいくうちに、青年は鼻の奥にツンとした刺激を感じた。そして半分ほど読んだところで、そっと涙の秘訣をもとの場所に戻すことにした。自分が読むべきものではないと判断したのだ。そのころには、彼は自然と、この国の言葉を文法から発音に至るまで、ほとんど覚えていた。

次に彼は、罪人の仮面に触れた。思ったよりも軽いが、窪んだ跡があった。母の物語が正しければそれは銃弾《じゅうだん》を受けた跡に思えた。

それから青年は仮面片手に、遺骸の前に立った。灰色の肌と頭髪。幼げな寝顔に埃がかかっていたので、そっとそれを掃《はら》ってやった。

すると、目に乾きを感じた。さらに青年の周囲では壁を形作る煉瓦から灯火に至るまで——辺りのすべてがぐるぐると回転していた。

過去へ

「——お前は誰だ？　なぜ、その仮面を被っている？」

美しい青年にそう問いかけたのは、顔に煤を塗った奇妙な女だった。

彼女の後ろには「しゅ、しゅ」とつぶやく小さな少年もいる。

美しい青年には訳がわからなかった。あの遺骸に触れた瞬間、目にわずかな痛みを感じ、すべてが歪んで見えたので、思わず手に持った仮面を顔につけた。

気がついたら――さきほどまでいなかったはずの煤にまみれた女と、寝たきりの男、さらには小さな少年が突然に現れたのだ。

青年は、さきほどから一切移動していない。今までいた部屋と同じ部屋にいた。

顔に煤を塗りたくった女は、大きな台座のほうを見つめて言った。

「あそこにあった遺骸に、触れたのだな？」

「あ、ああ」と美しい青年が正直に答える。

しかしどういうわけか、あの遺骸はこつ然と消えていた。

「外せ」

青年が仮面を外すと、彼女は「ほう」とつぶやき、その顔をまじまじと見つめた。

「妙に似ている。ここに来たのには目的があるな？」

それから美しい青年は、ここに来たいきさつを語った。

――話を聞き終えると、女はぶつぶつとつぶやく。

「やはりあの女性の息子。そうか、魔王か」

青年には女が言っていることはまったくわからなかったが、彼女は「心配するな」と言って、こう説明した。

「わらわには、お前を導く義務がある。お前の話が本当なら、お前の両親は恩人だからな」

「恩人？」

「順を追って説明する」と言って、彼女は天井を見上げた。

「ここはお前が知る大図書館で間違いない。ただし、お前からすると遥か過去の大図書館だ」

「それは、つまり」と青年が言うと、彼女は大きく頷いた。

「そうだ。女の国の領土内であり、今からすると、男の国が滅びたのは二週間前だ」

美しい青年は、小さな少年を見つめた。

「じゃあ、この子はもしかして、よだれ？」

「しゅっ」とよだれは返事した。今は床に座って本を開いている。

よだれは言葉こそ独特だが、実際に会ってみると聡明さと、どこか品位を感じさせ、煤まみれの言葉や青年の言葉をよく聞いていた。

青年は、さらに部屋の奥に眠る一人の男を見つめた。

「それじゃあ、彼はもしかして、真実の、仮面の？」

「そうだ。お前からすると曾祖父だったな。銃弾を受けたが、仮面のお陰で一命を取り留めた」

しかし、今は「うぅ」と苦しそうに呻《うめ》き、起き上がりそうになかった。煤まみれはこう続けた。

「だが体調が急変した。今は頭部の悪いところを宝石病に侵され、一日の大半、眠ることを余儀なくされている」

確かに真実の青年の右半身には、赤黒い石がかさぶたのようにこびりついていた。それは松明《たいまつ》の明かりによって、ぬめぬめとした妖艶《ようえん》な輝きを放っていた。どうやら煤まみれとよだれは、真実の青年の看病をしていたようだ。

美しい青年はおもむろに訊いた。

「それじゃあ、涙屋は？」

煤まみれは首を横に振って、手のひらを差し出した。

そこには大きく白い、一層煌めく宝石があった。

「獣の森で虫の毒にやられ、息を引き取った」

青年が大きく呼吸した。小さな悲しみと大きな驚きを抱く。

「会ってみたかった」

と素直な気持ちをつぶやくと、煤まみれも残念そうに言った。

「彼はもともと宝石病だけでなく、いくつかの病魔に侵されていた。あの歳まで生きたことそのものが奇跡と言っていいし、死ぬ苦しみに段階があるのなら、もっとも安らかに息を引き取ったように見えた」

次に、青年はさらなる疑問を訊いた。

「今、男の国の状況はどうなってるんだ?」

煤まみれは、黒い顔を天井の隅に向けた。その方角に男の国があった。

「戦争と呼ぶのも躊躇うような、一方的な戦いだった」

それから男の国が滅亡した日について語った。

——七人の魔女のうち、柘榴色の魔女は涙屋の矢によって倒れ、象牙色の魔女は数名の兵士の犠《ぎ》牲《せい》のうえに、鼻たれの怪力によって自慢の足をへし折られる。

こうして二色の魔女を倒すことには成功したが、残りの魔女もいよいよ本気で襲いかかった。鼻たれは、昆虫による猛毒で意識が朦朧とするなか、氷をはらんだ竜巻によってついに吹き飛ばされてしまう。

良き友の王は兵たちに銃を持たせて戦いを続けようとした。

しかし涙屋があらかじめ、鼻たれを通じて、銃を海に捨てるよう命令していたため、男の国は戦闘の続行ができなくなる。

総理大臣が女の国に交渉を持ちかけるが、女王はこれに一切の反応を示さず、その間も竜巻が家屋を破壊し、昆虫が男たちを襲った。

王は城の深部に隠れていたが、鼻の利く魔女によって見つかり、身柄を拘束。こうして総理大臣は泣く泣く女の国に全面降伏した。

――煤まみれはさらに続けた。

「涙屋の尽力と良き友の王の野望で、せっかく開国をしたが、女の国の恐ろしさを諸外国に知らしめる結果となったな」

「一体、どこから間違えて、こんなことに？」

残念そうに声を沈める青年に、煤まみれは棚から一冊の本を取った。それをめくると、髭を生やした大柄な男の絵が青年の目に飛び込んだ。

「すべては砂漠の大国、第二皇子の不信から始まった」

青年は本を受け取り、砂漠の大国の大王の姿を見つめた。

「不信？」

「そうだ。兄をはじめ家族はおろか、人すらも信じることをやめた、愚かな第二皇子だ」

美しい青年は、その本を読み進めた。

――砂漠の大国の第二皇子。

彼は、無数の果実が成る大樹のごとき才能とともに生まれたにもかかわらず、物心つく前から劣等感を抱いた。無理もなかった。毛髪の量、身体の大きさ、母乳を飲む量、物を覚える早さに至るまで、数日早く生まれた腹違いの兄と、常に〝比べられること〟が彼の運命だったからだ。

そのすべてにおいて、第一皇子が勝《まさ》っていた。

そんな第二皇子の唯一の味方は母親だった。母親は学者の娘で、明るく賢い女だった。王に見初《みそ》められ、第二夫人として宮廷に入り、第二皇子となる子を授かった。彼女は決して、他の子と我が子を比べなかった。我が子には我が子にしかできない使命があると信じ、卑屈《ひくつ》な考えをとがめた。

ところがある不幸をきっかけに、第二皇子は、母の教えすらも疑うようになる。

刃のように鋭い三日月の夜のこと、第一夫人と第二夫人が、同時に、病に倒れたのだ。海からやってきた奇病、宝石病だった。

しかし、王は第一皇子の母である第一夫人の側に居続けた。

国の医師にも為す術なく、やがて同じ日に、第一夫人と第二夫人の全身は硬い宝石となり、二度と息を吹き返すことはなかった。

そして王は、とうとうひと目も、第二夫人のことを見舞わなかったのだ。

第二夫人は、半身まで宝石が及んだとき、息子にこう残した。

「腹違いの兄を支え、仲良くするように」と。

しかし第二皇子は母の言葉を間違ったかたちで解釈《かいしゃく》する。母までも、腹違いの兄に媚《こび》を売るように、と言っているとしか思えなかったのだ。

加えて、もっと自分のことを褒めたり、労《いたわ》ったりしてほしかった。

そしてすべてを呪い、強烈な劣等感を抱くことになる。

さらに父王は、二人の皇子を甘やかした。

兄の皇子は町に出ると悪童を集め、黒獅子と名乗るようになる。

一方で、弟の皇子は父王の傍《そば》で帝王学に励んだ。

二人の皇子が成長したある日、弟は兄の弱みを握る。それは兄の妻たちの間で囁かれた噂で、兄は子ができない〝種なし〟というものだった。

それから弟は、父王にさらに取り入るようになった。自分こそ、この国の次期大王にふさわしく、そして兄には子を残す力がない。そう言い続けた。

父王は徐々に第一皇子への興味を失っていった。そして第一皇子が、秘法に魔女を近付けさせた事件を機に、とうとう第一皇子を国から追い出してしまう。

第二皇子は大王への即位が約束され、こうして数年後、彼は国にあるすべての権威を手に入れた。

新しき大王は、卑屈なうっぷんを一気に放出するかのように、独裁的な支配者となる。民衆に重税を課し、大人を労働力や生産力といった国のための道具と見なした。隣国に争いをしかけては捕虜を人質に身代金を取り、国教を利用し、侵略を聖戦と称して略奪《りゃくだつ》を行った。

さらに大王は、国の秘法を利用して永遠の生命を持つようになる。その力を利用し、民衆にも永遠の生命を与えて重労働を強いた。永劫な時は人の意志や記憶をにぶらせた。

だがそれだけでは飽き足らず、さらなる領土を手に入れようとした。彼は自分より幸せな者が許せなかった。同時に慎重で、獲物を確実に仕留められるまで待ち続ける獣のような忍耐強さを持っていた。

大王は、負の秘法を、とある平和な国に送った。その国が秘法によって女の国と男の国に分かれ、ゆっくりと衰退していく様を、大王は酒の熟成を待つように辛抱強く、そして楽しみに眺めていた──。

──美しい青年は思わず本を閉じた。

「すべては、涙屋の弟の、大王が仕組んだ物語……」

煤まみれが頷く。

「そうだ。大王が抱いた母親への不信から、すべての不幸が始まった」

彼女は大きく呼吸をすると、西のほうを睨んだ。

「男の国は滅んだが、女の国もとうに疲弊している。さらに二人の魔女が欠けた今、砂漠の大国がいつ攻めてきてもおかしくない」

青年は頭を整理させるためにこう訊いた。

「あなたも魔女？」

「そうだ。わらわの正体は黄金の魔女王。善玉の魔女だ」

彼女は、すべての力を秘法に吸収され、煤まみれを名乗っていた。

そう説明すると、煤まみれは大図書館の隠し部屋を見回した。

「奇《く》しくも、わらわの隠れ家であるこの大図書館は女の国の領土内にあった。それからあの遺骸の力を利用して、女の国に溶け込んだ」

「一体、何のためにそこまでして？」

「負の秘法を破壊するためだ」

そう言って見せたのは、あの極光色に輝く宝石だった。

「唯一の光明である真実の矢は手に入った。宝石となった涙屋の、その一部だ」

まるで涙屋の生きた歴史が凝縮されたような、光輝く結晶だった。

次に青年は部屋の中を見回した。いくら見回しても母に似たあの遺骸がどこにもなかったのだ。

「それで、あの遺骸は今どこに？」

「盗まれた」

そう言う煤まみれの目は細く、声にはくやしそうな念が籠《こも》っていた。

「一体、誰に？」

「虹色の魔女だ」

「虹色の魔女？　女の国にいる魔女の一人か？」

「そうだ。七色の魔女を束ねる親玉の魔女だ」

「一体、どうしてあの遺骸を？」

謎の遺骸について、煤まみれは少し考えてからこう答えた。

「あの遺骸の女は、かつて白銀の魔女と呼ばれた存在だ」

「白銀の魔女？」

煤まみれは、訴えるように、青年に悲しい目を向けていた。

「今からするのは、お前の出生に、よく関わる話だ。お前はもちろん、お前の両親すらも知らないだろう。だが恐らく、お前はそれを知るためにここへ来た」

青年にとって予期しなかった話だが、彼が人一倍、先祖や、自分自身に興味があることは間違いなかった。なぜなら彼は言いようのない空白を抱えていたからだ。

その空白とは、行ったことのない情景《じょうけい》に既視感《きしかん》を抱いたり、聞いたことのない物語に聞き覚えがあったりすることだった。極めつけはこの時を超えた旅だ。

時を遡り、自分が生きる時代から過去にやってきたにもかかわらず、不思議と大きな驚きがなかった。まるで手の甲をつねるほど日常的に感じたのだ。

数秒の沈黙の後、煤まみれは棚からさらに一冊の本を取り出した。それは魔王という存在を書き記した本で、挿絵《さしえ》に描かれた黒髪の魔王は、美しい青年によく似ていた。青年が覚悟を込めた瞳で大きく頷くと、煤まみれは、声を低くくし、一つひとつの言葉に重みを込めてこう語った。

「他者から王と認められた者、あるいは絶望を知って魔女になった女は、神秘の奇跡と呼ばれる不思議な力が備わる。それらと同じように、神秘の奇跡を操る迷子の魔王という存在がいた。あらゆる時代に現れ、人に悪さをする、家路を失った鬼の子と言われた存在だ。しかしその正体は、とある美しい女性が産むはずだった、流産した赤子だった」

唐突《とうとつ》な話だったが、青年は固唾を呑んで聞き入った。

「流産させたのは黄金の魔女王である、わらわだ。その後、お前の両親の許しを受け、改心した」

小声だった。彼女は申し訳なさそうに、さらに声を低くくして続けた。

「ところが、生まれることができなかった赤子と、美しい女性の願いに、月に住む霊王が興味を持ち、勝手に願いを受け入れ、子にかたちだけ与えた。その王の存在そのものも負の秘法だった。彼は『わがままとも言える利己的な願いを叶えてしまう』という誤った存在だった」

彼女は本をめくりながら語った。

「負の秘法によって、死の運命から、いたずらに生を受けたのが魔王だ。魔王は人間の手前の存在であり、迷子でい続けなければいけなかった」

「迷子で、い続ける？」

青年の疑問に煤まみれはこう答えた。

「負の秘法が叶える願いに幸せなどない。魔王は人間の手前、不完全な存在であり、迷子をやめて家に帰り、家族とともに過ごすことが死ぬことと同じ。そういう宿命を背負わされて生まれたのだ」

そこから一転し、彼女の声に熱がこもっていく。

「黄金の魔女王は改心してから、償いのために魔王を人間にする方法を探す旅に出た。そうして遥か未来の世界で出会ったのが、白銀の魔女だ。彼女は美しい女性、つまり魔王の母親の髪の毛によってできた複製だった。わらわたちは霊王に謁見し、選択をした」

彼女は深い呼吸をしてから、美しい青年の出生の真実を語った。

「魔女の選択とはこうだ。魔王を人間にする代わりに、白銀の魔女は、色を捧げた。魔女の色とは姿かたちを司る。彼女は、お前の母親として、お前を人間として生まれ変わらせる器になる道を選んだのだ」

青年の心に大きな衝撃《しょうげき》が走る。信じられない話の連続だが、彼女が嘘を言う理由もなかった。煤まみれは青年を真っ直ぐに見つめて言った。

「美しい女性は二度目の妊娠で、お前を産むことに成功する」

青年が自分の腕を強く握る。その様を見て、煤まみれは言った。

「その肉も、感覚も、もう一人の母である、白銀の魔女が与えたものだ」

青年の力が思わず緩む。彼は自分の腕を撫でた。

「じゃあ、あの、遺骸は？」

「あの遺骸は彼女の神秘の奇跡そのもので、触れた者に時代を超えさせる。生き物は運べないと聞いていたが、どうやら創造主に嘘を吐いていたようだ」

「嘘？」

「幼い心ながら賢い女だ。未練ある女を追うなど、くだらないことに力を使われないように吐いた嘘だ」

煤まみれがした魔王と白銀の魔女の物語は、彼の想像を遥かに凌ぐものだった。だが一方で、ずっと抱いていた空白にぴたりと符合《ふごう》する説得力があった。

美しい青年が注目すると、彼女はある目的を語った。

「このままでは、お前の曾祖父であるこの男は死ぬ。さらには女の国もまた、砂漠の国の大王率いる大軍によって支配されようとしている」

「どうしたらいいんだ？」

「有能な医者が女の国の城にいる。彼女に会う。手を貸せ」

青年は深呼吸をしてから一歩後ずさりをした。

「けど俺も彼も男で、女の国には入れないだろう。どうするんだ？」

煤まみれは本棚を見つめ、ある一冊の本に注目した。

それは、とある豊かな国の偉大な王について綴《つづ》った本だった。

「昔、必勝の神秘の奇跡があると言い張り、強力な魔女に挑んで打ち勝った王がいた。しかし、実際、必勝の力など存在しなかった」

次に彼女は、美しい青年を真っ直ぐに見つめる。

「勝利への確信が、その王にまさかの力を与えた。神秘の奇跡、すなわち魔女の力であろうとも、普通の人間が抱く勇気や確信とそう変わらないといういい例だ」

彼女は出入り口のほうを睨むと、力強い声で言った。

「お前が来てくれた今だからこそ、わらわは腹を決めた。魔女の力がなくても、わらわはこの青年を絶対に助けるとな」

こうして一行は、女王がいる城を目指すことになる。

しかし、その間には七人の魔女を番人とする七つの関所があった。

魔女たちの挽歌

昔々、これは柘榴色の魔女が誕生したときの物語。

とある裕福な国に、派手好きな女がいた。身体中に海星《ヒトデ》のかたちをした金細工をつけたり、頭に孔雀《くじやく》のようなたくさんのかんざしをさしたりして、派手に着飾る女だった。彼女は、友人の娘がはじめて立ち上がったことや、歯の痛みが治ったことなどを理由に、夜な夜な晩餐会《ばんさんかい》を開いていた。なめくじのように細くした目に、道化師のように赤く塗った大きな唇。彼女はいつも来客たちに囲まれ、荒唐無稽《こうとうむけい》な笑い話を繰り返しては注目を浴びた。

豊かにして退屈な国だったので、皆が彼女の存在をおもしろがった。

夫は身分の高い政治家だったが、派手好きな妻にうんざりしていた。やがて夫は、愛人の家にばかり行くようになる。そして、あの女の派手さに磨きをかけるぐらいならと、家や馬といった高価な贈り物を愛人に与え続けた。

ある日、夫は失墜《しっつい》する。

愛人の存在が世間に知れ渡り、もともとあった国政への不満や批判のはけ口となった。彼は退任を余儀なくさせられる。愛人は高価な贈り物をすべて持ち去って消えていた。残ったのは派手好きな妻だけだ。彼女は失墜した夫と離婚しようとはしなかった。だが、晩餐会は続けた。

夜会が終わったのち、夫婦は余った酒を酌《く》み交わしていた。

そして我慢できなくなった夫は、派手好きな妻に訊いた。

「一体なぜ、今も、こんなくだらない晩餐会を開くんだ？　我が家にはもう、財産がないのに」

すると彼女は、細くした目を、一瞬だけ悲しそうにして、こう答えた。

「あなたの票のためよ」

その言葉で夫はハッとした。ずいぶん昔になるが、彼が政界に名乗りを挙げたときに、妻は多くの票を集めた。彼女が身につける金細工はすべて、かつて夫が贈ったもので、特異な格好をするのは、夫が注目されるためだった。

妻は夫のために、道化を買って出ていたのだ。

そして彼女は、夫の再選を諦めていなかった。人脈を一人でも増やそうと、家財を売り払い、身を削るような覚悟で、晩餐会を開いていた。

夫は深く反省し、また一から出直す決意をする。

そうして数年後、とある大国との険悪な国交問題を解決するために立候補した。そして見事に多くの支持を獲得《かくとく》し、政界に返り咲いた。民衆からはその当選に多くの疑問の声が上がったが、妻がいればと動じなかった。

ところが、返り咲いた彼のもとに、あの愛人が戻ってきた。貰った贈り物はすべて金に換えたが、それでも、どうしても生活ができないため頼ってきたのだ。

気の毒に思った彼は、愛人を受け入れてしまう。そうして愛人は、蚊が血を吸うように、僅かに残った財産を少しずつ奪っていった。

国への侵略は突然だった。砂漠の大国が攻めてきたのだ。攻められたほうも応戦したが、その国の住民は負の秘法を受けていた。秘法によって永遠の命を得た国民のほとんどは、正常な判断に乏しく、また人間同士の絆が失われていた。

ジョキン、ジョキン。

さらに、砂漠の大国には、熊の首をもはねる大鋏《おおばさみ》を持った兵隊がいた。

ジョキン、ジョキン、と刃と刃が擦れる音は、残虐非道《ざんぎゃくひどう》にして、屈強な兵士たちが近づく恐怖をもたらし、相対すれば成す術もなく大鋏の餌食《えじき》となった。

——大国の侵攻に敗れた町で一人、妻は亡き夫を見つめていた。彼女の髪は焼け、かんざしは折れている。ドレスは破れ、煤で汚れていた。瓦礫《がれき》の中に、夫の姿があった。愛人と手を繋いで死んでいる。最後に夫が選んだのは、愛人のほうだった。

彼女に信じる神はいない。けれど、その場で膝を突き、手と手を合わせ粛々《しゅくしゅく》と祈った。しかしどう願えばいいかわからず、次に両手を地面に突き、鳥の鳴き声のような奇妙な声で泣き、血涙を流して呪った。それは死んだ夫に対するもので、どうか死ぬ前も死んだ後も、骨すら焼かれるような苦しみのなかにいてくれ、という命令ともいえる呪いだった。

するとり辺りに火の雨が降り、一面を焼き尽くした。大国の兵隊も一時撤退《てったい》を余儀なくされる。

こうして彼女は、絶望を知って柘榴色の魔女となり、怒りを大国にぶつけた。

しかし、いくら火の雨を降らす魔女であろうとも、大国の兵にはかなわない。彼女は、しばらく故郷の国に陣取ったが、やがて大鋏によって首を切られ、絶命《ぜつめい》する。肉色の空が灰色となり、火の雨が、自然な水滴の雨となる。

小さなその国は、完全に砂漠の大国の占領下に置かれた。

そして首を切られた魔女の遺体が、雨に打たれるなか——ぴくりと動いた。


また別の、象牙色の魔女が誕生した物語を一つ。

とある貧しい国に、人生のほとんどを怒りですごす女がいた。身体は乳房にいたるまで痩せ細り、目はぎょろついている。彼女は、病人や麻薬中毒者が住む廃墟で世を呪っていた。

怒れる女はその国の警官の娘で、父譲《ゆず》りの正義感に溢れていた。悪を憎み、それを正すために行動する勇気もあった。大人になれば、自分はこの国で初の女性警官になると信じていた。しかし純粋な正義感をもったまま生きるには、その国はあまりにも腐敗《ふはい》していた。

その国は、すでに砂漠の大国の占領下に置かれていた。農作物をはじめとした資源は大国に召し上げられ、有能な人材は奴隷《どれい》として連れていかれた。

貧しい国では、すべての価値が金銭に還元《かんげん》され、他人の不幸が幸福という社会構造になっていた。そこに絶望する人々を受け止める宗教も多数存在したが、結局は薄っぺらい経典を基に開かれた、教祖一人が幸せになる邪教《じやきよう》でしかなかった。少女は父の背におぶられながら、そのいじらしい瞳に、人々の慟哭《どうこく》を映していった。

やがて父が死んだ。

賄賂《わいろ》を受け取っていた同僚を注意し、逆に刺殺されてしまったのだ。少女は、自分こそがこの国最後の正義と信じていたが、たまたま同世代に正義感の強い少年が現れ、脚光《きやつこう》を浴びる。彼は知恵と勇気をもって、強盗を捕まえたり、政治家の汚職《おしよく》に立ち向かったりして、賞賛《しようさん》される。

太陽の下の灯火は虚しい。正義であるはずの自分が、自分以上の正義に出合い、彼女は嫉妬《しつと》した。しかし嫉妬を向けた正義感の強い少年もまた、なぜか多くの恨みを買い、悲惨《ひさん》な末路《まつろ》を辿った。

時が経ち、彼女の中にあった純粋すぎる正義感は、怒りの源泉へと逆転する。

世が世なら、恋人とはじめて手を繋ぎ心はずむ年ごろに、あろうことか、彼女はこそ泥を動けなくなるまで刃物で傷つけたり、悪に屈したひ弱な者を見れば侮蔑《ぶべつ》して唾を吐きかけたりする女に変わっていた。その界隈《かいわい》では知らない者はいないほど、彼女の性格は怒りと暴力に支配されるようになり、そしてそのまま歳を重ねていった。付き従う者もいたが、嘘と裏切りに溢れた貧しい国において、人間同士の絆は長くは続かなかった。

そして彼女は大人になり、本来だったら子を儲《もう》け、立ち上がるその姿に一喜一憂する年ごろになった。しかし実際は体力を失い、醜く痩せ細り、腕や脚が燃えるように痛み出す病にかかっていた。彼女はただ廃屋《はいおく》から世を呪うほかなかった。

あの正義感はどこに行ったのだろう。彼女はいつの間にか、目先の安楽を求め、麻薬中毒者になっていた。彼女の生命の灯は完全に希望を失っていたが、底知れぬ憤怒《ふんぬ》だけが彼女の生を繋ぎとめていた。

そんなある日、目の前で殺人が起きた。

病気の幼児が持っていた僅かな食糧を、老婆の強盗が奪って殺したのだ。

しかし彼女は、殺された五歳ほどの幼児を見て「ははっ」と笑っただけだった。砂利《じやり》の地面を満たすほどの血溜まりができた。

すると血溜まりに痩せ細り、目をぎょろつかせた女の顔が映った。そこで彼女はハッとした。彼女が真に怒っていたのは、自分自身だと悟ったのだ。

何よりも、誰よりも、父の望みとはまったく違う成長を遂げた自分に、彼女は怒りを抱いていたことに、このときようやく気付いたのだ。

同時に悔いた。そして絶望した。もう取り返しのつかない人生に。

その絶望もまた怒りとなり、彼女の視界が真っ白になる――。

――気が付くと、彼女の目の前で、強盗は象に踏まれたかのように平たくなって死んでいた。周囲にいた人々は確かに見た。怒れる女の足が象のように膨れあがり、強盗を踏み潰した模様を。

こうして貧しいその国に、象牙色の魔女が誕生した。

――世界中のあらゆる歴史で魔女の存在は確認されたが、その中でも彼女と紺碧色の魔女の異様さは際立っていた。象牙色の魔女においては、痩せ細った女が、怒りに比例して、脚だけ象のように膨れ上がっているのだ。

彼女はその怒りの矛先を砂漠の大国に向けた。手に槍をくりつけ釘で留め、脚の指に鋼を撒いた。一人でも多く、大国の住人を殺そうと誓ったのだ。

しかし、大国に攻め入った彼女が見たのは、故郷の貧しい国と同様に、虐《しいた》げられた民衆だった。結局は砂漠の大国においても、一部の大臣と大王一族のみが栄華《えいが》を極め、民衆を蹂躙《じゅうりん》していたのだ。

彼女の大足はさらに怒り、多くの兵士を踏み潰して大王がいる宮殿を目指した。そして宮殿内の中庭まで来た。彼女の足であと十歩も歩けば、大王の寝室に届く。しかしそこで、大鋏を持つ精鋭に囲まれ、はじめに彼女の足首が切られた。次に腿の付け根から切られ、そして脳天から股にかけて縦に切られてしまう。象牙色の魔女は怒りの声を上げ、そして絶命した。

その遺体は大王の命令によってさらに切り刻まれ、砂漠の各所に捨てられる。誰もが、魔女の遺体は、砂漠の熱砂《ねっさ》に焼かれ、干からびて砂になると思った。

ところがその夜――彼女の遺体は蟻《あり》のように一カ所に集まり、さらに服を繋ぐようにして縫い合わされていく。月夜の下で、キラキラと光る〝糸〟があった。

砂漠の大国に仇をなす魔女は他にもいた。

雲の上を滑空《かっくう》し、「キャッキャッ」と笑い合う二人の魔女だ。

一人は琥珀色の魔女と呼ばれる存在で、背が小さく童顔《どうがん》で、見た目は幼女とも言える。爪の間から蚊が生まれ、脇の下から猛毒を持つ蜂が飛ぶ、そんな魔女だった。

彼女はもともと平凡な女だった。夫は海の生き物のかたちをした金細工を作る手先の器用な職人で、彼が作った海星や鯨の金細工は多くの貴婦人に愛された。

彼は、日中は仕事に没頭するため自宅近くの加工場を利用した。妻は夫を立て、献身的に、寝たきりの夫の母親の世話をした。幸せな日々だと感謝していた。

しかしある日、見知らぬ男たちが家にやって来て、心当たりのない借金について責めたてられる。そして訳もわからぬまま、砂漠の大国の豪族《ごうぞく》に売られた。それから長い年月のなかで徐々に真実を知った。

夫の仕事は嘘で、彼は博徒だった。海星の金細工を作るのがうまい職人は世界のどこか、別にいたのだ。そして大負けを繰り返した夫は、とうとう妻を担保にしてしまう。幸せな家庭や、夫に抱いた感謝。すべては虚構だったのだ。

心に大きな傷を負った彼女は、畜舎の隅で長い年月をすごす。蝿《はえ》がたかり多くの昆虫に囲まれたが、海の生き物よりはましに思えた。

こうして静かに、そして徐々に、彼女は絶望し、やがて琥珀色の魔女となった。

もう一人は翡翠《ひすい》色の長い毛髪を従えた長身で細身、表情も大人びた魔女だった。彼女が滑空する雲の下では、野太い竜巻がぐるんぐるんとうなりをあげて、地上のすべてを吸い上げていた。

彼女の夫は大国にいる大鋏の兵の一人だった。しかしその夫は、妻の首をはねなければならなかった。その妻は、ただ一言「第一皇子が大王になったら、みな幸せだったのに」と漏らしただけで、処刑されることになったのだ。

刑執行までの一カ月間、二人は密室ですごすことを強要された。毎日、二人は泣いた。そして刑執行の日、ジョキン、という音とともに、夫は妻の首をはねる直前に、自分の首をはねた。

自殺した夫を見て、妻は叫んだ。すると、代わりに別の兵が、妻の首をはねようとした。そのとき、突風が、妻と、夫の遺体を、雲の上空まで突き上げた。

愛する夫の自殺に絶望した彼女は、毛髪を翡翠色に変えて、竜巻を操る魔女となったのだ。

間もなく、琥珀色の魔女と翡翠色の魔女は出会い、大国を敵視して意気投合し、いたずらをしかけることにした。

毒を持つ虫を大国にばらまき、竜巻で大王がいる宮殿を破壊しようと計画したのだ。いたずらは成功し、多くの兵士に熱病を広めた。

さらに大王がいる宮殿の一部も破壊に成功する。

二人は上空から「キャッキャッ」と子どものように喜び、手を叩いた。

しかし、砂漠の水場で水浴びをしていたところを多くの兵士に囲まれ――数匹の鹿が通りすぎる。

鹿は、頭部を入れ替えられた二人の魔女の遺体を横切った。


――柘榴色の魔女に象牙色の魔女、翡翠色の魔女と琥珀色の魔女。

彼女たちは共通して不思議な体験をしていた。

意識が朦朧として思考は働かない。ぼんやりと見える視界と、弦《げん》を振るわせるような音が聞こえる。痛みはおろか、渇きも空腹も、まったく感じない。意識は、生きていたころの一割ほどまで縮小し、生き物ではなく壁や石といった〝物〟になった気分を体験していた。

琥珀色の魔女が周りを見ると、翡翠色の魔女の頭部があった。どういうわけか、見慣れた身体と繋がっている。自分の身体と翡翠色の魔女の身体が、首を境に入れ替わっていた。首の繋ぎ目は綺麗に縫われていて、手足の関接が蠟《ろう》のように固い。

辺りは薄っすらと白く、景色から気温の低さが窺《うかが》える。

そこには計七人の魔女がいた。皆が関節の手前を糸で繋がれ、操り人形のように、呆然と床を見つめている。奥に八人目の、小柄な女がいた。頭部から巨大な角が生えた、寒冷地に生息する牡鹿《めじか》を思わせる格好の女だった。

「男たちに奪われた時間を、取り返しなさい」

七色の魔女たちの心の疑問に答えるように、虹色の魔女は一言だけそう言った。

若きおごり、宝石病の正体

——美しい青年と真実の青年、煤まみれ、そしてよだれは女の国の女王が住むとされる城を目指していた。道中は険しい道のりだった。

穏やかだったり、激しかったりする雪が降り、柔らかすぎる雪の道は、一歩進むごとに一行の体力を奪った。吹雪はまるで赤子の泣き声かのように聞こえ、耳に突き刺すような痛みを与えた。さらに、後ろから一行をつける何者かの気配があると、煤まみれが不吉なことを言った。一体誰がつけているのか、美しい青年は聞いたが、彼女にもそこまではわからなかった。

煤まみれはよだれを背負い、美しい青年は若き曾祖父である真実の青年を背負って進んだ。真実の青年は目覚めることなく、力も入っていない。宝石病に侵され、美しい青年の背中に、ごつごつと硬い石の感触が当たる。しかし確かな息遣いとぬくもりを感じた。生きている。

煤まみれは途中いくつもの洞穴に入り、抜け道として利用したり、時にはそこで休憩を取ったりした。洞穴内は小さな音が乱反射し、風は金管楽器のような旋律を奏《かな》でた。不気味さはあったが、突き刺すような寒風がぱったりとやみ、青年の背中がずっしりと重くなる。その身体は休憩を欲していた。

煤まみれが慣れた手つきで灯をともすと、よだれが「しゅっしゅっ」と喜んだ。厚手の防寒具を着た小さな姿は、いじらしい雪だるまを思わせる。その姿に、彼女は小さな笑みを浮かべた。

「人の前に明かりをともすと、ともしたわらわの前も明るくなる」

青年は、煤まみれの言葉に関心も寄せず、洞穴の出入り口のほうを見つめた。

「途中には魔女のいる七つの関所があると聞いたのに、さっき、二カ所の関所らしきところを通りすぎても、誰もいなかった」

煤まみれも洞穴の入り口のほうを睨んだ。

「一つの関所に一人の魔女がいたが、柘榴色と象牙色はもういないからな」

間もなく、よだれは鼻息をたてて眠り始めた。

美しい青年は炎に手をかざした。明かりが身体を照らすと、陰影が伸び縮みし、彼の容姿をより妖艶にした。

「秘法を目当てに来たのだろう」

煤まみれの突然の問いかけに、青年は「え？」と困惑の色を浮かべた。

彼女は、青年を真っ直ぐに見つめていた。

「母親が年齢を重ね、美しさに陰りが見えたから、お前は、永遠の命を保つ負の秘法を目当てにして、この時代に来たのだろう」

美しい容姿をした青年は、後ろで眠る真実の青年を振り返って、「あ、あはあ」とおかしな笑い声でごまかした。

「い、いや。俺は、曾祖父の物語が気になって」

それを遮り、煤まみれは鋭い視線を彼に向ける。

「お前の母は、比類《ひるい》なき美しさを持っていたが、金剛《こんごう》の心も持っていた。美しさの本質はそこにある」

彼女は、自身の顔に塗られた煤を指先でぬぐい、それを美しい青年の顔にひたりとつけた。

「お前は、若さにおごっている」

「な、何を」と青年が顔についた煤をぬぐう。

しかし煤まみれは「ぬぐうな」と厳しい声で、青年の顔に、さらに煤を塗りたくった。

「人の人生、生きることも死ぬことも、病気も老いも避けられない。なのに見てくれや若さに固執《こしつ》して生きたら、お前の心は粉雪よりも脆く、人生の苦境に直面すれば、溶けてかたちを失うぞ」

美しい青年の顔が、どんどん黒く汚れていく。

「一体、どうしてそんなこと、俺に?」

「負の秘法は弱い心につけ入る。自分を律《りつ》しろ」

煤まみれの言葉は、豪雪《ごうせつ》で感じる冷たさよりも鋭く、彼の胸に影を落とした。

一行は、短い休憩を取ると、洞穴の奥へ進み、再び山道に出た。雪はやみ、曇天の空と龍の牙のような鋭い峰々《みねみね》の山脈が見える。煤まみれは岩陰に隠した台車へと青年たちを案内した。台車にはあらかじめ三つの樽が載っており、大量の砂糖が入っていた。二つの樽にはそれぞれに、眠り続ける真実の青年とよだれを入れる。そして彼女は、自らも台車に乗ると、罪人の仮面を手に取り、美しい青年に奇妙な提案をした。青年は疑問を抱きながらも、彼女に従った。

顔に煤を塗った青年が、重くなった台車を引いて山道を進む。

途中から、ぶぅう、ぶぅぅ、という嫌な音で飛び回る蜂が近づいてきた。青年が蜂を気にしながら進むと、道を塞ぐ煉瓦造りの関所に辿り着く。

関所の門の前には、一人の奇妙な女が立っていた。身長は青年と同じほどで細身。紺碧色の服をまとい、胸が膨らみ、手足に加え指もほっそりとしている。

佇《たたず》まいから女性であることがわかる。しかし、その女の顔面には何もなかった。毛髪もなく、二層の花びらのようなものが、蕾《つぼみ》のように折り重なって頭部を覆っていた。赤子の拳のような頭部に、青年は絶句し、そして恐怖した。次の瞬間、その恐怖はさらなる恐怖をもたらした。

花びらだと思っていたのは肉の層で、耳だったのだ。女は巨大な両耳の持ち主で、それを開き、その顔をあらわにした。さらにその鼻も異様なほど大きかった。南国の巨鳥のクチバシを思わせるほど尖っており、前に突き出ている。両眼は鼻の穴ほど小さく、口もヘソほどしかない。モグラが視力を犠牲に嗅覚《きゅうかく》を進化させたように、その魔女は、耳と鼻が異常に発達していた。

青年の耳にぶぅう、ぶぅぅと嫌な音が聞こえる。見上げると関所の屋根の上に、蟲《むし》を操る琥珀色の魔女がいた。視線を戻すと、紺碧色の魔女の、大きな鼻が青年の目前にあった。

「くんくん」と青年に鼻を近付けている。

そして彼を指差して、独り言のようにブツブツと言った。

「くん、くん、煤の臭い。煤まみれ。城の従者の煤まみれ」

次に台車に乗る人物のほうに鼻を向けて言った。

「男がいる。男の臭いがする、くんくん」

近くで見る紺碧色の魔女の顔はくすんだ土色で、生命感がなかった。油を腐らせたような臭いもした。彼女は、今度は小さな唇をさらに小さくして「とくん、とくん」と言った。同時に巨大な耳を青年に向けた。

「おや？　これは男の音。男の心臓の音が聞こえる」

次に、「くんくん」と再び台車のほうに鼻を向けた。

「獣だね。獣の臭いもするよ」

青年は、樽と紺碧の魔女の間に入った。そして台車に乗った罪人の仮面を被った人物を指差し、あらかじめ彼女に言われたことを反芻《はんすう》した。

「お、男の国で盗んできた砂糖と、男の国の代弁者です。捕虜にしました」

それから紺碧の魔女は、仮面の人物に鼻を向ける。ぶぅうんと蜂がおかしな音をたてた。すると彼女は言った。

「仮面を、仮面を、外してみろ」

台車に乗る人物が仮面を外すと、頬にそばかすが浮かぶ女の顔が現れる。煤まみれの素顔だった。

横から青年が言った。

「男の国の代弁者は、女でした」

同時に、一匹の蜂が、そばかすの女の衣服に入った。青年は動じたが、彼女はじっとしていた。蜂は十数秒、彼女の衣服の内側を飛んだり、這い回ったりして、乳房を確認していた。やがて彼女の裾《すそ》から蜂が飛び出し、屋根の上にいる琥珀色の魔女の周囲を飛び回った。どうやら青年のことは煤まみれとして認識し、捕虜も要人であると証明されたようだ。

この関所は突破できる。青年がほっと胸を撫で下ろす一方で、紺碧の魔女はいまだに「くんくん、とくんとくん」と樽を覗き込んでいた。

「では、この臭いは？　獣の臭いはいまだにする、男の音も」

青年がそばかすの女を見つめた。彼女はじっとして動かない。

「獣の臭い、獣の臭い」

そう言って紺碧色の魔女が樽に手をかけた。そのとき。

「待ちなさい」という声がした。

一行が振り返ると、新たな台車を従えた一人の女がいた。子育てを終えたころの女性で、白い服に錆《さび》色のしぶきが描かれている。出で立ちから大がかりな手術を終えたばかりの医師を思わせた。

「その臭いは、この男たちの遺体だろ」

彼女は、自分の台車の目隠しを広げた。三人の男の遺体があった。

女は早口で言った。

「少し解剖がしたくてね。男の国から男の遺体を運んだ。不潔だから、獣の臭いもするだろう」

すると、一人の男がずるりと地面に落ちた。女はその男を「よいしょ」と台車に戻す。

「おや、一人生きていた。だから男の鼓動が聞こえたのかもね。だが見ての通り虫の息さ」

彼女の言葉に納得したのか、紺碧の魔女は一行に背中を向け、耳を畳《たた》んだ。

いつの間にか、ぶぅうという蜂の姿もない。関所の屋根を見ると琥珀色の魔女の姿もなかった。

錆色の服を着た女は、台車を引いて、すでに門をくぐっていた。

「あ、あの」と青年が女に声をかける。すると彼女は振り返らずにこう言った。

「城に行くんだろ。ついておいで」

どうやら、一行の後ろを追跡していたのは彼女だったようだ。


しばらく進むとさらに二つの関所に辿り着くが、どちらも無人だった。四つ目の関所を司っていたのは琥珀色の魔女だったが、その監視は紺碧色の魔女の関所の時点で済ませたようだ。

五つ目の関所が見えたとき、青年は医師のような女の背中を見て煤まみれに囁いた。

「彼女が、宝石病を治せる医師？」

煤まみれが大きく頷く。

「ああ。そして賢い魔女でもある」

女の様子は、簡単に束ねた栗色《くりいろ》の毛髪に、すらっと高い身長。銀縁《ぎんぶち》の眼鏡をかけ、知識人を思わせる。白衣には泥と血が混ざった赤錆《あかさび》色の染みがついていた。

「あなたも、魔女なのですか？」

「ええ」と錆色の魔女は小さく頷いた。

そうして一行は、六カ所目の関所に辿り着く。そこにいたのは白銀の魔女で、やはり美しい青年の母によく似た容姿をしていた。肌寒い気候にもかかわらず涼しげな服装をしている。銀色の蝶を思わせる魔女だ。美しい青年は、遺骸であった白銀の魔女がなぜ生きているのか疑問を抱いたが、この場で訊くことを控えた。

白銀の魔女は静かに一行を見つめるだけだった。錆色の魔女が男たちの遺体を見せると、彼女は何も言わずに一行を通した。煤まみれは、仮面の奥から悲しそうな目をして、白銀の魔女の顔を見つめていた。七つ目の翡翠色の魔女の関所においても、錆色の魔女の機転で突破した。

虎が口を開けたような断崖にその城があった。厳しい気候と外敵への警戒から、女たちはその一カ所に集まり、国のすべてはそこに集約されていた。

城の中はやや温かく、静かで、天井を飛び回る鳥の気配があった。城と言っても岩の集合で、さきほど通ってきた洞穴の中とあまり変わった印象はない。見た目は蜂の巣で、中は蟻の巣だった。城内のそこかしこに人がいる。しかし誰も動かない。氷漬けの遺体かと思ったそれらは、宝石と化した女たちだった。

それらを横目に、青年がぽつりと言った。

「宝石と化した女性たちが治らずにいる。治せないのですか？」

錆色の魔女は面倒臭そうに返した。

「自ら望んだのさ」

「宝石になることを？　どうして？」

錆色の魔女は足を止め、暗い天井を仰いだ。

「絶望から生きることを諦めたけど、秘法のせいでそれでも死ねない。魔女になっても、やりたいこともない。だから宝石になったのさ」

「あなたたちの絶望とは？」

彼女は自身の下腹部にそっと手を置く。

「…………。言いようのない喪失感。魂と同等かそれ以上の価値。それを失い、なぜ自分は生きているのかと慟哭する。そんな絶望さ」

青年が言葉に困ると、錆色の魔女は再び重い台車を引いた。

「女の国へようこそ。この国は、子を失った女の絶望でできている」

がらんとした城内で彼女の声はよく通った。そしてどこか自虐的に「女の国を説明しておこう」と、饒舌《じょうぜつ》に語った。

「女の国の法律でもっとも厳しいものは、真似。女同士の真似は死刑だ」

煤まみれは黙って聞いていたが、錆色の魔女は彼女に顔を向けた。

「黄金の魔女王は、真似の魔女。出会った魔女の力を盗むという。それは女同士にとって外道。だから他の魔女に至極《しごく》嫌われた」

煤まみれは堂々とした口調で返した。

「健康な子が成長を止めることができないのと同じで、一度得た才能は消えない。大切なのはその力を何に使うかだ」

錆色の魔女は満足そうに「ふふっ」と頷くと、女の国について続けた。

「女と男は子という絆を失い、互いを嫌悪するようになった。その気持ちは土地すらも巻き込み、島すらも南北で離別させた。過去、女は選ばれるほうだった。選ぶ権利は男にあった。男は、自分が女から生まれたことを忘れ、そのくせ女のことを、子を産む機械か何かとして扱った」

いつの間にか、数羽の鳥が、周囲を飛び回っていた。

「あなたは、子の存在を覚えているのですか？」

青年の質問に、錆色の魔女が頷く。

「魔女になったおかげでね」

「どうしてあなたは魔女になったのですか？」

その瞬間、周囲を飛び回る鳥が悲鳴とともに地に落ちた。錆色の魔女はこう答えた。

「鳥には砂嚢《さのう》がある。そのなかには鉄がね、あるんだ」

「あなたは、鉄を操る魔女なのですか？」

鳥たちが再び羽ばたいた。錆色の魔女は鳥たちを見つめた。

「なんてことはない。姉が宝石病だった。闘病を支えたが、助けることができず、あたしは魔女になった」

それだけ言うと錆色の魔女は再び歩き始めた。

一行が通されたのは城の最下層にある一室だった。他の部屋と違って温かく、さらに水槽があった。中央に手術台を思わせる台座があり、壁際には鋏や注射器といった鉄製の医療器具が並べられていた。どれもが光沢を放ち、一流の職人が作った器具であることを想像させた。

錆色の魔女は中央の台を指差し、真実の青年を横にするよう言った。

上着を脱がせる。美しい青年が思わず「うっ」と漏らした。

真実の青年の右肩を中心に、腕と胸まで、フジツボのような宝石で埋め尽くされていたのだ。石の色は純粋な透明色だったが肌を突き破り肉に食い込んでいるため柘榴を思わせた。

「大丈夫。助かる」

そう言って錆色の魔女は背後の水槽を振り返った。水槽の内側には、星の形をした海星がいた。

「愛や祈りで、病気は治らない。病を治すのはその人間の生命力だ」

次に彼女は、真実の青年の身体にはびこる宝石を睨む。

「そしてこれは病ではない。だからこそ撃退の道が存在する」

「撃退？」と青年が首を傾げる。

彼女は海星の一匹を取り出すと、粘土をこねるようにして撫でていった。すると不思議なことに、海星が光を放ち始めた。

「宝石病の正体は――珊瑚《さんご》だ」

「珊瑚って、海にいる……？」

彼女は海星をさらに撫でる。

「そう。大国から秘法が贈られた直後に蔓延《まんえん》した珊瑚だ。人にのみ寄生《きせい》し、美しくて無価値な珊瑚に変えてしまう」

次に彼女は、眠ったままの真実の青年の耳に顔を寄せた。

「君は、母の身体の中で命の灯が消えかけ、生まれるはずじゃなかった。だが生まれた。使命があるはず。けどそれは、石になることじゃないでしょう？」

そして、真実の青年の頬を撫でた。

「君は、果実をもぎ取るように、幸せを勝ち取るために生まれた」

次に、金色に輝く海星を、青年の肩につけて、彼女は大きく言った。

「珊瑚の天敵は海星。この珊瑚だけを喰う海星だ。あたしが育てた」

海星は品定めをするようにゆっくりとした動きで、真実の青年に寄生した珊瑚を撫でていた。やがて「カッ、カッ」と硬い音が聞こえた。錆色の魔女は満足そうにその様子を見つめた、

「じき根元まで喰べにかかる」

美しい青年が彼女の背中に一歩近付く。

「あの、あなたは女の国の医師で、魔女なのに、どうして彼を助けてくれたのですか？」

錆色の魔女は、真実の青年の手を強く握った。

「女の国も鎖国を貫くが、女王に、医術を研鑽《けんさん》するために、世界中を旅する許可を得た。その旅のなかで、孤児を預かり、子のできない夫婦に預けることもした」

「あなたが」と青年はつぶやく。

母から聞いた物語のなかに心当たりがあった。錆色の魔女はこう続けた。

「この子とは縁がある。一度助けた命を見殺しにする医者でいたくないだけさ」

城の奥のほうを睨んで、錆色の魔女はこう続けた。

「それはそうと、ちょうど、今、良き友の王と総理大臣の裁判が行われているよ」

生命の執念

――負の秘法の正体は〝沈殿物〟だ。

幸福や善意や安穏、理性に歓喜、心地良い旋律、そして信じる心や勇気。

それらの真逆の事象が心の中に生まれたとき、それぞれのきっかけで消えたように思えても、実際は行き場を求め、月の向こうの宙で球体状に集合していた。

そのもっとも中心にある凝縮した沈殿物。それが負の秘法の正体だった。

それはあるとき突然に弾けた。

悪臭を漂わせていた上澄《うわず》みは太陽に焼かれたが、沈殿物は、意思をもって星々を巡る存在になったり、月の裏側に隠れたり、隕石にまぎれて地球に飛来したり、さまざまな道を辿った。その形状は時代や環境に即して常に変化した。

有り余る負の力によって対象のどんな願いも叶えるが、それは〝叶ってはならない願い〟だった。願いそのものがどんなに純粋であっても、秘法が与える結果は、いつも人々を不幸にした。


とある砂漠で秘法を発見した盗賊が、その力を利用して砂漠の大国の王となり繁栄した。しかし、一族を除いて多くの者が王によって虐げられた。

やがて負の秘法の存在に気づいた勇気ある若者が命懸けで王に忠言し、その命と引き換えに秘法を封印させる。しかし、それから数世代を経て、太った第二皇子が兄との諍《いさか》いを機に封印を解いてしまった。

彼は永遠の命を手に入れると、次に、大胆にも秘法を他国に明け渡した。

不思議なことに、秘法は必要に応じて分裂し、役目を終えると元に戻るように一つになった。秘法はいとも簡単に他国の人々を垂らし込み、社会の絆を弱くさせ、大国に隷属《れいぞく》される隙を与えた。

さらにその不幸から多くの魔女が生まれた。

耳と鼻が肥大した紺碧色の魔女もその一人だった。

仲の良い母娘《おやこ》がいた。母親は舞台女優だったが、戦火の中で娘を守るために大やけどを負い、その美貌を失ってしまう。母親の栄光を誇りに思っていた娘は、大国へ復讐を誓い、力を求めて魔女になる道を歩んだ。自らを傷つけ、自らを拷問《ごうもん》した。やがて不幸を追い求める人生に絶望し、魔女となる。

彼女は毒を操る魔女となり、大王の食事に毒を盛った。しかし大王には何人もの毒見係がいたため、殺すことはできず、彼女は処刑されてしまう。

そして娘を殺された母は、耳と鼻が肥大した紺碧色の魔女となった。

離れた場所から鼓動の音さえも聞き分け、犬よりも優れた嗅覚を持つ魔女だった。その力を使って魔女の仲間を探すが、多くが、大王に処刑されていた。

しばらくして紺碧色の魔女も、鋼鉄の鋏によって首を切られ絶命する。処刑のきっかけは、「大王には、大王になって、絶対に手に入らないものがある。大王はそれを求めている」という謎の噂を耳にしたことだった。

そうして、ある平和な国にも秘法の魔の手が伸びる。侵略しがいのある豊かな国であるのと同時に、仲の良い王と王妃が治める国で、国民の家族もまた仲の良い国だった。大王は兄を追放して以来、人間らしい感情を抱かなくなっていたが、その国に対してはどうも不愉快な感情を抱いていた。

去勢《きよせい》した使者に秘法を持たせ、ゆっくりでも確実に、その国の人々の絆が弱くなるのを待ち、最後のとどめに、その国の何もかもを自慢の鋏でジョキンと切り刻むように、分断させてやろう、と大王は考えた。

大王の計画はうまくいき、その国の男と女は真っ二つに割れ、さらには土地すらも二つに割れた。悠久の時間は、子どもの存在や、異性への尊敬の念といった多くの大切なことを忘れさせた。

しかし同時に、大王すら予想していなかった不思議なことが起きた。後に獣の森と呼ばれる、小さな孤島の出現だ。そこには、多くの幼児が住んでいた。

その現象は、厚い雪に覆われた大地に誕生する新芽のごとき、生命の執念だった。負の願いによって半永久の命を手に入れた彼の国の国民は、子孫を残すことを望まなくなった。妊娠中の女たちは皆が宝石病となり、拳大の宝石を産んだ。母になれなかった女たちは絶望し、悲しんだが、秘法の作用や、悲しみを癒すとされる雨の教えによって、徐々に子の存在も、そしてそれを失った慟哭も忘れていった。しかしその命の矛盾、悲しみの矛盾は、決して消えていなかった。

獣の森とは、行き場をなくした生命の森であり、生まれることができなかった小さな命が、森を子宮にして誕生していたのだ。

その大地は赤子を奪われた女の慟哭でできていた。

つまりは島そのものが負の秘法であり、その現象は〝叶ってはならない願い〟だった。純粋で歳を取らない永遠の子どもたちは、獣と呼ばれ忌み嫌われた。

そんななか一人の変わり者が獣の森の謎に気付いた。涙屋と呼ばれる老人だ。

「獣こそ、男女の悲哀を埋める、希望の鍵になるかもしれない」

彼はそう漏らして、よだれと名づけた小さな少年との意思疎通をはかった。その行いは負の秘法という毒を薬に変えようとする初の試みだった。

——現在、女の国にて、よだれは不思議な光景を目の当たりにしていた。

彼は、肌寒く無骨な城の、もっとも奥の謁見の間で、錆色の魔女の白衣に隠れて王と女王のやりとりを見つめていた。奥の玉座の左右には一対の鏡があり、玉座には牡鹿を思わせる巨大な冠《かんむり》を被った小柄な女が座っていた。

女の国の女王であり、七色の魔女を束ねる虹色の魔女だ。

青白い白粉《おしろい》が顔を覆い、深紅の口紅が引かれ、一見幼女にも見えるが、その目は虚ろで若さがなかった。奇怪で黒々とした冠は、いくつもの糸巻きを重ねたように、無数の糸を伸ばしていた。それは朝顔のツタのように彼女の頭部と天井や壁を繋げていた。

女王が退屈そうに見下ろす先に、二人の男が跪《ひざまず》いていた。良き友の王と、総理大臣こと代弁者だ。それは二人の裁判だった。裁判といっても、女王が検事と裁判官の二役を務め、代弁者が被告人であり弁護士だった。

それは良き友の王を断罪する形式的な裁判で、女王は、はじめに男の国が国家として破たんし、もう存在しないことを告げ、女の国の法律で裁判を進めると宣言した。代弁者が異議を申し立てたものの、却下された。

良き友の王と、代弁者が問われている罪は、女の国に対する侵略を計画した罪と、兵器を準備した罪だった。

裁判のはじめに良き友の王は立ち上がり、手にまかれた鎖を女王に見せた。

「このような茶番は、やめにしないか？」

しかし女王は冷たく返した。

「後の歴史に残らないかたちで処刑もできるが、歴史の表舞台で処刑してやる。一国の王だった者に対するせめてもの情けだ」

するとそこに、顔に煤を塗った美しい青年と、医者である錆色の魔女、そして白衣に隠れたよだれが駆けつけた。真実の青年は、治療のために部屋に残り、本物の煤まみれも彼の傍に残っていた。

女王は一行をちらりと一瞥《いちべつ》するだけで、視線を良き友の王に戻す。そしてポツリとこう言った。

「後悔は損失にある」

誰もが首を傾げる言葉だった。女王は王に向かってこう続けた。

「この前、貴様を捕虜にしたとき、貴様は私の心のどこかに、まだ自分の居場所があると思って、のこのこ女の国にやって来たな」

良き友の王は何も言わなかった。女王は手を広げ、そして自身を抱いた。

「男は思い出を歪曲《わいきょく》して美化するが、女が抱く思い出は正確で熱を持たない。よって別れを惜しむ気持ちはない。すごした時間の損失という、後悔しかない」

すると、良き友の王が侮蔑した表情で女王にこう返した。

「愚かだなぁ」

代弁者が怯えた様子で「お、王よ」と、止めようとしたが、王は歌うように続けた。

「愚かだ、ああ、愚かでかわいそうな女だ。惨めだ、ああ、惨めでかわいそうな女だ。絶望を知って魔女になるとは、惨めなことだよなぁ」

女王はただじっと王を見下げている。王は続けた。

「絶望など、自分をかわいそうだと思わなければあり得ないだろう。むかーし、俺の隣に座っているころから、お前は小言ばかり言ってうるさかったなぁ。俺は忙しいのに、お前は贅沢三昧《ぜいたくざんまい》で暇そうにして、はては魔女を操る魔女になって、さぞ気楽だろうなぁ」

すると、女王が赤い唇を歪《ゆが》めた。

「自己中心的で、男の悪いところを凝縮したような男だ。女々しい、とても女々しい」

「女々しいだとう？」

「昔の話を持ち出して、他者を妬む。女々しい以外に何がある」

王は歯茎《はぐき》をむき出し、「おう、おう！」と地団駄《じだんだ》を踏んだ。

女王は小さく「ふん」と笑った。

「威張りと毛をまき散らしてばかりの生き物。夢ばかり見て現実を見ないからよく転ぶ」

対して王は、今度は縛られた両手を振って扇《あお》ぐ仕草を見せる。

「女の言葉には主語がない。結論もない。何が裁判だ。空転した言葉をその辺に漂わせて、香りだけ振りまいて、ああ、臭い臭い」

「探し物も見つけられないくせに。何がどこにあるかも知らないくせに、一人じゃ何もできない裸の王が！」

「無礼な、知っている、思い出したぞ！　子だ、そうだ、子どもだった、ハハッ！　すべては子から始まった！　子もできない、出来損ないが!!」

女王の目が見る見る鋭く、そして冷たくなった。それでも王の舌は回った。

「女ですらない、お前は女ですらない！　石を産むとは、石を浮気相手に選んだ物好きが偉そうに！」

「黙れ」

「お前こそ黙れ、偉そうに、跪け！　跪いて謝れ、無礼を、魔女を結集させて刃向かったことを、地獄に堕《お》ちてもまだ足りぬ恥を！」

その言葉はとても鋭利で、その場にいる全員の胸に突き刺さり、不快感を与えた。それは言葉を発した王自身も例外ではなかった。

気持ちの悪い沈黙が漂う。女王の冠に繋がった糸は、わなわなと震えていた。

気まずい雰囲気を察してか、王は思わずこんな話をした。

「あぁ。子が石になって産まれたから、秘法の封を解いたんだったなぁ」

「解いていた」

小さく低い声だったが、その真実は王の耳に確かに届いた。

王は立ち上がり、「何だと？」と女王に耳を向けた。女王の小さな唇が繰り返す。

「封はすでに解いていた」と。

「子は、最初からできていなかった。嘘を吐いた。子ができたと」女王は、重い、とても重い鉛を吐き出すようだった。

王は敵にとどめを刺す武器を手に入れたかのように、揚《あ》げ足を取ったつもりで「ハハッ！」と笑った。

「嘘吐きか！　お前は、嘘まで吐いていたか！」

女王は至極冷静だった。しかしその目には涙を浮かべている。

「種なし」

その一言で、王は「ハ」と笑いを止めた。女王は哀れみを浮かべた表情で、かつての夫に言った。

「王には種がなかった」

良き友の王は膝を突くと、両手を巻く鎖で床を殴り、自尊心を守るように音を立てて凄《すご》んだ。

「そ、そんな顔で俺を見るな、そんなはずはない！」

錆色の魔女が前に出て、両者の間に入る。彼女は大きく頷くと、王にこう言った。

「女王の身体は健康そのものだった。問題があったのは王のほうだ」

王は啞然《あぜん》として様子で、目だけをギョロギョロとさせていた。

すると、隣にいた代弁者が立ち上がった。

「き、貴様、魔女のくせに、お、王を侮辱するか！」

錆色の魔女が、ただじっと代弁者を見つめる。

代弁者は一歩彼女に近づき、唾を浴びせた。

「な、何だ、何か言え！　男の国で、王の次に偉いわたしまで侮辱する気か!?」

錆色の魔女は小さく首を傾げて見せる。

「男の国で偉くなりすぎて、母の顔も忘れたの？」

「は、ハハ？　はっ？」

代弁者は、はじめは何のことかわからなかったが、次第に様子が変わり、ボリボリと頭を搔《か》き始めた。

「あれ、あれえ？　あれえ？」

青年もまた啞然としていたが、言われてみれば切れ長な目や鷲のような鼻、細身の体型など、その見た目に似通ったところがあった。また二人が履いていた靴は先が尖がっていた。

代弁者は、錆色の魔女の顔をまじまじと見つめる。そして記憶の奥底から、どこかに置いてきた言葉を引っ張り出した。

「は、ははうえ？　あれぇ？　わたしは、この女を母上と呼んでいた気がする」

錆色の魔女は、優しい目をして代弁者の傍に立った。

「早くに夫を病気で亡くし、女手一つで育てた。できの良い子だった。物覚えが良く、正直で、愛国心と勇気があった。だがそれが災いして、国が分かれたとき、王を助けて出世すると、ぶかぶかの私の靴を履いて家を出て行った」

「わ、わたしは、わたしが!?」

白衣を着たその女性を見ると、代弁者の胸に、熱を帯びた郷愁《きょうしゅう》的な感情が沸いた。その感情は彼の鼻の奥をツンと刺激する。

母は、息子の頭を撫でてやった。

「次に会ったときは、王の隣で処刑を待つ身となっていたけれど。死もいとわずに主君の傍を離れないその忠誠心、偉いと思う」

その瞬間、代弁者は「うわぁん」と子どものように、声を出して泣いた。

そんなやりとりを尻目に、女王は良き友の王にこう言った。

「子ができないとき、いつも、女のせいにされた」

王は代弁者と錆色の魔女の様子を見つめ、皮肉で返す。

「それを妬んだお前は、生意気にも、虹色を名乗る魔女になった」

女王は立ち上がって、首を小さく横に振った。

「わたしは虹色の魔女に非ず――」

すると頭部と天井を繋ぐ糸と糸がこすれ合い、弦の悲鳴のように聞こえた。それらは彼女の髪の毛だった。髪の毛は一本一本が鋼の強度を持ち、この世の理《ことわり》とは別の、不思議な存在として、外にいる他の魔女に繋がっていた。

女王は大きく手を広げて言う。

「わたしは――鈍《にび》色の魔女。この無数の糸で死んだ魔女の遺体を操る存在」

王はさきほどまでの様子から一転、恐怖から萎縮した。それほど、女王の様子は不気味で大きな力を感じさせた。かつて抱いたその感情が、男の国に大量の銃を運ばせていた。王は渇いた喉を絞《しぼ》り、こう言った。

「そ、その不気味な糸で、わしを殺すのか?」

そのとき、「ビンッ」と弦を弾く音とともに、女王の糸が数本千切れた。

「ぎゃっ」という悲鳴が木霊《こだま》する。

「お、俺の顔が、顔が!」

千切れた一本が弾けるようにして、美しい青年の顔に傷を創った。彼は頬を押さえて大きく動揺した。錆色の魔女は横目で「かすり傷だね」と言ったが、青年はぶつぶつと何かを言って床を睨んでいた。

それから女王は、千切れた髪から城の外に視線を移し、王にこう言った。

「あなたも私もすぐに殺される」

「どういうことだ？」

「今、翡翠の魔女が動かなくなるまで切り刻まれた。大王の軍が近づいている」

代弁者も怯えた様子で城の外のほうを見つめた。

「だ、大王とは砂漠の国の、鋏の軍を持つ大王か？」

女王は呆れた様子で錆色の魔女に合図を送る。

錆色の魔女は、負の秘法から始まった大王の計画を説明した。

「何もかも、すべては彼の国の大王が、我々の国を侵略するために描いた物語だったのさ――」

――説明を聞き終えたとき、良き友の王は、奥歯を鳴らして怯えていた。

そして女王を指差して唾を飛ばした。

「そ、それにまんまと引っかかったのは、お、お前だろう！」

代弁者はというと頭を抱えてその場に伏せていた。

「た、大国には重い鋏を操る精鋭がいると聞いた、数々の魔女を八つ裂きにしたという。こ、怖い、怖い！」

王は呼吸を整えて、笑みを浮かべた。

「いいや、待て待て、これはこの場を打開する良い機会かもしれぬ。大王も男だろう。話せば女だけを滅ぼし、我々の命くらいは……」

すると錆色の魔女が遮った。

「砂漠の国の大王は、多くのぬくもりの感情がないという。あるのは渇いた砂漠が、水分を吸い尽くすような略奪。侵略した国の王族に至っては、九つ先の血縁まで容赦なく処刑するらしい。さっきの裁判は、女王のせめてもの情けだろう。後の世に残るかたちで、王を処刑してやろうとした」

王が啞然とするなか、代弁者はさらに頭を抱えた。遠ざかったと思われた死が目前まで迫っていることに、大きく動揺した。

「も、もう、すべてが終わりだ。何もかもが終わりだ！　は、母上、逃げましょう、逃げましょう！」

代弁者は錆色の魔女の手を取り、さらに女王や王にも言った。

「み、皆で逃げましょう！　逃げられるだけ、逃げましょう！」

「いいや、終わりじゃない。希望はある」

そう声を張ったのは錆色の魔女だった。

「き、希望？　い、一体？」

代弁者の疑問に、錆色の魔女はこう続けた。

「負の秘法によって女の国は愛を失い、男の国は互いを堕落させる友情で動くようになった。だから今、同胞の命の未曾有の危機にもかかわらず、負の秘法によって男女はおろか親子も、土地も、教えも、すべての絆が失われ、反抗すら叶《かな》わなくなった。しかし、その絶望に抗うように、両国に突如変化の兆しが現れた。我が女の国には、煤にまみれた女。彼女はあたしを話のわかる奴だと言って、その正体が黄金の魔女の王であることを打ち明けてくれた」

「黄金の魔女の王？」と良き友の王が首を傾げる。

「多くの魔女に忌み嫌われる太陽の化身だよ。彼女は負の秘法を破壊するためにこの時代に来たと言っていた。その目的に共感し、以来、あたしは彼女に協力した。引き換えに男の国の変化を聞いた」

次に錆色の魔女は、代弁者のほうを見た。

「男の国には賢人である涙屋と、罪人の面を被った青年が現れた。あらゆる絆を失った国に、新たな師弟の絆が生まれた」

「な、何が言いたいのですか、母上？」

と代弁者が恐る恐る訊いた。

錆色の魔女は胸を張り、王と女王に強い視線を送った。

「涙屋という賢者は、こうなることを見越し、あなた方に希望を残していた」

「涙屋殿の、希望？」

錆色の魔女の白衣から、一人の少年が「しゅっ」と現れた。彼女はその少年を、二人に見えるように掲げた。

「この子だ。この子どもこそ希望であり、あなたたちの子だ」

「その小さな獣が？　何を言っているのかわからないぞ」

しかし王は鼓動を早くさせていた。その子の姿を見ていると、どういうわけか未来が変わるのではないかという高揚感を感じていた。

一方で、女王がよだれに近付いた。彼女は錆色の魔女に訊いた。

「何を根拠に、この獣が、私たちの子だと？」

「そっくりじゃないか、王に」

言われてみれば目のかたちや、特に鼻の穴のかたちが似ていた。

「しかしそんなわけがない」

「どのみち、我が国の子だ」

そう言って、錆色の魔女は女王によだれを差し出す。女王がよだれを抱いた。

よだれは「しゅ、しゅ」と女王の首や肩にペタペタと触れる。

「獣の森は子宮だ。彼ら獣は蒸発した海が地球の反対側で雨になって降るような作用で、負の秘法という悲劇から生まれた道理だ。生まれることができなかった子の生命が、あそこで生まれたんだ。涙屋という賢人はこの子に少しずつだが教育を行った。煤まみれが言うには賢いと聞いている」

そして彼女はこう言った。

「我が子として受け入れることを薦《すす》める。一つ目の絆になる」

王が訊いた。

「ひ、一つ目の絆？　では二つ目の絆とは？」

錆色の魔女は城の外を指差した。

「大王の軍が、我々の大きな絆になるかもしれない」

魔女を狩る千の鋏

――第二皇子にとって、第一皇子は輝く太陽そのものだった。強い憧れとともに、跳ね除けようと思うことさえ憚《はばか》られる強烈な劣等感を抱かざるを得なかった。

第二皇子の精神は卑屈の一途《いっと》を辿った。そして母の死によって彼の心にぶ厚いかさぶたができる。彼は泣けない男となり、その心はあるものを求めた。

『大王になっても、大王には、絶対に手に入らないものがある』

彼は、ずっとそれを求めていたが絶対に手に入らないので、その代わりに無慈悲な略奪を繰り返した。


——ジョキン、という音とともに大きな耳が雪道に落ちた。

紺碧色の魔女の声にならない悲鳴が、辺りの樹木の間で木霊する。それは笛の音のように甲高かった。異形の魔女の耳鼻を切り落としたのは大鋏の兵で、彼らの行軍は女王が住まう城の目の前まで来ていた。

鋏の数は千に及んだ。小国とはいえ攻め入るには少ないが、山間を縫うことに長《た》け、何人もの魔女を狩った経験を持つ精鋭だった。

毒を持つ虫によって数十名の犠牲者が出たものの、大鋏の兵が森に隠れた琥珀色の魔女を見つけ出し、手の小指から足の小指まで虫の数だけ切り刻んだ。

軍の中心に御輿《みこし》に担がれた大王がいた。「ほもう」とため息を吐き、腹回りはカバのように肥え、首も脂肪によって消えていた。常識外の巨漢な大王だった。

歯が恐ろしく丈夫で、初雪のように白い。彼は口さみしいのか、いつもガリガリと宝石を噛んでいた。生まれたときからあごにワニのごとき怪力を宿し、乳児でありながら乳母の乳房を食い千切ったという逸話《いつわ》がある。

今も宝石を噛みながら、退屈そうに魔女が切られる様を見つめている。

前衛のほうから竜巻が上がり、兵たちの悲鳴が上がった。

「ほもう」とため息を吐くと、大王は近衛兵《このえへい》に宝石の一つを投げた。

「何が起きている？」

「風や氷を操る魔女がいるようです」

大王はガリッと宝石を噛む。宝石は八つに割れていた。彼はそれを冷たく見つめると「八つに切れ」とだけ命令した。

先頭では、白銀の魔女と翡翠の魔女が鋏の行軍を食い止めていた。

二人は関所の屋上を陣取り、竜巻を起こし、雹を降らせた。そうすれば、雹が大木に無数の穴を開けるほどの兵器と化した。

百の兵士を蹴散《けち》らすものの、四人の近衛兵が現れ、同時に鋏を投げる。すると、スパッ、スパッ、と翡翠の魔女の首と腕が飛んだ。彼女は八つ裂きにされ、自身の足の裏を見つめながら動かなくなった。

白銀の魔女は、左腕の肘《ひじ》から先を失っていた。女の国の魔女たちは、錆色を除き、女王の鈍色の糸によって操られていた。女王は、それを「糸の勤め」と呼んだ。操られた遺体は糸によって修繕《しゅうぜん》され、心や魂は存在しない肉の傀儡《くぐつ》となっていた。糸の勤めを終えるときに、操られていた魔女は決まって「あぁ」と小さなため息を吐いて動かなくなる。

白銀の魔女の目前に、四人の大鋏の兵士が立った。シャキンシャキンと、金を混ぜた鋏が交差する。仮に磁力を操る錆色の魔女が対峙《たいじ》しても、金を混ぜた特殊な鋏を操ることはできなかった。白銀の魔女は、周囲に隕石のごとき氷を落とすが、屈強な兵はそれすらも切ってみせた。八つの刃が、白銀の四肢を挟もうとした。瞬間、彼女は唇を震わせ、小さな声で「おねえちゃん」とつぶやく。それは彼女の身体に刻まれた、故郷を表す一言だった。

「待て」という声がした。

兵士たちが振り返ると、煤まみれと、彼女の肩を借りる真実の青年がいた。

真実の青年は肩で大きく息をしてこう言った。

「大王殿に、お渡ししたいものがあります」

彼の手には、涙屋が残した涙の秘訣があった。

鈍色の魔女の嘘

——女の国の城にて、錆色の魔女は語った。

「宝石病は王妃の嘘から始まった」

それを聞いた瞬間、王は地団駄を踏んでかつての妻をさらに侮蔑した。

「ああそうだ、この女は嘘吐きだ！　このこの、この！」

しかし錆色の魔女は白衣をゆらゆらと揺らして、こう続けた。

「王妃は、王との子を心から望んでいた。外での評判がいい夫を持ち、王妃は幸せな女に見えたかもしれない。けど、それが余計に彼女を苦しませた。ゆえに間違った一歩を踏み出した。王に恥をかかせぬため、王妃は妊娠したと嘘を吐いた」

王がかんしゃくを起こし、女王に唾を飛ばす。

「そんな愚かで、恩知らずなことをして、き、貴様は、やはり、やはり！」

錆色の魔女は、守るように女王の前に立った。

「仕事や友情にかける時間を、少しでも妻に使ってやれば、こうはならなかった。日ごろから妻に感謝さえしていれば、こうはならなかった」

錆色の魔女が冷たく言い放つと、王は女王に向かって叫んだ。

「な、何も考えずに愚かな嘘を吐いて、どうするつもりだった!?」

女王の代わりに、錆色の魔女が答える。

「それだから抱えの医者であるあたしに頼った。あらゆる施術《せじゅつ》を試した。しかしダメだった。月日だけが流れ、宝石で腹を膨らませて誤魔化した」

女王は沈黙し、小さなよだれを見つめるだけになった。

錆色の魔女は王を真っ直ぐに見つめた。

「そこに大国より献上された負の秘法の話が舞い込み、願いを叶えるその本質の力に、王妃は飛びついた。今思えば王妃が吐いた嘘は大王に漏れていたのかもしれない。すると宝石病が流行り、皆が永遠の命を手に入れ、子を産む必要がなくなった」

すると、いつの間にか起き上がった美しい青年が、頬を押さえてつぶやいた。

「そうか、王妃の嘘が真《まこと》になって、宝石病も秘法が生んでいた……」

代弁者がよろよろと女王に近づく姿があった。美しい青年は立ち上がり、代弁者を警戒した。彼が女王の首でも絞めるのかと思ったのだ。

ところが違った。突然、彼は身を震わせて床に額をつけたのだ。

「わ、わたしは、代弁者。わたしの言葉は王の言葉。代わりをはたすのがわたしの役目だ」

「気がふれたのか？」と、王も代弁者の行動に戸惑いを見せる。

「わ、わたしは、王の代弁者だから、王の言葉を代弁しないと！」

そして代弁者は、額を強く床につけ、女王に言った。

「王の代わりに謝ります――ごめんなさい」

女王は沈黙して、代弁者の話を聞いた。

「お、王は確かに、め、めめ、女々しいかもしれません。ずっと王妃と仲直りをしたがっていました。『またあのふわふわの膝枕の世話になりたい』と。時々言うそれは、王の放言《ほうげん》として聞いていた、けどそちらが本音でした」

「おい、この！」

王が彼の肩を殴る。代弁者は身体を揺らされても、やめなかった。

「当然、王は自尊心が強く、謝るなどできません。だ、だから、この代弁者が代わりに謝ります。ごめんなさい、ごめんなさい！」

「もうよい」

女王は、うるさそうに代弁者を見下げた。

しかし代弁者はそれでも頭を下げて、床に向かって叫んだ。

「王に忠を尽くすことは王の望みを叶えること。王の望みは我が国の統制と女の国を支配下に置くこと。それが我々の興隆《こうりゅう》に繋がると思ったからです！　だからわたしが鎖国を固持して嫌われ役を買い、開国に導いた後に進軍準備を補佐しました！」

彼はぶるぶると首を横に振った。

「けど違った。王の本当の望みは、王も諦めかけていた、王妃との仲直りだった！　もうね、彼は貴女が好きで、好きで、仕方がないのです！　現にお一人で会いに行って、縒《よ》りが戻らないとわかると支配の準備を始めた！」

女王が王を見ると、王も女王を見つめ返していた。

代弁者は激しく続ける。

「もう、わたしは、わたしがわからない。母に会って、今までしてきたことの意味が、何だったのか、総理大臣に、何のためになったのかわからない。でも一つだけわかることがあります。わたしがこうすることで、王と王妃が、少しの間でももとの仲に戻るなら、そうだ、昔のように、幸せそうなあの二人に戻られるなら、いくらだって頭を下げます！」

同時に、代弁者の脳裏には、かつて彼に頭を下げた仮面の青年の姿があった。

代弁者は小さくつぶやいた。

「ああ。そうだ。あいつも、あのときこんな気持ちだったのか……！」

すると、代弁者はさらなる決意を固めた。がばりと顔を上げて、王に言った。

「王よ、かつて涙屋殿がこんな話をしていたと、牢屋番から聞きました。『主君に仕えるのも妻に誠実でいるのも同じ』と。思いました、平和と健康は似ている。自分が清潔でいないと近しい者が病気になるように、利他だけでも利己だけでもダメなのです。かつての平和には道理があったのです。

ご夫婦ご自身が幸せで、それを模範《もはん》に民衆も幸せだった。しかし、男の傲慢さと女の嘘に、負の秘法がつけ入り、平和が崩されたのです。母の言うとおり、男女の喧嘩は感謝が足りなかったからだ」

王の脳裏にも、白い髭を生やした柔和で砕けた賢人の姿があった。

「瞬間的に人が変わるのは容易《たやす》いが、習慣を変えるのは難しい。心の隣に規則を置き、負けないと誓え、か」

王はふと遠い目をしていたが、代弁者の大声で我に返った。

「どうか、仲直りを。お二人、手に手を取り、仲直りを！」

王と女王は互いを睨んだ。相手に心を悟られまいと、厳しい目をしていた。

すると「しゅっ」と、よだれが転んだ。女王の頭部から垂れた糸を追ってのことだった。「おお」「まあ」と同時に、王と女王がよだれを支える。

そのとき、二人の手が触れ合た。

雪を溶かす涙

「よこせ」

兵から涙の秘訣を奪うと、大王は数百枚に及ぶ涙の秘訣をどんどんめくった。

真実の青年も、煤まみれも、多くの兵士も、ただその様子を見守る。耳に届くのは、山間を吹き抜ける冷たい風の音だけだった。

「ほも、ほほ、ほほほ、ほほぅ！」

やがて大王は笑った。その様子に、真実の青年と煤まみれは一瞬明るい顔をして顔を見合わせたが、大王は涙屋を小馬鹿にするように、こう続けた。

「兄上、あにうええ、あの馬鹿。あの馬鹿。ほほほ」

そして涙の秘訣を宙にばら撒き、鋏の兵に命令した。

「切れ」

青年と煤まみれは啞然とした。大王の命令により、風に舞った涙の秘訣が、百の鋏によって切り刻まれていく。大王の唾が地面の雪を溶かした。

「こんな思い出話の寄せ集めで、命が助かるとでも思ったか、ほほ、ほほ！」

真実の青年は拳を握り、くやしい気持ちを言葉にした。

「大王よ！」

その瞬間、真実の青年に百の鋏の切っ先が向けられた。

しかし青年は構うものかと進言した。

「ここにいる煤まみれから聞きました。あの人は、弟であるあなたの心に訴えるためだけに涙屋と名乗り、涙の秘訣と称した物語を書き続けていたのです！」

大王は「ほもう」とため息を吐くと、青年を見下ろした。

「読んだ。それがどうした」

「涙屋は、あなたのことを強く心配しておりました！　あなたが今抱えている感情や、あるいは感情がないことは、すべて、あなたと兄を比べた、子どものころに取り巻く環境や、周りの大人たちが悪いと思います！　けどそれは涙屋も一緒だった！」

「兄と比べられて下に見られる気持ちを、知らないだろう」

大王の小さな言葉は、誰にも聞こえないまま、青年の声だけが山間に響いた。

「もっとも比べたのは大王ご自身ではないでしょうか！　涙屋もまた苦しんでいた、抗っていた、だから大人に反抗する悪童になって、王位をあなたに譲ろうとしていた、でも子どもじみたやり方だった！　あなたを悪くした本質は不信だ！　可能性を信じさせようとした母親の言葉を、信じられなかった！　だから卑屈に、他者を蹂躙する大王になった！　未来に続くものを、涙屋は書いていた。そして僕に残してくれました！」

「ああもう、過去などどうでもいい」

飽き飽きした様子の大王に、青年は負けじと、かつて涙屋に聞いた心に浮かぶ言葉を叫んだ。

「その過去に意味を見出すための今です！　王なのに、あなたは大王なのに、何に追われているのですか!?」

青年の言葉は、周囲にいた兵士たちにとって訳のわからない内容だった。

しかし大王だけが、呼吸を少し止めた。青年はこう続けた。

「いくつもの国を蹂躙した大国の大王でありながら、何かに駆り立てられたように焦り、怒り、怯えている。だから他者の不幸を見て安心し、心の穴を埋めようとしている。あなたの心を蝕《むしば》む不幸は何ですか!?」

後にも先にも、大王の心の傍に寄り添って、彼と同じ目線で言葉を放ったのは、涙屋と真実の青年だけだった。

大王の沈黙に、周囲の兵が改めて鋏を構えた。しかし大王の次の言動は、二人を襲う命令ではなかった。大王はまるで、叱られた少年のようにぽつりぽつりと心のありのままを吐露《とろ》した。

「妬みだ。兄が羨ましい、羨ましくて仕方がなかった。そんな妬みが、朕以外すべてへの怒りとなった。記憶の片隅にあるあの女。お前や兄上が母というあの存在が死んで以来、いや、そうなる前から、朕の心をその怒りが焼くのだ。心は融解《ゆうかい》と凝固を繰り返し、鋼のようになった。そして涙を流すことを忘れた」

「少し、わかります」と青年にもその怒りに覚えがあった。

青年はすぐカッとなる性格だった。かつての涙屋の言葉が青年の脳裏をよぎる。

青年はその言葉を大王に捧げた。

「自分を変えるしか、ないのだと思います」

途端《とたん》、大王の目が鋭くなる。

「変える必要はない。朕は大いなる王だ。朕の存在こそ法だ」

大王が「おい」と命令する。兵の一人が鋏を突き、凄んで見せた。二枚刃が青年の肩を襲う。ところが、煤まみれが青年をかばい、刃は彼女の背中を裂いた。

「煤まみれ！」

青年が彼女を受け止める。煤まみれは「ふぅ」と猫のような吐息で痛みを逃がし、こう言った。

「大した傷ではない。それより続けろ」

煤まみれは、彼を抱き寄せてその耳に唇を近づけた。

「お前の言うとおりだ。諦めるな。人を変えるのは容易ではない。だが可能だ。お前と大王は、奇《く》しくも怒りという似た苦しみを持っていた。わらわもかつてそうだったから少しわかるのだ。愛されすぎたからこそ我慢や忍耐を知らず、恩や感謝を知らずに育ってしまう。今、大王の痛みを理解できるのはお前しかいない。この国の女と男を救えるのは、涙屋の弟子であるお前しかいない」

煤まみれは苦しそうに呼吸をすると、青年にこう続けた。

「涙屋は二人の希望を残した。よだれと、そしてお前だ。獣の森にて、わらわは、涙屋が息を引き取る瞬間にあることを訊いた。それは、悔《く》いはないか？　という臨終《りんじゅう》への投げかけだった」

「涙屋は最後に何と？」

彼女は真っ直ぐに青年の目を見つめ、白く輝く宝石を渡した。

「ただそっと、やすらかに目を瞑った。だから、ないのだと思う。彼は悔いなく生きたのだと思う」

青年の目に涙が浮かぶ。涙屋の形見であるその宝石は一切の曇りがなく、純粋な輝きを放って、彼の生きざまを表しているようだった。

煤まみれはさらに本音をつぶやく。

「人生とは嫌なものだ。死んでほしくない人間から死んでいく」

真実の青年も、魂から絞るような本音を漏らした。

「今、僕は、何を目標にすればいいかわからない。人って、何でがんばるんですかね？」

それは涙屋に対してぶつけた疑問だった。すると煤まみれが答えた。

「師事した者がいなくなったとき、大切なのは残された者が動じないことだ。正しい一念を持って学んだことを貫くことだ」

彼女は青年の耳に小さく囁いた。

「涙屋という師から、何を学んだ？」

するとと青年の目つきが変わった。彼は目に涙を浮かべて、大王に叫んだ。

「し、死に際に、苦しむ人がいても、何と声をかけていいかわからないときがある！　がんばれと言ってはあまりにも無知に思えるし、早く楽になれと言ってはあまりにも無慈悲だ！」

青年は「それでも」とこう続けた。

「僕は、涙屋に、一日でも、一日でも長く生きてほしかった！」

真実の青年は痛む臓腑《ぞうふ》を抱え、さらに一歩大王に近付いた。

「過去は変えられない、でも過去に起きたことの意味を変えることはできる！　涙屋とはじめて会ったとき、彼は言いました。『涙が、怒りや悲しみを洗い流す』と。そして反省を生み、人を前進させる、と。そのすべては弟であるあなた一人のためだった。彼は、あなたとの過去に意味を見出して、決意を真実にしたんだ！」

「殺せ」

大王は青年から視線をそらすと、飽きた様子で命令した。

百の鋏が青年と煤まみれを襲う。

そのときふと、大王の視界に一枚の紙が映る。涙の秘訣の一枚で、それは大王の腹にひたりとくっついていた。

一方で、ジョキンジョキンと百の鋏が交差を繰り返し、青年と煤まみれを囲む。あと一回の交差で、煤まみれの足首が宙を舞うというところで、「待て」という大王の声がした。鋏の交差が止まり、辺りが静寂となるなか「ほも、ほほ」という大王の笑い声が再び聞こえた。
「ふふ、ほほ、あはは、あは……ふえ、ふえっぐ」
しかし笑い声はやがて嗚咽《おえつ》へと変わる。
大王が泣いた。
真実の青年はもちろん、煤まみれも何が起きたのかわからず、啞然としていた。
大王の手には涙の秘訣の切れ端があった。そこにはこう書かれていた。
『苦しかったでしょう。あなたはとても苦しんだ。
けどあなたは勝った。あたしの負けです。
あなたの母親も、きっとそう言う。
だからどうか、人の生命を粗末にしないでほしい』
第二皇子が独裁的な大王になって、絶対に手に入れられないものがある。
それは尊敬する者からの承認であり、彼にとってそれは叱咤《しった》激励《げきれい》だった。

真実の青年、黄金の魔女王

聖堂内のように荘厳《そうごん》だが、がらんとした城内。

その中で無垢なぬくもりを放つよだれという少年は、王と王妃の間で身体を熱くしていた。先に泣いたのは良き友の王だった。次に、女王が目を真っ赤にして、二人は嗚咽した。

朝のはじめに、口づけを交わすような、そんな仲に戻ったわけではない。ただ少し昔を思い出して、あるいは子を儲けるはずだったもしもの今を重ねて、二人はそれまでの悲しみや怒りを洗い流すように泣いた。女王は涙を流す言い訳のように、ぽつりとつぶやいた。

「だってもともとわたしたちは、一つじゃない」

美しい青年は、頬にできた傷の痛みとともに、彼らの姿を目に焼きつけた。代弁者も、錆色の魔女も、元夫婦と小さな少年が抱き合う様子をそれぞれの思いで見つめた。

すると突然、広間の扉が開いた。代弁者が「ヒッ!?」と悲鳴を上げる。

「ついに大国の軍が攻めてきたか!!」

全員が固唾を呑むなか現れたのは、煤まみれと真実の青年だった。

代弁者が真っ先に、二人の下に駆け寄った。

「だ、大王の軍は!?」

煤まみれは城の外を指差す。

「鋏の軍を引き連れて帰っていった」

「何と！　一体何が起きた!?」

真実の青年は扉の向こうを見つめて言った。

「死してなお、涙屋が僕たちを救ってくれました」

そう言って、真実の青年は眠るように、ゆっくりと気を失った。


——大王が泣いた直後、砂漠の大国に敵国の軍が攻め入ったという伝令を受けて、大王は全軍の退却を命じた。それから大王は兵士たちに、一切れ残らず涙の秘訣を回収させた。大王がこの土地を攻めることはもうなかった。

大王の心は、母にもう一度認められ、そして自分の生き方を教えてほしかった。青年時代の彼には、人生の分岐点で抱く疑問に答えてくれる者が、一人もいなかったのだ。

大王が最後に読んだのは、涙の秘訣の最後の項で、それは涙屋が真実の青年と出会った直後に書かれた、弟の心に寄り添い、彼の心を救う一念を込めた言葉だった。

この一週間後、大王が治める大国は、暴君が治めるさらに巨大な北の国に滅ぼされる——大王の宿命は終始、比較の虚しさについてで、その人生を以て後世に教えたのは、幸せも不幸も、他人のそれと比べることによって、人生が虚しくなることだった。


それから、良き友の王と女王は再婚にまで至らなかったが、両国は大国に侵攻されたのを機会に、正式に和睦《わぼく》することになった。男の国の捕虜は解放され、市街地の復興《ふっこう》が始まった。

女の国においては、自ら宝石と化した女性たちの治療が始まる。

同時に、それぞれの国民に対し、選択と選挙が行われた。

選択とは、これまでどおりの生活を送る選択と、和睦の一歩として、気候の良い男の国の土地で、有志の男女が再び共に暮らす選択だった。

そして選挙とは、秘法放棄《ほうき》の是非《ぜひ》についてだった。

鏡の破壊について、良き友の王と、女王が、煤まみれの望みを受け入れた。しかしそれには条件があった。国民の大多数の賛成だ。

秘法を放棄した後に国民に待っているのは、延命の皺よせだった。それは残りの寿命の半分しか生きられないことを意味した。例えば今この瞬間の王の身体の年齢が五十歳で、余命が二十年なら、半分の十年しか生きられなかった。

当然、両国に、秘法放棄の反対勢力が出現した。

選挙までの七日間、煤まみれと二人の青年、そして代弁者は、それぞれの国で、負の秘法の本質から、ここで破壊してしまわないと、今はよくても後の世で誰かが悪用して多くの不幸が生まれることを訴えた。

対して反対派は、賛成派を死の使いと誹謗《ひぼう》し、その果てに秘法を崇拝する条文を掲げた。

しかし、良き友の王は猟師の格好をして、国民にこう訴えた。

「何のために永劫《えいごう》を生きる？　それ以外のすべてを放棄し、大切なことを忘れ、そうやって生きる道に、一体何の価値があった？　時間とともに生命は疲弊し、時の価値はどんどん失われていくだろう。限られた寿命にこそ生命の執念が宿る。それが人に本当の幸せを教える。己はそう気づいた」

永遠の放棄については、特に男の国において激論を生んだ。

そして迎えた投票の日。

負の秘法の破壊に一定の票が集まり――秘法は破壊されることになった。

当然、限られた寿命を選択することを、国民一人ひとり大いに悩んだ。しかし男の国が開国したことによって入ってきた太陽の教えが、自身と他者の幸せを薦め、それは秘法放棄という一人ひとりの選択に繋いだ。

――その晩、美しい青年は女の国の城の一室にいた。

その手には罪人の仮面があった。仮面をつけて、外してみる。

窓に映る顔には、弓状《ゆみじょう》の傷があった。彼の顔が歪む。

「箔《はく》がついたなぁ」

皮肉っぽい言葉とともに、背後に煤まみれが現れた。

「大切にしていたものが、台無しになったことは？」

美しい青年の質問に、彼女は窓の向こうの夜空を見つめた。

「心を捧げた男に、慕ってくれた妹。何度もある」

「時を超える力で取り戻そうとはしないのか？」

「何度か試した。だが水の中で火を起こすようにうまくいかない。そして気づいた。幸福、時間、生命。大切なものは失わないと、残された者は生命を燃やさない。限りが、喪失が、苦労があるから、生き生きと燃えて進む意志が生まれる」

煤まみれは彼の肩を叩くと、部屋を後にした。

「明日の秘法の破壊、頼んだぞ」


二枚の鏡は図書館の地下に運ばれた。

代弁者と錆色の魔女、そして煤まみれに囲まれて、二人の青年が、二枚の鏡の前に立つ。真実の青年と、美しい青年だ。二人の背丈はよく似ていて、後ろ姿は、まるで左右にも鏡があるようだった。彼らの手には、涙屋の形見である矢じり状の石があった。

二人は指の間に石を挟むと、同時に、鏡を殴りつけた。すると石によってできた点が、稲妻状のヒビとなり、音をたてて粉々に砕けた。こうして、大鏡はすべて破壊されたのだ。

一行が煤まみれに注目する。

「黄金の魔女の王に戻るのでは？」

と美しい青年が訊くと、煤まみれは首を横に振った。

そして小さな袋に入った何かを取り出す。ふわりと竹に似た香りが辺りに漂った。それは金色に輝く茶葉《ちゃば》だった。

「一度に溢れんばかりの力を手に入れては、この身体が爆《は》ぜてしまう。すべての力はこの茶葉に込めて、時が来たら抽出して長い時間をかけて取り戻していこうと思う」

次に、彼女は、隣に立つ真実の青年を見上げた。

「それに、少しだけ自分の幸せを考えた。魔女になれば歳を取ることも、子を産むこともなく、生きることになる。だがわらわは人を救うことを信じて実践していたら望みが叶い、人間に戻れた。許されるなら、ほんの少しの間、このまま歳を重ねていこうと思う」

誰も彼女の望みを否定しなかったが、彼女はこう続けた。

「老婆まで歳を重ねたら、また魔女の姿に戻って、世界を晴れにする旅を再開しようと思う。その道で償える罪があると判断したのもある」

そのとき、美しい青年は、時間旅行の目的の一つである、自身の曾祖母が誰なのかを悟った。

青年らがいる隣室には、白銀の魔女の遺骸が安置されていた。切断された左腕は綺麗に縫われている。糸の勤めから解放されて、台座の上で新生児のようにうつぶせでまるくなり、安らかに眠っていた。

美しい青年が「じゃあ」と遺骸の前に立った。

すると真実の青年が一歩前に出て、美しい青年と向き合う。

「話は彼女から聞いた。君がその遺骸に触れ、未来から来た僕の玄孫と」

「遠い親戚に会ったような気分では？」

美しい青年の言葉に、真実の青年は大きく頷いた。

「涙屋に会わせたかった。会ったらきっと驚いていた」

二人が少し沈黙する。涙屋について考えていた。

それから、真実の青年が顔を上げた。

「涙屋に会い、この国に流れ着いて思ったことだよ。君に伝える」

真実の青年は、未来から来た子孫と対面したためか、少し大人っぽい表情をしてこう続けた。

「永遠の命を持つからこそ、憂いも永遠。これほど悲しいことはない。大切なのは一日一日、命を燃やすような覚悟で生きること。疲れたら周りの人に言えばいい。休むと」

美しい青年が少し笑って頷くと、彼は最後にこう続けた。

「正しい選択はいつだって苦しい。けれど昨日生まれた気持ちで、明日死ぬ覚悟で、今日を生きれば、どんな問題も解決する力となる。君にとって過去であるここに来たことに意味があるのなら、どうか涙屋という老人が生きたことと、今の僕の言葉を持ち帰ってほしい」

美しい青年が大きく頷く。

次に煤まみれは、美しい青年と、思い出にある彼の母親を重ねた。

「昔、お前の母親に言われた。許すだけが愛じゃないが、許せないと愛ではない、と。女の愛も、男の友情も大切だ。だがそれゆえ人は苦しみ、その感情が大きければ大きいほど、苦しみをさらなるものにする。人を救うことにおいて必要なのは愛だけではなく、勇気も必要だ」

彼女はおもむろに父親の話を始めた。

「わらわの父は国務に追われ、家族の死と誕生に立ち会えなかった。それでも、わらわには精一杯の愛情を注いでくれた。始まりと終わりに立ち会えなくとも、何度も抱きしめてくれたのだ。今それを思い出すと、心が温かくなる。仕事をするのが男の仕事ではない。子を産むだけが女の務めではない。生きがいを見つけ、自分と周囲を幸せにするのが人間の務めだ」

それから簡単な別れを告げ、美しい青年は、白銀の魔女の遺骸に触れ——自身が生まれた時代に帰っていった。

家族の国

——美しい青年が次に気が付くと、図書館の地下室にいた。

白銀の遺骸がある。数十年の時を経てもその様子は変わっていなかった。彼は遺骸の髪を小さくすいてから地下を出た。

すると図書館の広間に、一人の女が立っていた。

「待っていたよ」

そう手を振るのは白衣を着た、錆色の魔女だった。

「あなたは、え？　あれ？」

美しい青年が地下と彼女を何度も見比べる。

くたびれた赤髪に鷲のような鼻と薄い唇。細長い四肢で長身。錆色の魔女の様子は、先ほど別れたときからまったく変わっていなかった。

「どうして、あのときのままの姿を？」

彼女は自身のつま先を見つめた。

「魔女として生きたからね」

「それでは女王も？」

「彼女は亡くなったよ」

錆色の魔女は「歩きながら話そう」と言って、図書館を出た。


雪はやみ、銀世界が広がっている。

錆色の魔女は波止場を目指しつつ、青年に女王のその後を語った。

「よだれをはじめ、獣と呼ばれる子どもたちには宿命があった」

「宿命？」

「獣の森もまた負の秘法だったのさ」

海が見えてきた。青年は海のほうを睨んだが、霧《きり》がかかって獣の森がある島は見えない。錆色の魔女も、白い海を睨んだ。

「あの島は、母親になれなかった女たちの絶望によって出現し、その願いを聞き入れ、生まれるはずではなかった子たちに仮の身体を与えて獣として生まれさせた。良いことに思えるが、獣は、歳を取るなどの変化を拒絶した、人間の手前のような存在だった」

青年は戸惑いと混乱を抱き、言葉を失った。錆色の魔女はゆっくりと続けた。

「よって親と暮らすなど、人間らしい生き方をすれば獣は消えてしまう」

「それじゃあ、あの子たちは、ずっとあの島で生きていくしか？」

「黄金の魔女王が、唯一、人間に戻す前例を知っていた。交換さ」

「交換？」

「ああ。一人の人生と交換して、人間の器を提供する。こうすることで獣は人間の子になれる」

青年の脳裏で、点と点が線になった。思わず「まさか」とつぶやく。

波止場が見えてきた。錆色の魔女は冷たい空気を吸い込むと、白い息を吐いた。

「女王は喜んでその身を捧げ、よだれの中で生きることで、本当の母となり、人の道を歩んだ。もちろん良き友の王は最後まで止めたが、彼女の意志は固かった。その選択を選ぶ女は数多く、すべての獣が人間の子になれた。愛する者の形見を育てることで、良き友の王は、未来の世界まで思慮を伸ばす良い王になった。他の男たちも同様に、子育てを通して女への尊敬の念を強くした」

錆色の魔女は最後にぽつりとこう言った。

「あたしの肉親は皆あたしより先に死んだ。女王は魔女ではなくなり、幸運だと、あたしは思う」

彼女はそれから、波止場の物見小屋に停泊する小さな船に案内した。

行きに案内してくれた老人が小さく会釈する。

「この船の人たちは？」

「黄金の魔女王に恩義がある、女の国の住人の末裔さ。代々彼女の住み処であるあの図書館を守る番人となった」

美しい青年は、自分の顔に手を触れた。

「それで、俺を彼女の何かだと思ったのか」


船が出港する。青年は背後に広がる雪の大陸を振り返った。

「女の国はなくなったのかと」

「いいや、この国の住民は、男の国があった土地に移り住んだ。あれから少しして、二つの国がようやく一つの国に戻った」

「どういう国に？」

「家族の国と呼ばれる、平和な国だよ」

船が進むなか、錆色の魔女は女の国と男の国のその後を語った。

かつて獣の森があったとされた島は、すべての獣が人間の子どもになった直後、さらなる地殻変動が起きて島そのものが海に沈んだという。

真実の青年の両親は、全身が宝石になったものの、錆色の魔女の治療によって完治する。

男の国、女の国の住民は、余命が半分になったが、その分時間を大切に一日一日を充実させて生きた。

鼻たれは女の国にかつての妻と母親がいることがわかり、家族と共にその並外れた体力を復興に捧げた。


錆色の魔女が案内したのは、男の国があった島だった。

船で辿り着いた波止場から森を抜けると、茶畑が見えた。そこからさらに少し行くと、住居が点在し、やがて町に辿り着く。建築物はしっかりとした造りで、高い建築技術を思わせた。道を行く人々が着る服や装飾品、髪形に至るまで、開放的な風俗を感じさせ、この国が開けていることを感じさせた。

「こんにちは」

突然、すれ違った家族が挨拶《あいさつ》をしてきた。青年も思わず「こんにちは」と返した。土に汚れた仕事帰りの父は、息子と手を繋ぎ、母は娘をおぶっている。皆生活に懸命だが、晴れ晴れとした笑顔を見せて仲がいい様子だった。

「いろいろあった」と言って、錆色の魔女は土の道の向こうを見つめた。

「つい最近亡くなったが、よだれが次期王となり、今はよだれの息子が国を治めている」

彼女は大きく呼吸して、空を仰いだ。青い空には薄い雲が漂い、優しい輝きを放つ太陽が沈みかけ、薄っすらと月が浮かんでいる。

「雨、曇り、晴れ。もとは同じ空であるように、三つの教えには始祖とする宇宙の教えなるものが隠されていた。今は宇宙が常に広がっているように、その教えが研鑽されている」

青年は家族の背中を見送り、小さく首を傾げた。

「何だかころころ変わっている気がしますが」

「科学に進歩があるように、道徳、思想、哲学、人の心に作用する法においても停滞こそ危険だと思う。時代ごと、正しい教えを選ぶのは民意であり、その教えを強く信じて正しい結果を出すのも、それを信じる者たち次第だ」

それから錆色の魔女に見送られて、美しい青年は帰郷した。

――母は、息子の頬にできた傷に「まあ」と小さく漏らした。

しかし彼はその傷のことを忘れていた。旅が青年のおごりを払拭《ふっしょく》していたのだ。

そして彼は、年齢を重ねる母を見つめて、自身もいつか子を持つ親になるのだろうかと思った。

「ありがとう、産んで、育ててくれて」

そして思わず、母に感謝を伝えていた。

少し成長した息子の様子に、母は機嫌が良さそうに笑った。

それから彼は、夕げの時間になると、何日かに分けて、不思議な時間旅行の物語や、錆色の魔女から聞いた曾祖父母のその後について、母に語った。


――煤まみれと真実の青年は、ある国に移り住み、そこでしばらく共にすごした。

やがて彼らの間に男児が生まれる。真実の青年に似た正直な子だった。

そうしてその息子も成長して、故郷で結婚する。平凡な夫婦だったが、生まれたのは類稀な美を持つ女児だった。

ある日、成長したその少女が家の近くの小川の付近に遊びに行くと、木々に囲まれた向こうに、見慣れない一人の少年を見つける。

少年は、その瞳に小川の輝きを反射させていた。

「君、どこから来たの？」

少女が声をかけると、少年は目を丸くして顔を上げた。子犬のような少年だったが、脛《すね》や頬に薄っすらと傷があり、勇気と優しさを併せもった少年だった。

彼は少し緊張した様子で少女の質問に答えた。

「今、引っ越してきた」

「そう、ずっとここに住むの？」

「多分」

少女は「そう」と笑顔のまま少年に近付く。そして柔らかな手を差し出した。

「じゃあ、今日から友達ね」

少年は、愛くるしい笑顔とその手を交互に見つめてから、「うん」と手を繋いだ。

二十年と少しして、二人は結婚して、母によく似た男児を生む。

やがて息子は母に、旅の話を聞かせるのだった。


「これは黄金の魔女王と呼ばれた、ひいおばあちゃんにまつわる物語です——」

本書は、「E☆エブリスタ」（「魔女と魔王」）と
「潮WEB」（「女の国、男の国、獣の森」）で
連載されたものを加筆・修正し、単行本化したものです。
また、本書は『少年と老婆』（幻冬舎）の続編です。

岡田 伸一 おかだ・しんいち

1984年東京都生まれ。2012年『奴隷区—僕と23人の奴隷—』（双葉社）シリーズでデビュー。15年に上梓した『少年と老婆』（幻冬舎）は、「E☆エブリスタ」で120万PV、4400レビューで評価値4.9/5.0を記録した。
コミック版『奴隷区—僕と23人の奴隷—』（双葉社）は、17年10月で累計320万部を超えている。

魔女と魔王

二〇一七年　十二月　十二日　初版発行

著　者——岡田伸一
発行者——南　晋三
発行所——株式会社 潮出版社
〒一〇二—八一一〇
東京都千代田区一番町六　一番町SQUARE
〇三—三二三〇—〇七八一（編集）
〇三—三二三〇—〇七四一（営業）
振替口座　〇〇一五〇—五—六一〇九〇

印刷・製本——中央精版印刷株式会社

ISBN978-4-267-02116-9 C0093

http://www.usio.co.jp/

潮文庫　好評既刊

定年待合室　江波戸哲夫

仕事を、そして家族を諦めかけた男たちの、反転攻勢が始まった!　江波戸経済小説の真骨頂に、『定年後』著者の楠木新氏も大絶賛!

西郷隆盛——荒天に立つ山の如く　髙橋直樹

大河ドラマで話題沸騰! 大久保利通、坂本龍馬ら、新時代を創った者たちには西郷隆盛はどう映ったか。英傑たちの視点から新たな西郷像に迫る。

龍馬は生きていた　加来耕三

あの日、京都・近江屋で暗殺されたのは影武者だった……!?　大人気歴史作家が龍馬のその後と維新のもう一つの結末を描く、本格シミュレーション小説。

小説土佐堀川——広岡浅子の生涯　古川智映子

近代日本の夜明け、いまだ女性が社会の表舞台に立つ気配もない商都大坂に、時代を動かす溌剌たる女性がいた!　連続テレビ小説「あさが来た」原案本。

きっと幸せの朝がくる——幸福とは負けないこと　古川智映子

心を引き裂かれるような離別、度重なる病、借金……、教師をしながら書き上げた『小説土佐堀川』が、刊行後28 年を経て連続テレビ小説「あさが来た」の原案本に。ドラマのような自身の人生を振りかえる。
